路易十五的情人

杜巴里伯爵夫人

［法］卡佩菲格 著　　管筱明 译

中国国际广播出版社

杜巴里画像

译　序

　　杜巴里伯爵夫人是法国国王路易十五的最后一个情妇，也是陪伴晚年的路易十五，几乎一直把他送终的女人。一如路易十五的所有其他情妇，她美丽、聪明、活泼，做事灵泛，言词敏捷，但是与那些女人相比，她明显的不同，就是出身下层，早期曾堕入风尘。因此在有关她的作品中，对这一点提得特别多。虽然那些书籍文章所持立场各各不同，但有一个观点却是相同的，即她在法国王室情妇之中是个异类。

　　杜巴里伯爵夫人一个明显的迥异于他人之处，就是不贪财。一般出身下层的人，尤其是出身下层的漂亮女人，很难做到不贪财。本来也是，谁不见钱眼开呢？但是当年倚傍法国国王的杜巴里伯爵夫人却真正是不贪财的。这可以从她与路易十五的另一个情妇德·蓬帕杜女侯爵的比较中看出来。德·蓬帕杜女侯爵从路易十五手上要了几十处地产房屋官邸，而杜巴里伯爵夫人好像只从路易十五手上要了一处房产，而且只是一座小楼；德·蓬帕杜女侯爵为自己兄弟谋取高贵显爵，为亲戚和别人谋职位以捞取好处，而从有关叙述来看，杜巴里伯爵夫人在这方面好像并不上心，至少在这方面的记载比不上德·蓬帕杜女侯爵，因为有关她买田置产，或者为人谋职的记载似乎比较少见。当然杜巴里伯爵夫人是女人，也很爱美，总是希望能有些漂亮的珠宝首饰，把自己收拾打扮得更加漂亮，因此她从路易十五手上得些珠宝首饰肯定是少不了的。路易十五知道她余财不多，特意在临死之前给了她上千件珠宝首饰，希望她能够凭借这些东西，过个宽裕的晚年。但是杜巴里伯爵夫人出手大方，路易十五人未死，她就将这些东西撒出去了一些，在路易十五死后，据一些文章分析，她又将剩下的财宝用于保王事业，比如资助流亡外国的王室成员，营救被囚的国王路易十六与王后玛丽－安托瓦纳特等。都说官员的情妇贪，国王的情妇理所当然应该更贪，而她这个情妇却是个少见的例外。

杜巴里伯爵夫人对钱财并不上心，那对什么上心呢？对"权"上心！根据书中叙述，她与路易十五其他情妇最大的不同，是卷入政治的程度之深，远远超过他人。杜巴里伯爵夫人是在路易十五的风烛残年进入他的私生活的，此时的路易十五已经丧偶，正式宣布的情妇德·蓬帕杜女侯爵也已经去世，而且由于种种原因，也不再与"鹿苑"那些女孩儿来往，因此对杜巴里伯爵夫人极为看重。而杜巴里伯爵夫人对晚年的路易十五也就具有极大的影响力。因为"枕边风"的关系，她成了国王私人顾问班子的主心骨，通"天"的言路，以及强大的靠山。此时的法国，国际关系错综复杂，国内形势比较紧张，由伏尔泰、狄德罗、卢梭等哲学家启蒙的臣民们，思想已经大大解放，而由平民出身的"黑袍贵族"为主的最高法院，已经成了可以与封建权贵特权势力公开叫板的政治力量。路易十五年事已高，处理政务精力大不如前，但是出于维护封建特权的需要，需要一个强有力的内阁，来抵挡资产阶级的步步进攻，可是此时朝政大权却被有哲学家"思想倾向"的德·索瓦瑟公爵把持。在这时杜巴里伯爵夫人就应运而生，适时而起，组合了一个包括大法官莫普乌、大贵族德·黎世留公爵和德·艾斯庸公爵、能干的官员泰莱神甫在内的国王私人顾问班子，从维护君主与贵族特权的立场出发，当仁不让地走上政治斗争第一线，发动了一场政变，推翻了德·索瓦瑟公爵的内阁，解散了宣扬自由平等博爱、敢于对大贵族问罪的最高法院，从而极大地维

女魔法师阿尔米德

护了封建贵族的特权，巩固了君主专制制度。从前德·蓬帕杜女侯爵也干政，也参加国家军机大事的决策，参与重大政治问题的处理，比如撤销耶稣会、解散最高法院等，但是在参与程度上，远没有杜巴里伯爵夫人这样直接、深入，对"君"家作出的贡献也没有杜巴里伯爵夫人这样大。在这一点上，杜巴里

伯爵夫人真可被称为"情妇里的战斗机"！

从民众的角度看，杜巴里伯爵夫人是个榆木脑袋，是一心维持封建制度、顽固对抗人民利益的蠢妇。而从"君"家的角度看，杜巴里伯爵夫人却是个少有的好人。武官不怕死，文官不爱财，一个小女人为了君王的事业可以不爱财，可以为之丧命，难道还不能算做国家之栋梁，君王之肱股。如果在当下某国，这样的情妇该如何受欢迎，可想而知！本书稿一定会被选作情妇教材，在坊间大为畅销。然而法国并不是某国，在法国历史上出现对杜巴里伯爵夫人的种种截然不同的评价也就并不奇怪。而杜巴里伯爵夫人的一生也因众多争议而变得更加引人注目。本书稿收录了学者、宫廷与民间三种版本的杜巴里伯爵夫人的传记或故事，旨在让读者从不同观点、不同材料、不同角度来了解法国历史上这个少有的女人。学者版的作者卡佩菲格（1801—1872）是法国著名历史学家、传记作者，还是个著名的记者。著述甚丰。除大量历史著作之外，撰有二十部法国历史名人伟人的传记。民间版《杜巴里伯爵夫人的故事》采自坊间的地下出版物，作者轶名。一个看客的记述——宫廷版《杜巴里伯爵夫人的故事》的主要内容为德·格莱蒙夫人的摘记。从文字记述看，德·格莱蒙夫人是宫廷贵妇。如果是曾经有幸作为路易十五情妇候选人的那个德·格莱蒙公爵夫人，那就是杜巴里伯爵夫人的情敌了。不过她的摘记还显得比较客观公正，并不带明显的私怨。总之，通过这三方面的记述，读者可以更清楚地了解杜巴里伯爵夫人这个"异类"。

蓬帕杜夫人画像

前　言

　　有些公共图书馆里收藏着一份报刊合订本，书名是《革命法庭公报》。

　　每天下午将近六点，在当天可怕的行刑处决之后，在巴黎大街小巷叫卖的这份报纸，公布了落入这些恐怖大屠杀中的牺牲者的名单。紧接着，记者作为深知内情的唱赞歌的人，在后面全文发表公诉人的起诉书。

这个公诉人就是安托瓦纳－昆廷·福吉埃－坦维尔，一个哲学家，诗人，抱负不凡的文人，是圣鞠斯特[①]与卡米依·戴斯姆兰[②]的朋友兼同乡；他写过一些乡村民歌，一些小诗，与法布尔·戴格朗蒂纳和蒙韦尔合作，写了一首天真烂漫的抒情歌曲《小鲭鲭唱的歌》。作为让－雅克·卢梭和马布利[③]的崇拜者，他的思想充满了狄德罗和圣雷亚尔（SAINT-REAL）的道德原则，在公诉书里把高贵的法国王后拿来与古罗马皇后梅萨林[④]作比较。过了一个月，他不再这么高调，只是在革命法庭上说明另一个妇女：前暴君路易十五的宫妓前杜巴里伯爵夫人的罪恶。

　　在一个自命不凡的人，一个18世纪的有着语言纯粹癖的作家看来，"前暴君的宫妓"这个称呼并不确切，因为杜巴里伯爵夫人并不是某人的宫妓，只是就这个词语笼统的意思而言。甚至在福吉尔－坦维尔看来，宫妓这一条也无关紧要！对他称作现代的拉依丝[⑤]的这个女人，他甚至并未将此作为其一个罪行。他只是指控她阴谋破坏共和国的团结统一与不可分裂。成为杜巴里伯爵夫人罪行的阴谋在于这个事实：她把自己的钻石和首饰拿到荷兰和英国变卖，以接济国王的家庭，营救不幸的玛丽－安托瓦纳特，一种完全出自内心自发冲动的大义和冒失的行为。

　　福吉埃－坦维尔为了使自己的指控更有分量，更具文采，抄袭了杜巴里伯爵夫人得宠之时被外国人收买的一些小册子作者的材料：《禁得起审查的办报人》里面的叙述，泰维诺的作品《杜巴里伯爵夫人秘事》。这位作者为了6000利勿[⑥]津贴，以德·莫朗德骑士的名字，卖掉了自己的沉默。

---

① 1767—1794，法国大革命的悍将。——译注
② 1760—1794，法国大革命的悍将。——译注
③ 1709—1785，法国18世纪哲学家、启蒙思想家。——译注
④ 25—48，罗马皇帝克劳德的第三个妻子，生活放荡，有政治野心。因参与反对皇帝的阴谋被处死。——译注
⑤ 公元前5世纪希腊的名妓，以美貌与贪婪著称。——译注
⑥ 法国记账古币，相当于一法郎。——译注

在公诉人大获成功的指控书里，什么也未遗漏。因此，希望找到一些对杜巴里伯爵夫人表示愤慨的现成语句的批评家，只要读读福吉埃－坦维尔的指控书就行了，因为它全面概括了在英国和荷兰出版的抨击杜巴里伯爵夫人的小册子的内容。

给流言蜚语润色添料的作家们大概并没有意识到自己可能做了什么坏事。他们把民众的愤怒堆积到一个人头上，等到群情激愤，动乱发生，这个头颅就被送上断头台。本书作者对小册子、回忆录和党派文章深恶痛绝，就是因为这一点。他起念通过严肃而真实的文献来研究事实本身，不怕被人称为反常的历史学家，也是因为这一点。重复自 THOU、MEZERAY、VILLARET、ANQUETIL 以来的所有现成历史方面的话语，按照时尚用一些哲学或人文理论的话语进行再包装，或许是一种更为方便的做法。

《德·蓬帕杜女侯爵》和《杜巴里伯爵夫人》的作者说过多次，他肯定不愿意为国王的笨拙失误做翻案文章。那些恶劣的品行，那种遗忘家庭的行为，已经公正地受到法国大革命的惩罚，肉欲已经通过鲜血赎罪。他的目的只是跟踪、明确这些宠姬在 18 世纪的政治事件、文艺创作、社会运动方面所施展的作为。恶劣品行的烙印一直存在，王权在出于一种奇怪的宿命，以路易十五的名字命名的广场上受到惩罚。

然而，由于每个时代都要作出自己的说明，我们就可能扪心自问：我们的时代就那么纯洁，竟然在评价 18 世纪的时候，表现得那样苛刻、那样严厉！作为公共舞会上的隐遁者，剧场里的缄口苦修者，证券交易所或者商业投机方面的清教徒，我们置身在我们快乐的忒巴依德斯[①]，真的有权对前人的世纪表现得如此冷酷无情？我们的批评家、才华横溢的专栏作家、描写淫事奸情的长篇小说作者，真应该充当圣哲罗姆（SAINT-JEROME）来公开宣布反对已逝的世纪？我们要小心犯下最为严重的罪恶：伪善；我们不要假装贞洁，不要假

① 又称上埃及，最早的基督徒为逃避罗马皇帝 DECIUS 的迫害，逃到此地隐居。此喻孤独隐居之地。——译注

守贞操；在劣品恶行在社会上大行其道的时候，在乱七八糟的圣西门主义从各个方面侵入我们精神世界的时候，我们要把这些神圣的德行留在它们的圣所。

对杜巴里伯爵夫人的这部著作结束了作者对路易十五统治的研究。他在这些研究中投入了与在 16 世纪法国天主教同盟的研究上同样的偏爱与热情。他必须纠正事实，消除根深蒂固的成见偏见。他对权威的崇拜促使他从一个特别的角度来观察路易十五统治这个最后的阶段。大法官莫普乌恢复了政府的团结一致，他毫不含糊地为之喝彩。而杜巴里夫人以忠诚与勇敢参与了这场政变。她让路易十五坚定不移地维护王室的特权。这份功劳是属于她的。尽管当时的小册子对这个统治时期进行了歪曲丑化，但是外交衙门与陆军衙门的档案证实了这个统治时期的灵活、坚定与执着。洛林省与科西嘉岛是路易十五送给法国的大奖[①]。

本书作者遗憾地离开了他所偏爱的这个时代。他是那么喜欢在那些森林、城堡、雅阁、那些椴树林里的、茂密的千金榆林里的小径漫步！他在吕西安讷小屋脚下，坐在一条古老的石凳上写下这些文字。当年路易十五也曾在这里坐过。透过小山冈上氤氲的雾气，他恍惚看见杜巴里伯爵夫人跑去迎接国王的情影。因为她总是要求宽恕，要求怜悯。她的身边总是簇拥着黎世留、苏比兹、米尔普瓦、德·艾延、布里萨克等王公重臣。他们都尊敬这位迷人的女中豪杰。唉，幻象消失，画面改变，在革命广场架起了断头台，一个女人登上台，一些呼喊响起来："刽子手！还不到时间！"接着，杜巴里伯爵夫人的头颅被举起来示众！

赎罪的代价真够大！

---

① 洛林原属路易十五的岳父，波兰国王斯塔尼斯拉斯·莱辛斯基，在这位国王 1766 年去世后转入法国版图。科西嘉岛原属意大利热那亚，1768 年让与法国。——译注

目　录

法国版画家、作家德农

法国大革命的著名活动家拉法耶特

西班牙国王查理五世

学者版《路易十五的情人杜巴里伯爵夫人》

一　让娜·德·沃伯尼埃家的起源（1744—1764）

18世纪，在法国的各个省份，存在着一些良善的平民家庭，他们通过拥有一些小块的封建采邑而与贵族挂上了钩。可是路易十四朝代最后几场战争把他们弄得破产。因为他们没有必不可少的财力资源来给儿子打点前程，这些孩子就只能谋求得到法律界或者金融界的次等位置，甚至常常只能谋求包税所或者盐仓的职员、助手职位。

居住在洛林省沃库勒尔的戈玛尔·德·沃伯尼埃家就是这种情况。在那个美丽的省份，有一些勤劳勇敢但是财产菲薄的良民。从冒险家加兰（GARIN）开始，骑士传奇里描写的洛林人都是身材高大、英勇无畏、挂着长剑行走天下的英雄，可是在他们的小城堡里，却是薄有钱财，并不富有。少女让娜是在洛林生长的女孩。土地坚硬，林子深远，使得这里的人双臂特别有力，因此一些重骑兵团便来这个省份征募兵员，一些有名的骑兵大队更是由行武世家组成。斯塔尼斯拉斯国王[1]的军队是世界上最为威武的军事集团[2]。

洛林新近归并法兰西王国[3]，这就需要一套特殊的征税体系。旧制度的精明之处在于，听任各省保持自己的风俗、习惯、法规，从而不知不觉地实行主权的更替。它正是依靠这一点才持续地控制了如此广阔的疆域，确保了国土上的平静。法国革命却是循着一条相反的路线，

---

① 1677—1766，曾任波兰国王，路易十五的岳父，被封为洛林公爵。——译注
② 国王的一道敕令把那些武士都册封为贵族。——原注
③ 1736年的维也纳和约规定了洛林的归并。——原注

到处强迫人接受自己的统治模式，甚至自己的哲学幻想。到头来它强使人接受的东西丝毫没有得到保留，因为民众仍然珍视自己的风俗、自己的宗教、自己的传统形式，要尽快挣脱伤害他们的东西。洛林省有自己独特的旧王朝交由地方负责的税务系统。一如其他地方的税务系统，只有税务官的职位由包税所任命。

让·德·沃伯尼埃就是在这样一个机构里找到了一个卑微但体面的位置。包税分所的所长杜布勒依先生是包税总所派来的代表。让娶了玛丽·德·勒克鲁兹为妻，她也是个被册封贵族的平民姑娘。她的父母都去世了，在世上只有哥哥这一个保护人。她哥哥当时在最小兄弟会当修士，以朗日兄弟的名字为人所知。这些善良的修士以无私的热情关爱一些家庭，给他们出谋划策，解惑释疑。对这些家庭而言，他们是可敬的顾问，是可靠的依托。因此所有公馆的大门，甚至王公贵族府邸的大门，对于嘉布遣会、最小兄弟会、奥斯定会和方济各会的改革派修士，都是敞开大门，有求必应。这种既出家又入世，既孤身独处又置身人群的生活，给他们一种沉着处理各种事务的经验。每个家庭都有其神师、朋友、顾问。17世纪（高乃依、拉辛和帕斯卡等人的世纪）并不是一个那样严峻，精神那样高不可攀的世纪，因为每个家庭都坐着一个善良的修士，他们是年轻人与家庭的精神向导。每个灵魂关心的都是自身的拯救，尘世也就显得没有那样冷漠无情，因为生命的运数在真福者的天国找到了答案。

1744年8月28日夜里，玛丽·德·沃伯尼埃生下了一个小女婴：包税分所所长的妻子杜布勒依夫人做了她的教母。孩子出生之际，正好碰上包税总所一个高级代表来沃库勒尔视察，德·沃伯尼埃先生就请这位比亚尔·德·蒙梭先生①做了孩子的教父。给孩子举行洗礼的仪式办得非常隆重：在旧制度下，一个包税人就是一股雄厚的财富势力，就是一股非常巨大的影响力。小女孩取名叫玛丽-让娜，这是非常好的

---

① 接下来他成了丰特诺瓦战役的军需物资供应商。他儿子1775年是证券交易的大庄家。——原注

洛林人的名字。

可是刚满八岁，可怜的女孩就失去了父亲，她唯一的生活来源。在沃库勒尔怎么维持生活呢？德·沃伯尼埃夫人申请经营一个彩票点，未获批准。朗日兄弟去了巴黎，被召进他那个修会的修道院。她只得希望比亚尔·德·蒙梭先生还记得他那个基督教的教父身份，愿意为小玛丽-让娜做点事情。朗日兄弟能不能利用自己的影响力，来为妹妹和外甥女找一条谋生的路子，以保证未来衣食无虞呢？德·沃伯尼埃夫人就带着女儿动身去了巴黎。母女俩在玛莱区的里昂-圣保罗街安顿下来。那里离皮克普斯修道院不远。

过了几天，朗日兄弟亲自把她们送到比亚尔·德·蒙梭先生府上。包税总所在圣-奥诺雷城厢有一些雅致公馆，德·蒙梭先生的府邸就在其中。在受他保护的两母女眼里，这儿简直是仙女住的宫殿。教父诚心诚意地接待了教女，过了些日子，年轻姑娘就被安排进圣马丁街专门接纳小贵族和平民家女儿的圣洛尔修道院，处在朗日兄弟的保护之下。比亚尔·德·蒙梭先生支付了她的食宿费。此外，他还安排德·沃伯尼埃夫人去给一位非常有钱的寡妇德·雷纳日夫人做陪媪。这个极为善良却又十分正常的安排为后来居心不良的小册子作者提供了把柄。18世纪的叙述就像薄伽丘的故事一样是无稽之谈。那些故事为路德的宗教改革做了准备，正如百科全书派的著作加速了权威原则的毁灭，从而导致法兰西王朝的崩溃。

玛丽-让娜·德·沃伯尼埃就在那样一家修道院里接受了良好的教育。每天听着好朋友们的悄悄话，总是被那些无辜的小阴谋包围，她却始终显得那么娴静，那么迷人。其实那些小阴谋在少女心里留下了那么温馨的难以磨灭的回忆。狄德罗和拉哈普斯等作家把修道院描绘得一团漆黑，说它们像是最为可憎的监狱，其实他们的描写并不准确。德·沃伯尼埃小姐在修道院里表现活泼、善良，性情温顺而快乐，衣着打扮俏丽，一头灰色的长发拖到脚后跟，两只眼睛又大又亮，两道黑眉又弯又长，一张鹅蛋脸生得精精致致完美无缺，才13岁的年纪，就已经出落成一个大美人了。

前面说过，圣洛尔修道院是一家专门用来接纳平民和国家工作人员女儿的女修院。那些寄宿女生出了修道院，要是无家可回，又嫁不了人，院方就给她们找一个用工单位，让她们从事体面的工作。玛丽-让娜就被院方交给了拉碧依女士。此人在圣-奥诺雷街塞尔让城门附近开有一家服饰商店①。由于担心使用德·沃伯尼埃这个姓氏会贬低贵族身份，玛丽-让娜就改名叫朗松小姐。那些小册子作者揪住这一点做文章，给这个年轻女工编造了一些最初的艳事。正如后来宫廷的人轻蔑地质问的：谁给他们编造这些隐情秘事提供材料？是谁给他们打开了少女情怀的大书？根据大家的证明，拉碧依女士的商店是个正派可敬的商店，她丈夫在旁边开了个彩票站。这个良好的用工单位与一些修会都有联系，修道院经常把一些命运不济的女学生介绍过来。

　　让娜·德·沃伯尼埃（朗松小姐）活儿干得聪明漂亮。朗日神父见外甥女干的是体力劳动，与家庭的地位不合，等三年学徒期一满，就赶紧把她接走了。现在朗日神父做了一个富有的包税人遗孀（德·拉加德夫人）的灵修导师，就把外甥女安排进这户富裕之家，做陪伴小姐。这家人一年在乡间生活九个月，在巴黎住三个月，过着最是奢华的生活。德·沃伯尼埃小姐时年十八；有人夸她是沙龙珍宝，因为她把美丽的容貌、高雅的举止、聪慧的头脑集于一身，为人低调，心思细腻，最是善解人意。她虽然处在非常卑微的地位，却让德·拉加德夫人的两个儿子生出强烈的痴情。那两个儿子，一个是包税人，另一个是行政法院的审查官②。为了把外甥女从两个拉加德先生的纠缠中解救出来，朗日神父让她离开德·拉加德夫人，安排到另一个富裕的金融家屋里。德·拉威里叶夫人家在卢尔的公馆③宾客盈门，接待任务繁重。18世纪一个金融家沙龙热闹到什么地步，我们现代人简直无法想象。美轮美奂、陈设高雅的客厅里高朋满座，贵客如云，来者不是

---

　　① 也许是拉碧依先生的商店。因为当时服饰商店只用男人的姓氏。这家商店后来由著名的服装师贝尔坦女士接手。——原注
　　② 他是幼子，姓杜德莱。——原注
　　③ 后来成了德·奥尔良公爵家的产业，辟成蒙梭公园。——原注

公卿巨贾，就是才子佳人：德·苏比兹亲王、德·黎世留公爵一家子、德·尼韦纳公爵一家子、德·玛依埃公爵一家子，以及布弗勒、让蒂-贝纳尔、达朗贝、布封等名流都是这里的常客。大家在这里摆设华宴，品尝最最珍贵的佳肴，畅饮温热醇厚的葡萄美酒。酒足饭饱之后，通宵娱乐，直到天明方散。这些有闲有钱阶级不关心任何事务，也不操心弄出绯闻艳事，要与人刀剑相拼，进行决斗；他们干任何事情都轻松潇洒，满不在乎，哪怕是为非作歹，施邪行恶。他们是一块有害土地上生长的众多玫瑰；绅士欢聚，一时忘记了天主，但不是永远弃绝宗教，因为父辈把宗教嵌进了他们的灵魂，就像光荣的饰物嵌进他们的家徽。就像中世纪歌颂骑士的武功歌里那些英雄，他们在作为真正的无宗教信仰者无视宗教之后，又作为卑微的忏悔者跪在灵床之前。

这样的风俗肯定要遭受严肃严厉的历史学家谴责，不过前提是不能以此炫耀自夸，来颂扬那个由哲学家、混血儿和卖弄学问的情妇，如所谓德·莱皮纳斯小姐、杜夏特莱夫人或者杜德璠夫人等女人组成的圈子；至少思想家的爱情无权将这群宫妓册封为贵族，这群女人每次感觉发生改变就掉换情人，要是内心发生改变就掉换得更勤。

二 历代杜巴里伯爵 (1764—1768)

在德·拉威里叶夫人的客厅里，有一个绅士来得甚勤。他来自朗格多克省，名叫让·德·赛莱伯爵，是杜巴里伯爵家的老大。杜巴里伯爵家有三兄弟。老二叫纪尧姆·杜巴里伯爵；小弟叫德·艾利伯爵。这个爵衔是由德·阿吉库尔伯爵创立的，那是个非常骁勇、非常优秀的军官。这个家庭还有两个女儿，一个叫伊莎贝尔，一个叫弗朗索瓦芝，她们给杜巴里家带来了巨大的贵族名望。家系学者确认这个家庭祖籍苏格兰，传自巴里-莫尔，是斯图亚特家族的幼支。巴里-莫尔的纹章和铭词"冲杀在前！"是查理七世赐予的，因为他带了一连苏格兰人投到这位君主麾下，为其效力。从此这个连队就编入近卫军团队。

德·赛莱伯爵与德·杜拉公爵家族是近亲，从 1750 年起，这家人迁来巴黎，就住在杜拉公爵府里，有时也在最高法院的庭长德·拉莫阿庸先生的公馆里住一住。德·赛莱伯爵与这位法官的关系非常密切，因为他的最高法院的观点使他变得十分引人注目。外交衙门的国务秘书德·卢依埃先生发现了他这个人才，便委托他去英国、德国和俄罗斯办了一些事情。让·杜巴里伯爵被指定担任驻法兰克福德国人圈子的外交代办。当德·贝尔尼伯爵神甫出长外交衙门之时，德·赛莱伯爵稍稍失宠，不久又被德·索瓦瑟先生召回原岗位。不过他关于欧洲的政治观点与德·索瓦瑟先生并不相同。他在巴黎总是借住在德·杜拉公爵府邸，如实地见过当时的许多人物。作为一个广有才智、手头

8

很松的人，他喜好赌博，更欢喜女人。他已经年过 45 岁，人们称他为情场老手。自摄政王时代①以来，这个词语就完全没有了贬义：德·黎世留元帅难道不是个情场老手？德·赛莱伯爵已经结婚，不可能娶下德·沃伯尼埃小姐这个年方 21 岁，美得让人如此陶醉的女子。在伦敦和荷兰出版的小册子说他把小姐选做情妇，小姐给他管起了家：这种共同生活还需要什么证明？一个被提升到高贵顶点的女子，难道就没有遭受诬蔑诽谤的传说？难道人家想起玛丽庸·德洛姆②和尼侬·德·朗克洛③，对她网开一面，不把她与假装正经的德·曼特侬夫人④相提并论？大家不要指望我会从诋毁一个绅士家庭荣誉的外国小册子里摘抄材料；我只相信正式的文献资料。

不过有一点是确实的，就是弟弟纪尧姆·杜巴里伯爵在这个时期来到了巴黎。他也像拉加德两兄弟一样，对德·沃伯尼埃小姐生出了痴情。由此而引出了一些公证文件："1768 年 10 月 1 日，在圣劳伦堂区为杜巴里伯爵与已故小贵族让·德·沃伯尼埃先生和德·雷克鲁兹女士的婚生女儿玛丽-让娜·沃伯尼埃小姐举行了婚礼。新郎新娘得到人们祝福。通过勒波·德·奥特侬师傅收到的婚约，纪尧姆·杜巴里承认妻子带来了十万利勿现金和六千利勿的遗产。"若是与一个贵族遗孀的家庭状况，尤其是与据揣测是由国王的贴身仆人多米尼克·勒贝尔居中调解达成的可耻的条约作比较，这笔财产确实十分菲薄。

而且未经证实的是，这笔嫁妆并不是由母亲的金钱和教父比亚尔·德·蒙梭的好处提供的。在 18 世纪，人们生活在金融家的圈子里，不可能不从他们的赚钱操作中得到一些好处：他们或是让你加入某些供货的生意，或是让你在租赁生意中占些份额。德·沃伯尼埃夫人作

---

① 1715 年到 1723 年。——译注

② 1611—1650，法国国王路易十三朝代倾国倾城的美女兼才女。出身于平民，曾是一些朝廷重臣，甚至路易十三的情妇。雨果曾以她为原型写作剧本《玛丽庸·德洛姆》。——译注

③ 1620—1705，法国国王路易十四朝代的美女兼才女、宫妓。——译注

④ 1635—1719，法国国王路易十四的情妇。——译注

为一个功勋职员和圣女贞德家族一个绅士的遗孀，有可能激起人们的关心。1761年战争期间，她在德·贝勒-伊斯尔元帅的保护下，通过帕里斯兄弟参与了向军队提供生活物品的生意也是确有其事。军队甚至拖欠了她一些余款，德·贝勒-伊斯尔元帅曾让她放心，保证结清。

为了结账，拿到余款，德·沃伯尼埃夫人带着时年21岁的女儿玛丽-让娜小姐不止一次上凡尔赛，到海军衙门和陆军衙门来办事。在凡尔赛、在两个衙门，人们谈论的只是小姐的美貌、气质，和活泼、体面、得宜的言行举止。的确，一个在修道院培养长大，在服饰时装界研究过女人的优雅打扮，接下来又在巴黎最上层金融家沙龙里见过世面，又在德·拉加德男爵夫人、德·拉威里叶小姐、德·盖斯诺瓦侯爵夫人府上待过的姑娘，不可能不学习上流社会那些人的谈吐气派，同时又保留自己这个岁数年轻快乐、聪明活泼的风韵。

母女俩每次上凡尔赛，祈求衙门结账，都要从那道精美绝伦的大理石楼梯去花园看看。警卫们都认识玛丽-让娜小姐；她在花园里欢跳、奔跑，尤其喜欢到国王必经的路段走一走。她喜欢国王那威风而华美的仪仗，喜欢那些王公贵胄富丽的衣装；她盯着路易十五细细端详，那时路易十五还是王国里最为俊美的绅士之一。或许国王也注意到她了。经常在德·拉加德夫人、德·拉威里叶夫人家沙龙出入的德·苏比兹亲王、德·黎世留元帅、德·索夫兰侯爵，不可能不对国王说起这个年轻姑娘的惊人美貌。德·拉加德先生、富可敌国的金融家拉迪克斯·德·圣特福瓦和德·赛莱伯爵先生在姑娘嫁给纪尧姆伯爵之前，都曾向她表示过敬意。女人是玛尔利、猎舍和索瓦齐等宫殿小型晚餐会上的话题。国王想亲眼见见这位让所有人都赞叹不已的玛丽-让娜·沃伯尼埃小姐的美貌，认识认识，接下来再晤谈晤谈，又有什么奇怪呢？我不能原谅那个忘记责任行为放纵的时代；我来解释那个时代：它制造的那么多丑闻，天主不是用断头台来狠狠地惩罚了吗？

那些小册子的作者拿了外国人的金钱，给杜巴里伯爵夫人初始的生活与鸿运编造出一种传说，难道我们还需要这种无稽之谈？还需要这种由一支醉醺醺的羽笔，在一些肮脏场所撰写的新编阿雷坦①故事？然而在那些小册子里，一个高尚的教士被写成了一个可耻的皮条客；一个善良人家出身，像他的宝剑一样勇敢的绅士，德·赛莱伯爵，在小册子里被描写成拿弟弟的荣誉做交易的家伙，而他的弟弟纪尧姆·杜巴里伯爵，则同意娶一个声名狼藉的女子做妻子，好把自己的姓氏借给国王的情妇：此外还有一个出卖女儿的母亲！德·沃伯尼埃小姐，国王心爱的情妇，一如加布里埃尔·德·埃斯特莱或者德·丰堂热夫人，不是用自己的青春、美丽，和一个优雅女孩单纯而喜悦的韵致，而是用一个宫妓过分讲究的技巧去取悦国王！路易十五这个最有绅士风度的国王，最有温情最体贴人的男子汉，却被描写成一个没有尊严，没有心肝的君主。在那些小册子里，杜巴里伯爵夫人与国王私下独处时说出的那些粗俗话，谁又有可能听见？它们纯粹是那帮放荡堕落的作者胡编乱造的东西！说年轻的伯爵夫人任性，心血来潮，调皮，说话不很柔婉，这倒是有可能的，因为她是在最为高雅优裕的社会里长大成人的，因为容貌美丽，别有风韵而备受奉承。她是被夸赞表扬，被团团转转挤在她周围的仰慕者宠坏的孩子。

说纪尧姆·杜巴里伯爵结婚是为了掩盖国王路易十五与玛丽-让娜·德·沃伯尼埃小姐的私通，其实是骗人的鬼话。因为在圣劳伦举行的这场婚礼，比杜巴里伯爵夫人获得圣宠早了几乎三个月。我绝对不是希望赞扬这种公开的通奸：这种事情是不可原谅的。波旁家族的几个国王都是被这种有罪的爱情毁了。路易十五与杜巴里伯爵夫人的私通，与亨利四世与加布里埃尔·德·埃斯特雷，路易十四与德·蒙特斯庞夫人和德·曼特侬夫人以及他本人与前面几个情妇的奸情一样有罪。

我要再说一次，德·曼特侬夫人的敌人对她进行诽谤，好丑化

---

① 1492—1556，意大利作家，作品主要有一些讽刺诗和宫廷轶事。——译注

德·奥比涅小姐①的青春年华的手法，与杜巴里伯爵夫人的敌人对她进行攻击，以诋毁玛丽-让娜·德·沃伯尼埃小姐的手法有共同之处。可怜的德·奥比涅小姐在乡下过着贫贱日子的时候，人家有什么没有说到的？年轻的斯卡龙寡妇在她的女友，人老齿稀的宫妓尼侬·德·朗克洛家里的风流韵事，人家有什么漏掉的？没有别的，只因为德·曼特侬夫人正在向上，往宫里走。她是个精明能干的女人，想事周到，办事周全。而杜巴里伯爵夫人去凡尔赛，正是感情充沛、天真烂漫的时候，人又淘气，有意要与索瓦瑟那些人唱唱对台戏。她怀着胸有成竹的坚定不移的意志，直达目的：王国上下一致反对最高法院系统的胜利。

杜巴里伯爵夫人有个对头，就是德·索瓦瑟公爵②。此人是一帮忠心耿耿的作家的头领，在舆论上十分强大。德·索瓦瑟公爵想用小册子这种武器来把杜巴里伯爵夫人打败。杜巴里伯爵夫人粉碎了最高法院系统，那些法官们自然不会原谅捏碎自己的那只手！这样一来，就冒出了那些取名为《杜巴里伯爵夫人回忆录》或者《杜巴里伯爵夫人书信集》的虚假叙述③。

---

① 德·曼特侬夫人在娘家的名字。——译注
② 1719—1785，法国国务家，1758—1770年路易十五朝无正式衔头的首相。——译注
③ 不过对于出版业来说，这倒是做得十分漂亮的事情。至今这两本书还畅销不衰。——原注

三　路易十五及其宫廷（1765—1768）

现在我来说一说宫廷阴谋。在德·蓬帕杜女侯爵去世之后，路易十五似乎放弃了册立一个对公共事务拥有一定影响力的正式情妇的想法，或者几成风尚的做法。人们看见他重新亲近家人，更经常地与几个女儿待在一起，每次出巡打猎，不管是到孔皮埃涅、枫丹白露还是到塞纳尔森林，都带着她们；他也经常带太子殿下去那些宫殿。太子殿下为人诚实，性格刚正，受人尊敬，在如何消除最高法院系统的弊病，推行全面教育和让宗教团体发挥积极影响方面都有一些很好的想法，对于世界和平、民众幸福，都怀着良好的愿望。太子殿下总是声明反对大型战争，然而只有这些战争才能使法国迅速崛起，在欧洲拥有崇高的优越地位。国王把儿子的看法视为宽厚仁慈的空想，真的办起内政外交实务来，这些看法就持不住了。因此他不敢把国家大事这副沉重的担子交给儿子。真要让儿子执掌国柄，说不定他会按照费纳隆笔下的泰雷马克那些感情用事的观点来当权理政。

一次去枫丹白露小住①，太子殿下躺下后就没再起来：他死于一种怪病，医生诊断为一种胃癌。他只能消化葡萄，可是在枫丹白露吃得过多，没了节制。路易十五深感哀恸。太子突然去世绝非寻常小事，也不正常，于是荒谬残酷的谣言四处流传，说太子是被人下毒害死的。在那个小册子铺天盖地盛行一时的年代，有人竟敢指控德·索瓦瑟公爵，说他是毒害太子殿下的罪魁祸首。确实，在政教统一还是分离这

---

① 1765 年。——原注

类重大问题上，太子殿下与路易十五的这位大臣看法不一，甚至互相抱有深深的敌意，然而德·索瓦瑟公爵纵然有种种不是，纵然有千般过错，一种如此残忍的罪行，恐怕还是干不出来的。当时一些人编造这些蹩脚的传说，无非是用来宣泄仇恨，有时甚至为公众的轻信提供养料，所以我们要把它们扔得远远的，绝对不可采信。

对于儿子的去世，路易十五的心灵表现得非常坚强；既不是漠然无情，也不是无动于衷。凡是与死亡有关的事情，路易十五都是坦然视之，他是无所畏惧地直面生命的终结。

有人可能会说，路易十五汲光了人类情感之樽里的每滴汁液，只剩下活动、改变的需要。这种需要让你震撼，让你激动，却不能让你得到娱乐。太子殿下留下三个儿子。老大是德·贝里公爵（从此成了法国的王储），老二是德·普罗旺斯伯爵，从此成了皇（王）叔，老三是德·阿尔图瓦伯爵。三个孩子都还年幼，不能指望他们成为宫里举足轻重的人物。三个孩子由母亲监护。那是一个温柔慈爱的母亲，为人做事都十分认真的女人，一如所有的德国女儿，把一生献给了自己的责任。

因此法国这些王子王孙们另外形成了一个宫廷，由德·沃基庸公爵领导。路易十五经常来到这个圣所看看，与孙儿们相处，使他得以洗去满身暮气与陈虑。不过他更经常去看望几个女儿，她们那几颗心里充满了对父王的敬爱，而父亲对她们也充满慈心柔肠。她们积极活跃，对公共事务具有的影响力超出人们的想象。路易十五不愿意伤害她们，有时作出一个决定，但是一想到有可能招致女儿的批评，就戛然而止。

宫廷里虔信天主教的大臣们看到路易十五在情事方面有所收敛，一个个都显得高兴。优秀的王后玛丽·莱克辛斯卡这时年纪已老，不可能奢望在国王丈夫心里再获欢宠。

太子殿下是玛丽·莱克辛斯卡最喜爱的孩子，他的去世，让王后悲痛欲绝，一下病倒，从此恹恹无力，没精打采，只是苟延残喘。儿子走后三年，她也过世了，生前并没有得到慰藉。作为一个优秀的女性，在个性轻浮、风流多情、喜新厌旧的丈夫留下的空虚里，她靠着对文学和美术，尤其对音乐的爱好来娱乐自己、打发时间。为了使这份沉重的死亡名单不致出现遗漏，有必要交代一句，路易十五的岳父，王后的父亲，波兰国王斯塔尼斯拉斯，驾崩于他在南锡的宫廷。通过这个事件，洛林就彻底归并法国。这是古老王国拿到的一个大礼。斯塔尼斯拉斯这个国丈爷对公共事务从未施加影响；他一生虽然也算虔诚，但是晚年很是轻浮，身边有几个相好，其中有个德·布福蕾夫人，据认为是他最宠的女人。

国王家里的这些丧事使得凡尔赛宫廷的生活变得稍显单调与凄伤：国王带着一众廷臣外出巡视，从这种前呼后拥的生活中得到慰藉。他特别带领臣仆们来到索瓦齐，在那里想起了他所喜欢的那些往事。人们看见国王所乘的豪华四轮马车一周两次，飞速穿过普莱西-皮盖树林、封特纳玫瑰谷、夏特纳、韦里埃尔、什维利，一直驶到索瓦齐的国王领地：一条漂亮的大路，两边不是森林就是绿地，不是溪流就是花田。在索瓦齐，路易十五享有充分的自由，与德·艾延公爵、德·卢韦莱侯爵、德·黎世留元帅和德·苏比兹元帅一起神聊国王的轶闻与趣事。在晚餐席上，路易十五作为最讨人喜欢的宾客，起初有点忧郁，有些伤感，但很快就活跃起来，言语风趣，讽刺尖刻，令人颇为解颐。

有一次，在索瓦齐这种快活的晚餐席上，召来一小群美丽聪明的女人陪酒，包括国王在内，每个宾客都编一首歌，吃餐后甜点的时候，大家就在那些女人中间唱起歌来。

愿大家在此领略快乐！
哪里找得到更好的场所？
这里一切让欲望满足，
但又催生出新的欲望。

难道我们的始祖

不是在花园里
源源不断地在手下
找到东西来自我满足？

难道我们的条件不强过
当年小树林里的亚当？
他在那里只看到两只美目，
今日我们看到很多很多。

在这宜人的居所，
我还看到很多苹果
取悦所有的眼睛，
燃起男人浑身欲火。

朋友，看到如此多诱惑，
我们是多么快活！
就算亚当未犯原罪，
也有众多他人犯过。

国王禁不住大家的请求，也即兴编创了他的歌词，并且在臣子们
激情充沛的鼓动之下，用他的假嗓子唱了出来：

过去只一个女人跟他，
而且还是他的夫人；
在此我见到别人的太太，
却没见到自己的妻子。

莫非各位宾客是被路易十五这份伤感、这种自嘲感染了？德·艾
延公爵马上接着唱道：

他坐在女伴身边，

闷闷不乐地喝水；

我们则快活地唱歌

痛快地饮着香槟。

男子汉要是一顿饭

吃得上这种佳肴，

就不会为一只苹果

而燃起欲火遭受折磨。

　　这就是路易十五晚餐时的真实情形。国王的晚餐席上一般安排10
到12个座位。这也是他的一种消遣。大家在席上可以快活地聊天，议
论宫里的大小艳事绯闻。一般在这种场合臣子们大多说的是别人做得
不聪明的地方，并且这样做也有劝讽之意。因为大家注意到，自从
德·蓬帕杜夫人去世以后，路易十五就没有认真选择过任何女人。有
人围着当时住在帕西的德·罗曼小姐动起了脑子。国王曾经与她暗中
相好过一年。但是小姐渴望为她与国王的私生子争取合法地位。一提
到这个问题，罗曼小姐就看到国王立刻离开了。路易十五的脑子里似
乎早就做了决定，无论什么情况，都不像亨利四世和路易十四那样，
来强迫王国接受、承认自己的私生子。法国历史上总是为这类事情所
累，因此路易十五对这类事情是牢记在心，绝不愿意再给王冠增添
累赘。

　　在路易十五这段鳏居的时间里，那些流言蜚语却仍在为他寻找临
时情妇。人们又再度提起有关"鹿苑"①的可憎传说。巴比埃以其律师
的庸俗见识，提醒人们注意，"一个私生活非常自由的个人。他既不是
最高法院的推事，也没有担任图奈尔宫②的顾问，如果鳏居一年的国王

---

①　凡尔赛的一所房子，里面住过一些少女，供路易十五淫乐。——译注
②　图奈尔宫建于16世纪，一直是法国国王的产业，尽管他们很少去住。——译注

不允许，他绝对不敢贸然进入那些小房子"。

宫廷里虔诚的大臣，还有国王的几个女儿，想趁路易十五鳏居所给予的自由，替他物色再娶的对象。宫里当时有个 21 岁的年轻女子，名叫路易丝·德·萨伏瓦·卡里良，刚刚失去了丈夫德·朗巴尔亲王。德·朗巴尔亲王是个热烈多情的男人，彭蒂埃弗尔家的长子，路易丝·德·萨伏瓦·卡里良嫁给他不过两年。德·朗巴尔王妃与公主们关系亲密，同意这门将给法兰西带来一个年轻王后的婚事。但是路易十五明白，年龄不相称的结合会引出荒唐可笑的结果。他虽然期望找一些年轻快活的情妇，却认为一个国王的合法婚姻非同儿戏，更需要认真考虑，三思而行。一个年龄超过 60 岁的国王，与一个 20 岁女子共坐宝座的情形，在法国的编年史上未见先例。路易十五在他所进行的斗争中，需要得到王权要求的尊敬；他出于爱情而娶一个女人，不可能不让人觉得荒唐可笑。

在宫廷派别林立，互不相让的形势下，各派势力都力图给国王找个情妇，以掌握国家的统治大权。

四 德·索瓦瑟公爵的执政状况 (1768—1769)

　　德·索瓦瑟公爵仗着德·蓬帕杜夫人的真心保护，达到了权力顶峰，成了一人之下，万人之上的行政大员。他极会办事，说话又讨人喜欢，与外国人来往有股高人一等自命不凡的气势，深得路易十五的欢心与宠幸。在德·索瓦瑟公爵身上有两个人：一个是外交衙门的国务秘书①，一个是领导内政衙门刑讯部门的政客。作为外交衙门的国务秘书，德·索瓦瑟公爵是极为出色的人物。国王路易十五认为难以，甚至不可能把他从这个岗位打发走，因为德·索瓦瑟公爵签署了一些成为王国政策基础的重要条约，如 1756 年与奥地利的盟约，以《家族协约》著名的条约；德·索瓦瑟公爵刚刚收下了蓝色绶带与金羊毛勋章。西班牙国王甚至宣称，"如果西班牙和法国确有亲密的关系，那也是通过德·索瓦瑟公爵一手促成的。他乐意见到两国缔结亲密关系。"这位大臣清楚自己在内阁的重要性，在国王面前把自己打扮成一个积极政治不可或缺的角色。

　　在内政方面，德·索瓦瑟公爵就不同了，既无外交方面的价值，也无外交方面的能力。让自己深孚众望的需要，甚至精神嗜好思想倾向都驱使他从（伏尔泰那些）哲学家的理论中寻求保护。再说那些百科全书派作家那么会溜须拍马、阿谀奉承，德·索瓦瑟公爵禁不住他们一顿猛吹，竟以为自己真是个精神上的强人，是光明进步派的朋友。大家从伏尔泰的书信集里可以看出，那些哲学家对德·索瓦瑟公爵夫

----

　　① 相当于大臣。——译注

妇表现得多么卑下。只要能让政权从宗教信仰里抽手，听任社会在百科全书派的进展下腐败，作出什么赞扬都不为过。

正是在德·索瓦瑟公爵执政的最后五年里，那些哲学家的书籍出版得最多。它们不仅批评基督教的宗教信仰，而且批评公众伦理、政府管制和文明的基本原则。德·阿尔让侯爵、德·霍尔巴哈男爵和艾尔维蒂乌斯与索瓦瑟一家关系最密，走得最近。那些出版物的校样常常是通过王国驿传部门，甚至是从港口免税流入法国的。伏尔泰与达米拉维尔的通信证明了在外交衙门看来，被最高法院判定为不良读物的书籍在国内销行是多么容易。

路易十五看出这种倾向，十分不满。他为此批评了德·索瓦瑟公爵。可是公爵过于轻心，对这类批评置若罔闻，完全不当一回事，因为这位大臣本就喜欢嘲笑宗教，把教会利益看做次要利益，有时甚至看做麻烦；他要是关心宗教利益，那极其要紧的面子就会觉得搁不住。他刚刚取缔了耶稣会，驱逐了耶稣会教士，但是他的计划走得更远：所有的宗教团体都要进行改革，德·索瓦瑟公爵最满意的方案，就是把教会的财产收归公有。应该指出，经奥尔良主教德·贾朗特先生之手作出的利益分配是那样奇怪，以至于人们期望另一种管理形式也就合理合法，得到人们理解了。国王对此深有感触。人们建了隐修院、修道院，但是人们却很少修身思过，也不怎么虔诚。弗朗索瓦一世①与教皇达成的关于宗教事务的协议承认国王有权协调并给予利益，这一来就给谋求利益者的纯洁性带来致命一击。作为艺术的保护人，弗朗索瓦一世不是将教会的利益给了最为世俗的画家，甚至给予了本韦汝托·赛利尼②吗？

德·索瓦瑟公爵的第二个不足是对最高法院的喜爱。他迁就了最高法院的野心和骄横。正是为了争取最高法院的合作，他才牺牲了耶稣会。有个时期，这种让步也确实平复了最高法院的戾气。从此冉森

① 1494—1547，法国国王。——译注
② 1500—1571，意大利金银匠、雕塑家。——译注

派就与德·索瓦瑟公爵和平共处，支持他通过了清偿最近几次战争费用的几道法令。不过在政治上对一些团体、一些集合体让步，其实只是助长了他们的野心。当最高法院获得同意将耶稣会派交给他们处置时，当他们通过追究哲学家们的不良读物，给教会作出某种保证时，他们就企图成为全王国几乎独此一家，有点像英国议会的政治集合体。

问题不再是有无权利通过法令的单纯野心，而是大多数最高法院支持团结、统一、责任，要将王国大大小小的宫廷并为一个，从而使布列塔尼最高法院、贝藏松最高法院、普罗旺斯最高法院的法令变得像巴黎最高法院的法令那样举足轻重。在革新上最为激进的审查官先生们信奉的教义是，王国各地的最高法院都成为安置了足够多的王侯公卿和贵族院议员的巴黎最高法院的分支。孟德斯鸠①当做英国人的理论推出的东西完全融入了法国各地最高法院的政治理念与习惯。于是那些最高法院在自己的法令与谏书里不再遮掩其观点。

德·索瓦瑟先生肯定还不到承认巴黎最高法院拥有这些权利的地步，但是他竟然放任自流，听任最高法院在法令与谏书里宣扬其观点，以至于时间一久，原本是理论的东西就会成为既成事实。巴黎最高法院刚刚充当了审判德拉利②先生的大法院，判处其上断头台；布列塔尼最高法院则对由国王任命，也只执行国王命令的该省总督德·艾基庸公爵先生进行法律诉究。确实，在这起案件里，德·索瓦瑟先生任由法院诉究与自己的政体作对的德·艾基庸公爵、德·黎世留家族，自有个人的利益。

德·索瓦瑟先生以自然的直觉，察觉到天生就是其衙门反对者的德·黎世留家族，迟早会被指定来取代他；因为国王路易十五反对让步妥协，对于黑袍贵族（他用来指代最高法院的法官们）深感憎恶，因为这些人是阻碍他推行其政策的最大势力。路易十五多次谈到，要

---

① 1689—1755，法国作家，启蒙思想家。——译注
② 1702—1766，原籍爱尔兰的法国军官，因与英军打仗战败，被判死刑，罪名是背叛法国。——译注

借助火枪队的支持，如路易十三和路易十四所做的那样，一劳永逸地摆脱最高法院这块绊脚石。而军方也对路易十五的想法作出反应，支持他解散最高法院。

这是路易十五身边一个无限忠诚、关系亲近的小圈子里的看法。德·黎世留元帅出于家族传统，不喜欢最高法院的程度，比起国王来还要过之。一如伟大的红衣主教①，黎世留家族的所有成员都对圣上说："陛下，您的王冠，是天主赏赐的，是用宝剑夺来的。因此，您要敬奉天主，要使用您的宝剑。"由此得出这个结论，就是国王不应该听任最高法院诉究德·艾基庸公爵，而是应该使用其作为君主的特权，来撤销最高法院的诉究程序。德·索瓦瑟公爵先生尽管公开宣称是德·艾基庸公爵的冤家对头，难道胆敢违抗国王的意志，拒不从命？为了让行政法院在一定程度上满意，德·索瓦瑟先生把最高法院的法官，综合庭的庭长，院长的儿子德·莫普乌先生任命为大法官。这是个外圆内方、绵里藏针的家伙。他八面玲珑的为人和坚定明确的观点让德·索瓦瑟先生生出希望，以为此人可以使用某些中庸措辞，来调和路易十五和最高法院已经大大激化的争论：国王主持召开过几次最高法院会议，强烈地表达出不可改变的意愿，这就是撤销已经开始的针对德·艾基庸公爵的所有审判程序。

在这种十分困难的形势下，德·索瓦瑟公爵感到有必要通过为国王遴选一位在心智才华和风韵气质上能够与德·蓬帕杜夫人相当的宠姬，来增加他对自己的信任。公爵想到德·格拉蒙公爵夫人。正如当时人们所说，这是他的妹妹、朋友、顾问，他的爱捷丽②。兄妹俩的关系亲密到这个地步，以至于那些可恶的小册子竟揣测两人有罪恶的肉体关系。一个宠姬绝不单单是一份爱情，而是一个承担重任的沙龙：它要牵制国王、控制国王、抗击甚至在国王的书房里威胁着德·索瓦

---

① 指辅佐路易十三的黎世留红衣主教，1585—1642，路易十三母亲的听忏悔神父，因为促使国王母子和好而被重用，曾入朝为相。——译注
② 罗马神话中曾经启示过罗马王汝玛的仙女。——译注

瑟公爵政府的阴谋。可是德·格拉蒙公爵夫人是阅尽春色，已经心神疲倦的路易十五需要的人吗？公爵夫人美色犹在，眼角眉梢露出丝丝高傲的表情，令一些骚人墨客写诗把她比做罗马神话的天后朱诺。作为一个有才有识的聪明女人，她与百科全书派的所有成员都有联系，而作为哲学家们的保护人，反基督教小集团将通过她取得胜利。路易十五对那些演说家，哲学家，百科全书派的反感，德·索瓦瑟公爵还不是相当清楚。国王的小沙龙，他的朋友小圈子，在为国王遴选宠姬这件事情上，获胜的机会是否更大一些呢？

五　18 世纪的风俗（1768—1769）

　　现代人的作为、性格、对权力的喜好、风俗和习惯都是联系在一起的，我们永远也不要把它们割裂开来。18 世纪从头到尾就是一个淫荡好色不信神不信教的世纪，大家都在其中品吸着罗马帝国末期那种醉人且致命的香风毒气：诗歌、美术；上流社会的人士似乎只是为了感官享受而活着。它就像拉图尔①一幅色调柔和的粉彩画，画面上两只斑鸠停在一株玫瑰上啄食花瓣，又像蒂沃利城和庞培城那些画着一群群爱神在天空飞翔，彩蝶在他们当中串飞不停的大幅壁画。放荡堕落的世纪是迷醉于花草的世纪，那些花草熏得你昏昏欲睡，然后把你杀死。

　　诸多神灵的作品在让蒂尔-贝纳德的《爱的艺术》里得到了概述：

　　　　我呼唤爱情这种深入的中伤

　　　　把自己与世界的彻底遗忘。（第一首歌）

　　让蒂尔-贝纳德是索瓦齐宫的图书管理员，龙骑兵的秘书长，拿着三万利勿的待遇，在爱情里面只看到过度的色情肉欲，找不到半点贞洁、含蓄和基督徒信奉的东西。他用异教徒的语言谈论提布卢斯②、卡

---

　　①　1593—1652，法国画家。——译注
　　②　公元前 50—公元前 19，古罗马诗人，贺拉斯与维吉尔的朋友。——译注

24

图卢斯①、普洛佩斯②和奥维德③。

那个世纪表达最真实，语言最轻浮的要算德·布弗勒骑士。他对"心"下了迷人却很色情的定义：

> 心就是一切，一些女人说；
> 没有心，就谈不上爱，没有心，更谈不上幸福：
> 只有心是败者，也只有心是胜者。
> ……
> 爱有千种方式千般技艺；
> 我这套理论的一个证明，
> 就是我所爱慕的美人
> 自有千般技艺让我着迷。

对于当时的诗人让蒂尔-贝纳德、圣朗拜尔、布弗勒、伏瓦兹农、玛蒙泰尔、夏巴农歌颂的这代人来说，生命是漫长的迷醉过程，是温柔的消遣，是轻松的休闲。大家并不愿意用永无休止的工作来惩罚自己。你拼命干活，积累大堆财富，一个一个金币数着享受，哪天中了风，或者痛风发作，或者胸部发炎，眼睛一闭，这些东西就全被带走了。社会并不是一个蚁巢，人也不是孜孜不倦、不停不歇地把流汗挣来的沉重包袱运往自己窝里的蚂蚁。

人们长时间待在大路旁的树阴下，听着隐隐传来的瀑布声，头上的斑岩花瓶或者插满鲜花，或者覆满软藤，藤条一直垂到万般柔情地躺着的男女恋人脚下。华托④、朗克雷⑤或者弗拉戈纳尔⑥笔下的风景

---

① 公元前 87—公元前 54，古罗马诗人。——译注
② 公元前 47—公元前 15，古罗马诗人。——译注
③ 公元前 43—公元 18，古罗马诗人。——译注
④ 1684—1721，法国画家。——译注
⑤ 1690—1743，法国画家。——译注
⑥ 1736—1802，法国画家。——译注

就是这样平静、美妙。

> 艾格蕾，我喜欢献给您的鲜花；
>
> 它们若不是想装饰您的胸脯，
>
> 绝不会引诱我的手去采摘。
>
> 它们被爱收获时魅丽四射；
>
> 收下它们幸福，送出更幸福！
>
> 怜悯在无聊中采花的凡人吧，
>
> 他把花留在手上，不会送人。
>
> ……
>
> 是啊，庸常的心才为他人所役，
>
> 敢追求，才能征服所有的心。
>
> 蝴蝶永远是赢家，
>
> 因为它被所有花喜爱
>
> 从不死盯着一朵。

　　中世纪那种贞洁的，具有基督教伦理道德的，保持童贞的女人就这样消失了；18世纪的社会如同一幅异教时期罗马的晦暗单色画，画着的是淫荡色情、忘记贞洁（唯一造就美丽的要素）的场景：在被紫红葡萄串陶醉的半人半兽①面前，维纳斯的腰带松脱下来。在18世纪那些作品里，总是有些色情的暗示。年迈的伏尔泰每写十行诗，就要提一下没有遮盖的维纳斯，就要为希腊神话里的牧神潘，为西勒尼②，为贺拉斯作品里好色的公羊做一次牺牲。他甚至不尊重贫穷的嘉布遣会修道士的棕色粗呢僧袍，为的是享受指责他们清苦生活的快乐。那些僧侣靠劳作与俭省过日子有什么过错？拉哈普与夏巴农写信给伏尔

---

①　SATYRES，亦指色鬼。——译注
②　希腊神话里的魔神，一个秃头、肥胖、终日醉酒的快活老头，是酒色情色的象征。——译注

泰，祝他的主保瞻礼日圣弗朗索瓦日快乐，伏尔泰就用下面的诗句回复两个年轻的崇拜者：

> 他们糟蹋了我的修士风帽，
> 如此快活又罪过的事哪里有？
> 我的主保圣人弗朗索瓦说：
> 这些鬼孩子是什么人呢，
> 是拉哈普与夏巴农。
> 这对淘气的小坏蛋
> 偷了维纳斯的腰带，
> 和大神阿波罗的竖琴，
> 还偷了自然的光束。
> 这事我信，丐僧说，
> 因为多个姑娘告诉我，
> 他们偷了我的束腰绳。

践行圣弗朗索瓦的教理的可怜孩儿，他们老老实实地过着贫穷日子，处处撙节俭省，能够为这些醉心肉欲色情的孩子所理解和尊重吗？光着脚板的民主主义者，你们这些圣弗朗索瓦的孩子，你们要把谁献给人民大众，献给民众的苦难？你们能够得到这些寻欢作乐的少爷们的理解吗？能够被这些一口娘娘腔，涂脂抹粉打扮得像个婊子仔的人所谅解吗？

多拉①，圣朗拜尔，伏瓦兹农，玛蒙泰尔对希腊罗马的古代文化发出了热烈的回声；每件器物上都散发着肉欲主义的气息。到处都为爱情建起神殿。乡村被用来描写成让恋人迷路的幽秘小树林、秘密的迷宫。猎场被美化为一群藏在玫瑰与丁香丛中的神祇与林泉仙女的居所。每个大贵族，每个大富豪都有其用大师作品装饰的公馆；到处都在谈

---

① 1508—1588，法国人文主义学者，大诗人龙沙的老师。——译注

论有钱的情妇，歌剧院的姑娘，那些享有极大自由的一日女主：例如纪玛尔小姐在其邦坦的公馆里演出喜剧，里面布置豪华，德·苏比兹亲王一年要为此花费十万埃居。国王的贴身仆人拉包尔德为她的芭蕾剧配乐，有时德·奥尔良公爵的膳食总管蒙西尼也在其中扮演角色。纪玛尔小姐接待宫廷和民间两方面的看客。而民众也成群结队涌到宫妓府上，就像古希腊民众围着那个美丽的高级妓女阿斯帕琪，争相目睹她的风采。婚姻只是一个形式，在那些大人物府上，通奸公然发生，其胆大妄为不受惩罚，家庭为之毁灭；绅士们休弃妻子，把责任义务抛在脑后：情形糟到了这一步，非来一场赎罪祭礼不可了。于是法国革命就像在古波斯的太阳神密特拉的秘穴里举行的牺牲，参加秘密祭礼的所有信徒进入那里时，一身都要沾满鲜血。

　　18世纪的社会是个轻浮得要命的社会，因为这个社会有股魔力，一小群精英不但不为堕落的恶习请求原谅，反而让它变得更为可爱。切不可把这种灵魂的可悲迷途，与王室在凡尔赛、索瓦齐、玛尔利的生活截然分开；国王的家族仅靠古老而强大、今日已经完全消失的制度才得以维系：长子的权利，替代继承，贵族的领地、特权，修道院，最后是美好而强大的封建形式。这些制度一旦受到震动与损害，家族的势力肯定会衰退削弱，家人聚会生活的场所就会消失。最后社会沦陷在混乱之中，只有通过一场非常值得的政治运动，如1789年的起义，社会才会走出动乱的泥沼。路易十五与当时最有远见的才智之士隐约窥见了这场革命，但是在自己的灵魂里却找不到足够的勇气与力量来自我纠正，来规范逾矩的本性。当人们被种种虚假观念、不实思想包围，当一代人听之任之不思作为，只有吃了豹子胆的人才敢于表示反对的时候：只有赫尔枯勒斯①才清理打扫奥革阿斯国王三十年不曾清扫的牛圈。那种灰心泄气，那种苦恼烦闷，那种盲目地放弃一切的做法，那种"该来的就来吧"的想法，甚或那种在一个年轻、快活、没有束缚的情妇身上找到某种轻松消遣（它们常常有助于作出艰难的决断）

―――――――――

　　①　希腊神话传说中最有名的英雄赫拉克勒斯在罗马神话中的名字。——译注

的需要，都是由此产生或形成的。除了这些原因，还要加上上面谈到的宫廷阴谋。这样，就可以解释，而不是论证杜巴里伯爵夫人权力的来源与发展了。

路易十五与杜巴里伯爵夫人最初几次会面的日子无法确定；人们在他们的亲密关系上用缺德的流言与可悲的细节砌了一座怪异的建筑物，国王的贴身仆人多米尼克·勒贝尔，德·黎世留元帅，让·杜巴里伯爵和国王本人都在其中扮演了一个可耻的角色。不过，流言揭露的不是恶习，而是国王对一个出身寒微的情妇的痴迷。

什么?! 路易十五竟敢选择一个下层社会的女人! 他为什么不召唤德·格拉蒙伯爵夫人①，德·艾格蒙夫人，德·米尔普瓦元帅夫人来满足他的情欲?! 他为什么不把君主政体置于法兰西阀阅世家印有纹章的扇子底下？为什么他一反惯例，要违背从加布里埃尔·德·埃斯特雷开始，一直到德·蒙特斯庞夫人和德·纳斯勒侯爵家的几个高贵女儿②，正式情妇都要从豪门贵族中遴选的规矩？他要是遵从习俗，满朝文武都会拍手叫好。可是国王走出这个金光闪闪，印着高贵纹章的圈子，就堕落了，自降身份了。甚至18世纪的作家，尤其是哲学家们都是这样推想的!

国王一个新宠姬在索瓦齐与凡尔赛露面的消息，被简要地记在巴索蒙③带有诽谤和讽刺色彩的日记本上，日期是1768年10月15日。文字如下："一段时间以来，此间流传着一首名叫《波旁家女人》的歌曲。尽管歌词非常平庸，曲子也差得无法再差，可是传播的速度真是快得非同寻常，很快就传遍法国的山山水水，四面八方。地处偏远的乡村也有人传唱，你走到任何地方都听得到这支歌。凡事都要理论一番的人声称，这是一首讽刺民歌，说的是一个一文不名的女子，由最为荒淫无耻的身份，爬到上流社会，成了一个角色，并且在宫廷里有

---

① 原文如此，前面是公爵夫人。——译注
② 指路易十五的第一个情妇路易丝-朱莉·德·玛尔利及其三个妹妹。——译注
③ 1690—1771，法国作家。——译注

了一定的地位。可以肯定的是，人们无法阻止自己注意到，在民众广泛传唱这支民歌的意图里，大有给相关女人抹上一道丑恶的荒唐色彩的用心。喜欢轶闻逸事的人不会错过这支民歌，他们会将它收进自己的文件包，连同在他们的智慧看来不可或缺、能够使之成为后世珍品的评论。"

巴索蒙的日记并没有录下这首《波旁家女人》的文本。曲子很快风靡一时，人们接下来按调填词，炮制出千百首嘲弄讥讽的副歌。我出于研究需要，搜集了真正的最早出现的副歌。正如巴索蒙所言，这些谣曲有点平庸。它们是这样讥讽杜巴里伯爵夫人的：

> 美丽的波旁家女人
> 来到巴黎，
> 波旁家女人
> 在一个侯爵家
> 赢得路易。

> 作为资本，
> 她拥有美丽
> 作为资本
> 这小小珍宝
> 为她弄来黄金。

> 曾在一富豪家
> 充当女佣；
> 虽是女佣
> 却很幸福——
> 靠一副好脾气。

> 从一个农妇

上升为当今的
显赫贵妇，
她从上到下
披挂金银玉器。

她高车大马
大马高车
招摇于街肆，
她不思家乡
偏爱巴黎。

她去宫里
出头露面，
她在宫里；
乖乖，很会
讨国王欢喜。

　　1768 年 11 月，这首大胆而乏味的歌曲《波旁家女人》就在新桥一带为人所传唱；但那时杜巴里伯爵夫人获得的宠爱还未稳固，她的影响力还未确定，因此警务总监才允许传唱这些直接冲着她来的民歌谣曲。由此得出一个无可辩驳的证据，国王开始与德·沃伯尼埃小姐来往的日子不会早于 1768 年，德·沃伯尼埃小姐与杜巴里伯爵的婚姻也就不可能成为解释这种宠信，并使之变得高贵的办法。伯爵夫人只是在这年秋天，在她的合法婚姻完成之后才悄悄搬到凡尔赛的附属建筑里住下的。这样一来，关于多米尼克与杜巴里伯爵讨价还价，给德·沃伯尼埃小姐确定一个姓氏与衔头的可恶传说也就不攻自破，烟消云散。

六　杜巴里伯爵夫人所受的宠幸 （1769）

　　德·索瓦瑟公爵和他身边那帮睿智的参谋顾问起初不大注意德·杜巴里伯爵夫人的新鸿运，他们想象，那只是国王的一时滥情，一次心血来潮，和许多同类事情一样，过几天就没事了。德·索瓦瑟公爵为自己稳坐内阁这把交椅而暗自得意：外交方面，他不是依靠《家族协约》和 1756 年与奥地利签订的盟约？内政方面，他不是确信自己的性格和相貌能够讨国王欢喜？他在路易十五手下当差多年，办起事来驾轻就熟，又快又好，路易十五早已习惯。德·蓬帕杜夫人当年也习惯与他一起办事。德·索瓦瑟先生对最高法院具有一定的程度的控制力；作为一个善做交易的人，他避免一次过于沉重的政治碰撞所带来的种种恶果。

　　德·索瓦瑟公爵从他所有的个人经历里，从他的全部个人力量里，得出一个认识，对于杜巴里伯爵夫人新近异军突起、一时得宠，他毫无担心之处。因此，他在听任民众在新桥传唱《波旁家女人》之后，又让人新编一些预告著名的波旁家女人死亡，也就是垮台的副歌。

　　　　现在她毙命了，
　　　　到了另一个世界。
　　　　哈哈，唱她的解脱吧！
　　　　且让我们伤心。
　　　　每个人赶紧

不断怀念她，
惋惜香消玉殒。

她的木屐、
手帕、口袋、
皮鞋与袜子
拿去换了丧钟。
她的背篓、
溅满烂泥的大衣，
咽气前
给了妹妹雅沃特。

合上眼皮，
她走完一生；
无殓布，无棺材，
哈哈，直接埋进土里。
可怜的波旁家女人，
去尽情睡吧，
无靠椅无圈椅，
无床也无沙发。

　　然而美丽的波旁家女人并没有死亡，因此德·索瓦瑟公爵对自己
的威信能够持续多久作出了误判。没有几个国务家是不可或缺的，除
非是形势本身造成的人物：德·黎世留红衣主教与马扎兰是不可或缺
的国务家，因为他们天生就是为处理内战中各种事件而生的。而
德·索瓦瑟公爵又依靠什么来支撑他的威信呢？单单依靠国王的信任，
依靠他所造成的稍显虚假的形势：这种信任可能被动摇，这种形势有
可能被事件的发展改变；他一仍其旧，依照轻率的习惯来考虑杜巴里
伯爵夫人的受宠，以为这是一时滥情、心血来潮的结果，这可是大错

特错，因为杜巴里伯爵夫人将成为一个非常认真的抵抗运动中心。

　　德·索瓦瑟公爵先生给自己树了一些死敌。那些人与他作对，主要不是因为他的外部政策，因为那是高深东西，而且得到王上批准，而是因为在最高法院和耶稣会的问题上他所持的见解与所采取的措施。国王的亲密朋友，分享其信任的那些人物，如德·黎世留元帅，德·苏比兹亲王，德·卢弗莱侯爵，都不赞成德·索瓦瑟公爵对最高法院所采取的怀柔政策：他们大声指责对冉森派作出的让步，因为那是大审判庭与调查庭强迫作出的。当时的朝廷大员，直至德·索韦兰侯爵，那个耶稣会的死敌，失势的小驼背矮人德·索韦兰修道院长的兄弟，没一个不指责这套诉究程序迫害一个有文化有忠心的宗教团体的做法。路易十五虽然并不喜欢耶稣会，但也知道耶稣会为教育出的力，也清楚耶稣会做的工作，人们无法取代；他尤其被最高法院的权力侵犯与哲学家们的精神侵犯这两方面的行动吓坏了，完全不同意德·索瓦瑟公爵所做的姑息迁就与让步。他还不敢与大臣分手，但他侧耳倾听各种能够在反对最高法院的斗争中巩固他的宝座的办法。

　　让·杜巴里（德·赛莱）伯爵被人描写成一个债台高筑的完蛋的狡诈家伙，其实（抛开他可能的恶习不论），他是一个正直的才子，在外交方面很有一些突出表现，与德·索瓦瑟公爵是不共戴天的仇敌，因为这位大臣毁了他的职业生涯：他虽然没有采取任何个人的立场，却成了反对首相大人的中心。德·黎世留元帅的所有家族成员都在他周围集合，以粉碎最高法院的抵抗。自从杜巴里伯爵夫人对国王的巨大影响成为事实，她就被人们看做一场反对德·索瓦瑟公爵的政治运动的积极推手。在黎世留家族的人看来，这是个关键时刻，因为坐落在雷恩的最高法院宣布对为国王效力的布列塔尼总督德·艾基庸公爵进行指控。而当时该省正好发生了一起最高法院的谋反活动，德·拉夏洛泰先生是该活动的头领或者是二把手。无可争辩的事实是，如果是在别的时期，事情会涉及一场逼迫路易十五让位，由另一人摄政的造反。最高法院的所有成员都渴望将全国各地的最高法院整合为一体；英国人助长了这种叛逆精神。一些文件让人相信，德·奥尔良公爵是这个反对活动的幕后指使人。

德·索瓦瑟公爵属于德·蓬帕杜夫人那一派,对于最高法院派,总是让步、示弱,能够担起大任,成为左右局势的人吗?在国王的秘密顾问班子里已经提出了这个问题。德·索瓦瑟公爵是德·艾基庸公爵的死敌。德·黎世留元帅不止一次对国王说:"陛下,请您确信,要是德·索瓦瑟公爵能够让人绞死我侄儿,一定愿意这么做,而且会尽可能快地做,因为他知道我们家族对王冠的赤胆忠心。"国王做了承诺,回话说,德·艾基庸公爵的一根头发也不许他索瓦瑟碰。他决心坚定地体面地恪守他国王的承诺。让·杜巴里伯爵是国王的朋友们与杜巴里伯爵夫人商谈的中间人,他让杜巴里伯爵夫人来了个一百八十度的大转身,成了反对德·索瓦瑟公爵的人。德·黎世留元帅在杜巴里伯爵夫人府上领导大家作出决定,而内阁的倒台则是实行这个计划的决定性基础。

从德·索瓦瑟公爵那方面来说,他试图以诽谤和丑化来攻击国王新宠的影响力:继《波旁家女人》之后,坊间又出现了一些揭露让娜·德·沃伯尼埃小姐(小朗日姑娘)年轻时期丑事的小册子。德·索瓦瑟公爵支配了一些作家;大家都来到由他太太德·索瓦瑟公爵夫人和他妹妹德·格拉蒙伯爵夫人主持的沙龙,德·格拉蒙伯爵夫人先是受到国王轻视,后又得悉杜巴里伯爵夫人获得新宠,早就是一腔怒气,满腹牢骚。当新任宠姬得到国王朋友们的支持之时,德·索瓦瑟公爵走得更远,开始大肆撒布流言蜚语。一直效忠于公爵府沙龙的伏尔泰,奉公爵之命写出那个讽刺群龙无首各自为政的著名故事《佩托国王的宫廷》。人们都说《佩托国王的宫廷》这个故事是伏尔泰写的,不过我未从中读到伏尔泰的精神,以及他那种轻快敏捷的风格。

　　您至今记得纳尔斯塔[①]
　　曼丹维尔,利玛依,卢夏托,帕蓬杜;

---

① 巴黎城墙上的一个塔楼,17世纪拆毁。此处指一连串已逝的情妇。——译注

（万蒂米尔，玛侬利，夏托卢，蓬帕杜）

在上百个

被他用爱情礼敬

的美人里，

只在宫中推出这一位。

有人强调她从不阴冷，

这温柔的好女人

被他搂了多少时辰？

巴黎人谁不知晓她的魅惑？

从仆人到侯爵

人人记得她这个小妹。

作品仿效的是一首下流歌曲《奥尔良的婊子》，重复的是写阿涅丝·索莱尔插曲的那些淫词滥调，其笔锋所指，显然是国王的顾问小圈子和杜巴里伯爵夫人。故事在德·索瓦瑟公爵先生的圈子里获得了巨大成功，大家都觉得歌唱小朗日姑娘的事儿挺有意思；而才具平平的德·洛拉盖公爵也写了小诗《杜道诺伯爵夫人》，赶回时髦，也取得成功。他这首诗的妙处，读者领略到了吗？道诺（tonneau）是酒桶，与巴里的同音词巴厘（baril，指火药桶、油桶）对应！一个政权行将倒台之际，其朋友常常乐于用这种方式来嘲讽被指定来接班的新政权，直到他们猛然惊醒，目瞪口呆地发现在他们脚下，就敞着已经引燃的炸药。

因此，由德·苏比兹、德·黎世留两位元帅和杜巴里伯爵夫人领导的国王的朋友们决定采取一致行动，推翻德·索瓦瑟公爵的政府。不过在发生一个无关紧要的事件的时候，不要冒失地与一个力量强大的大臣开战。应该用一个重大的触及君权的问题，如布列塔尼和巴黎的最高法院对德·艾基庸公爵先生的审判来抓住并控制国王。路易十五已经痛下决心，要对检察长拉夏洛泰采取坚决果断措施，因为在国王看来，他犯了严重的叛国罪。德·索瓦瑟公爵愿意与国王合作吗？

他敢于打破对德·艾基庸公爵提起的所有诉讼程序吗？德·索瓦瑟公爵面对这些问题，不怕失去他看得比什么都重的民心民望吗？舆论对这位大臣的精神与想象力具有如此巨大的影响，以至于他没有胆量来对抗之。

前面已经说过，为了支持与最高法院的谈判，德·索瓦瑟公爵作为大法官，新近给内阁增加了一位成员。此人名叫尼柯拉·德·莫普乌，是个法官，又出身于一个备受各级法院敬重的世家大族，而且已经担任副大法官一职，凡是涉及最高法院的政务，德·索瓦瑟公爵都交给他处理。

德·莫普乌先生非常冷静地观察形势：尽管他有可能从德·索瓦瑟公爵先生手里接下大法官这个如此崇高的职位，却以敏锐的直觉发现，力量与前景都不如他想象的那么妙，因为已对最高法院作了太多让步。因此，他应该转向更有活力的系统，而杜巴里伯爵夫人的得宠行将打开这个系统。

人们有时会见到这种改变，或者，如果大家愿意，这种叛变：一个被召到权力中心的国务人员，在某些条件下，会通过办事的实践来改变自身；他会抛弃提拔自己的靠山，转投敌对阵营，因为他承认对方更有力量，更具灵活性，更有前途。人不能为一份义务或者一种信念所奴役。因此，当一个系统的优越性明确显现出来的时候，人们就会择善而从之。这并不是欺骗老朋友！

七　宫廷的反对（1769—1770）

　　大家应该想得起来，前面提到让·杜巴里伯爵是个聪敏活络、富有经验的人，看到他的弟媳杜巴里伯爵夫人的地位，立即意识到它所开创的政治方面的重要性；于是他来到巴黎，在自己位于圣-奥诺雷街的公馆里安顿下来，并且把家庭所有成员都召到那里：他儿子阿道尔夫子爵是个迷人的年轻男子，在贵族身份得到证实以后，立即被路易十五招进他的年轻贵族侍从队伍；他两个女儿伊莎贝尔和弗朗索瓦芝被他安排在杜巴里伯爵夫人身边，这两人虽不漂亮，但都聪明活泼，尤其是能给人出好主意；她们的南方人相貌，甚至南方口音让国王愉悦，路易十五经常让她们用朗格多克方言背诵家乡的民歌和圣诞歌。朗格多克诗人的歌总是有一份独特的魅力：普罗旺斯，塞普蒂玛尼，纪延纳，您太阳的光辉染红我们的传统！从圣路易起，法国的国王们都喜欢这个出产吟游诗人的地方，路易十五的一个孙子就叫德·普罗旺斯伯爵。

　　纪尧姆伯爵把住所固定在图卢兹。一如勒诺曼·德·埃蒂奥莱先生（德·蓬帕杜女侯爵的丈夫），他力图让人忘记自己。几兄弟中间最小的一个，艾利·杜巴里，首任德·阿吉库尔伯爵，是个骁勇而高贵的军官，被任命为香槟军团的上尉，当他不在部队住宿的时候，就住在让伯爵的公馆里。国王对聚集在杜巴里伯爵夫人身边的这整个家庭表现了极大的兴趣。当别人指责年轻宠姬出身如此寒微的时候，国王却喜滋滋地看着一些正派绅士、高贵姑娘围着杜巴里伯爵夫人，承认她是他们的女亲戚。

　　的确，德·索瓦瑟公爵那一派总是指责杜巴里伯爵夫人出身寒微；德·索瓦瑟公爵的妹妹，曾经渴望控制国王的德·格拉蒙夫人是个心灵高尚、才华出众的女人，看到这种情况也忍不住生气了；有人把她比作那个神话时代的愤怒的朱诺①。有人写了一些有关杜巴里伯爵夫人的诗句。说她这个美丽的 LISETTE② 和维纳斯一样，诞生自浪花泡沫。诗人以一种让人欣喜的随意说道：

　　　　幼鲭，你的美丽诱惑
　　　　迷住所有人；
　　　　公爵夫人脸红，
　　　　王妃娘娘抱怨
　　　　没用；
　　　　大家都知道
　　　　维纳斯诞生自浪花泡沫。

　　　　众神都看到这一幕
　　　　仍旧向她表示敬意；
　　　　著名情郎帕里斯
　　　　更将她赞不绝口，
　　　　说她胜过天后朱诺
　　　　和智慧女神密涅瓦！

　　　　在国王陛下的后宫
　　　　谁是他的最宠？
　　　　是主人心目中

────────────

① 罗马神话里的天后。——译注
② 幼鲭，法国很多女人喜欢以此命名。——译注

最美丽的女人；

这是他的恩宠

唯一的衔头，

是她真正的功德。

格拉蒙转身反对你

事情再自然不过

她想颐指气使

其实只是傻瓜；

要想取悦大王

既要美也要恭敬。

    这显然是一首十分优雅地赞美杜巴里伯爵夫人的颂诗。不过，用这些悦人的诗句赞美杜巴里伯爵夫人的风韵美貌，把杜巴里伯爵夫人比做维纳斯之后，殷勤的诗人马上说，她一如荷马笔下的那位女神，诞生自浪花泡沫（这正是路易十五宫廷那帮贵妇们不能原谅杜巴里伯爵夫人的地方）。的确，世上再没有什么地方，比这个宫廷还要显赫，还要高贵。这里面闪耀着那么多高贵的姓氏：德·维拉尔公爵夫人、德·弗勒里公爵夫人、德·塔列朗-佩里戈公爵夫人、德·艾基庸公爵夫人，德·奥蒙公爵夫人、德·艾斯蒂萨公爵夫人、德·艾斯卡公爵夫人、黎世留、布弗勒、格拉蒙、托纳尔、塔瓦纳、希迈、蒙特斯吉尤、索韦兰、卢森堡、维尔卢瓦、弗拉玛朗和苏比兹等王妃或者元帅夫人！国王纵然是这个王国里地位最高贵的绅士，纵然拥有无所不能的强权，又怎么可能把一个"诞生自浪花泡沫"的维纳斯，领进这个名头响亮、爵衔耀眼的贵妇群体呢?!

    因此，如何向宫廷介绍杜巴里伯爵夫人就成了一个巨大的难题。迄今为止伯爵夫人一直住在凡尔赛附属建筑的小套房里，去索瓦齐旅行，她隐姓埋名，不露身份；因为，按照礼节，一个贵妇尽管拥有衔头，但只要她未经正式介绍，打出什么招牌，摆明什么身份都不会得到结果。杜巴里伯爵夫人正是处于这种尴尬的境地。她既不能在国王的晚餐席上露面,又不能出席凡尔赛的隆重招待活动。对于伯爵夫人及其朋友来说,要紧的是赶快结束这种局面:杜巴里家的人期望他们一家有权乘上豪华四轮马车,因为他们是朗格多克省爵位最高的贵族。

要想被介绍进宫廷,乘坐国王的豪华四轮马车,需要父母两边都是五个等级的贵族。让伯爵与纪尧姆伯爵一样,无需费大力就拿到了证明。两人都出身于朗格多克和吉延纳最为优越的家族。他们的贵族身份起源于苏格兰,是他们的祖先在黑亲王麾下当弓箭手时挣得的。至于让娜·德·沃伯尼埃,她祖宗六代的身份证件上都写着宫廷贵族侍从德·沃伯尼埃大人的衔头。虽说一个平民家庭被册封为贵族,往往并不意味着同时发财致富,但是"贫穷并不丢脸",16世纪的法国贵族谱是可以写进这条箴言的。因此,从这个观点说,把杜巴里伯爵夫人介绍给宫廷,不存在任何困难。但是其他方面的问题则有不少,比如由哪个贵妇来介绍杜巴里伯爵夫人?德·索瓦瑟公爵的权势是如此显赫,而凡尔赛的人又都不认识了解杜巴里伯爵夫人,以至于很难找到为其引介的年长贵妇。杜巴里家的人不大讨人喜欢。从路易十四朝开始,尤其是莫里哀那些挖苦讥讽的喜剧上演之后,在浦馊亚克这类可笑人物身上得到具体表现的南方绅士就成了大家嘲笑的对象。另外,还有人借口杜巴里伯爵夫人来历不大清白,而从中加以阻挠!要是国王的宠妇名叫纳斯勒或者格拉蒙,路易十五的宫廷还会这样纯洁、这样贞节,以至于要迟迟疑疑、拖拖拉拉,不肯出来相见吗?当时,姓氏与来历就是一切。然而让·杜巴里伯爵找到德·贝阿纳伯爵夫人,这个同样来自南方的贵妇愿意出面引介他的弟媳。德·贝阿纳伯爵夫人已经乘过国王的豪华四轮马车,其尊贵的身份毋庸置疑:她的长子是近卫军军官,而且备受器重。德·索瓦瑟那一派让人反复说,伯爵夫人曾经明确表示有一些特殊的好处;他们一听说德·贝阿纳伯爵夫人同意为杜巴里伯爵夫人入宫充当引介人,就不遗余力,要败坏她的名声。这样一来,问题就不再是如何取得国王的同意了,尽管这也不是一个小难题:路易十五肯定喜爱杜巴里伯爵夫人,愿意让她快乐;

但是问题在于，国王在把杜巴里伯爵夫人介绍给他的家庭时，要当众承认她的弱项。再说，在满朝文武面前，伯爵夫人应该如何注意仪表，保持什么态度？她在光辉灿烂、金碧辉煌、好开玩笑的宫廷里，会取得和在私人套房里一样的成功吗？国王对自己的家人非常尊重；某种程度的腼腆甚至会使他在过于明确的措施面前退却。杜巴里伯爵夫人很了解这个性格，她始终处在愉快的状态，只不过时不时地"就一个专制却不敢表达意愿的国王的权力与爱情"扔去几句俏皮话。然而路易十五的真正问题是一些更为重要的人物提出来的。他们是德·黎世留元帅，德·艾基庸公爵，德·苏比兹亲王，德·卢韦莱侯爵。他们（都是国王的朋友）想终结德·索瓦瑟公爵的统治。为了抵抗最高法院，国王似乎有必要痛下决心，采取断然措施。于是杜巴里伯爵夫人就成了一场推翻德·索瓦瑟公爵的内阁革命的有用工具。

德·拉沃吉庸公爵是卡伦西亲王。他曾经娶下德·贝图纳公爵的长女。在丰特诺瓦战役里，他曾指挥十四个掷弹兵连队；他曾是王室的太傅，1765年12月20日太子殿下就是在他怀里咽的气。因此他对宫廷的虔诚阵营有一定的影响力。在他的知己之间提出的就是这样的问题。这位公爵举起的旗帜就是国王的几个女儿：索菲、维克图瓦和路易丝公主。她们对父王拥有荣誉与道德的特权。当时法国最有名的人物都围着几位公主转：如德·古阿涅公爵夫人、德·罗安公爵夫人、德·希迈王妃、德·布兰卡公爵夫人、德·阿斯托尔公爵夫人、贝尔希尼、蒙泰斯吉尤，一个个都是傲气十足，眼睛望天的女人。礼节要求，在向国王致敬，得到国王拥吻之后，被引介的贵妇应要求允许向国王的家庭表达敬意，因此，路易十五特别担心几个女儿会为难杜巴里伯爵夫人。于是受到所有人敬重的德·拉沃吉庸公爵就受托前来商谈伯爵夫人晋见几位公主娘娘的事宜。

德·拉沃吉庸公爵很轻易地驱斥了德·索瓦瑟公爵那帮人对杜巴里伯爵夫人出身来历的造谣诽谤：她虽然是个穷姑娘，却是外省有头有脸的贵族人家，只是因遭逢不幸，才家道中落，沦落下层的。显然，只有子女的孝心和对王国君权的敬畏，才能原宥此人从前罪过的迷失；

但是，既然不可能反对国王的不可抗拒的喜好，那何不让它转个方向，变成对权力与秩序观念有用的事情呢？德·索瓦瑟公爵既然倾向于最高法院与哲学家那边，已经累及君主的宝座，人们不得不抬出德·艾基庸公爵、德·黎世留元帅，还有大法官莫普乌，在杜巴里伯爵夫人支持下来与之颉颃。社会上坏书泛滥，伪善的教理盛行：自从耶稣会遭到取缔，教育就开始失落。一个由一些果断的男人为成员，以国王对一个忠诚于坚定信念的女人的强烈情感为支撑的内阁，有可能打破明显对国王不忠的最高法院所造成的桎梏。人们将动摇那些把王国引向共和和蔑视宗教信仰的教育原则。还要指出的是，对于几位公主来说，一旦最高法院遭到摧毁，就有可能为耶稣会平反，将其召回。在宗教社会与王权社会，耶稣会的缺失已经造成了如此巨大的空虚。德·拉沃吉庸公爵作为一个经验丰富的人，深知要驯服痴迷的情感，与其采取灵活的政治举措，不如将它们引向崇高而有益的目的。

八 在凡尔赛宫廷露面 (1770)

　　1770 年 8 月 21 日，国王路易十五对聚集在栏杆周围的朝臣和平民百姓宣布，次日退朝之后，举行宫廷贵妇见面会。这一次是唯一的。路易十五的原话如下：我们准许德·贝阿纳夫人给我们引介杜巴里伯爵夫人。听到这个消息，人群里一片惊讶之声，大家都在小声议论；德·索瓦瑟公爵的拥护者是如此之多，他们希望几个公主的反对压倒国王的意志，却没有想到，世上的事情，越是遇到抵抗，就越是有一种不顾一切的力量，要粉碎抵抗，要在自己的一时冲动之中，在自己的意志中，来看看自己究竟有多大的潜力。因此路易十五表现了无与伦比的固执，要完成自己的心愿，好对所有人说："尽管反对我的意愿的阴谋有相当多，可今日我的意愿还是实现了。"

　　对德·索瓦瑟公爵的朋友们来说，此时还存有一线希望：这就是公开披露这位"什么也不是的穷姑娘"，被突然带进宫廷，面对由最高贵最优雅的绅士贵妇组成的卓越群体所表现的粗俗举止，并让人注意到那个场景的细节；对于美丽的"波旁家女人"、"布莱兹家的女仆"所行的大礼，会有相当多的人发出粗俗的讥笑。德·索瓦瑟公爵的小册子和民谣已经给那些才子提供了相当多的材料；他们已经挖苦嘲笑过这位美得炫目的年轻女人：大家忘了，德·沃伯尼埃小姐是在修道院长大成人的，除了做过一段时间贫苦的女工，其他时段都生活在富豪、穿袍贵族与天生贵族府上，在他们的沙龙里见世面受培养。另外，让·杜巴里伯爵本人也是风度翩翩，一副外交官派头。最后，德·贝阿纳伯爵夫人，米尔普瓦元帅夫人，德·艾基庸公爵夫人已经让年轻的伯爵夫人了解了宫廷，再说，她只要与国王路易十五过几夜，就可以学会更多的凡尔赛的优雅举止。

杜巴里伯爵夫人关心的事情，只是她要佩戴的首饰，她想让所有人都欣喜，尤其是国王，她想让路易十五的自信与自尊得到增强：一个情人看到和听到身边的人对自己所爱所占有之人一片赞扬、欣赏、倾慕，自尊自信就会大大增强。杜巴里伯爵夫人只有这一种爱俏的想法，因为她了解人心。路易十五派人给她送去一套璀璨夺目的钻石首饰，把它们戴在脖子上，插在头发上，比什么都更能衬托伯爵夫人的美丽。还有那两串耳环，它们像瀑布一样一直垂到肩膀上，流光溢彩，如梦如幻：18世纪对于首饰具有极为高雅的品位。杜巴里伯爵夫人什么也没有遗忘：她穿一件蓝色连衣裙，锦缎料子上嵌着银箔，植着玫瑰色的绒带和翠绿的花结；她那秀丽的金色头发披下来，在上面网了金沙，缀了钻石；一双杏眼上面，描出两道弯弯的黛眉，无与伦比的眼睑，更把她衬得分外靓丽，真正是倾城倾国。在杜巴里伯爵夫人身上，既有少女的娇艳，又有宫廷命妇的高雅；她那身装扮，既透出一丝残留的巴黎市井姑娘的活泼俏丽，又充分显示出凡尔赛沙龙贵妇的雍容华贵。

4月22日晚，凡尔赛这座王家城堡里一片激动，因为大家早就知道，杜巴里伯爵夫人本要来宫廷露面，可是时候到了，人却没来。德·索瓦瑟公爵的铁杆拥护者肯定地说，杜巴里伯爵夫人是不敢来，因为假设硬要试着做这样一件非常可笑的事，伯爵夫人会如何应对？她会显得手足无措，没有教养。大家见到国王不安、心不在焉，与德·黎世留、德·苏比兹等公爵元帅交谈，这些议论就更加热烈而活跃。下面是事情经过：根据国王情妇来宫廷正式露面的惯例，被引介的贵妇应该从她在巴黎的宾馆出发，穿衣，做头发，可是年轻的伯爵夫人做这些打扮时却忘了时间。时间一分一秒过去，凡尔赛城堡的人都认为见面活动会推迟或者无限期延后。大家都猜错了原因：国王尤其显得不安。他之所以着急，是因为他担心伯爵夫人遇到事故："那个冒冒失失的家伙，没准受伤了，或许病倒了，无论如何，我不愿意将见面仪式推到明日。"德·黎世留元帅以绅士对国王的恭敬态度回答说："陛下下令，该怎么办就怎么办。她一定会遵命。"

就在大家纷纷议论之时，大门打开了，寝宫掌门官进来通报："德·贝阿纳伯爵夫人与杜巴里伯爵夫人到！"在嵌着镜子和大理石的金碧辉煌的长廊里，大家的印象特别鲜明：一个无与伦比、美艳惊人的女子，带着无比优雅高贵的气质款款走进来，在宫廷里露面。连伯爵夫人的敌人也承认她是芳华绝代。最为险恶的阴谋就在杜巴里伯爵夫人魅力四射的风韵前土崩瓦解。杜巴里伯爵夫人取得了全面成功。路易十五欣喜异常，激动万分，一把扶起按例在他面前跪下的伯爵夫人，大声说出一句温柔感人的情话，在场的人都听到了。据说国王的几个女儿本来都对这样一场入宫见面的仪式抱有敌意，此刻却以最大的善意，对杜巴里伯爵夫人表示热情欢迎。杜巴里伯爵夫人在施屈膝礼时，身子蹲得比较低，公主娘娘们就好意地扶她起来，一个个真情流露，与她拥抱。伯爵夫人恭恭敬敬地接受了这分高贵的表示，其仪态的大方得体，连最为习惯宫廷礼仪的老臣都感到惊讶。这个全面的成功完全改变了局面：路易十五可以公开承认他的爱情，而一个新的女主人的好意应该为所有大臣所接受。

当晚，一圈人聚集在杜巴里伯爵夫人家里；迄今为止，她在凡尔赛宫才迈出一小步；国王把德·蓬帕杜女侯爵住过的，目前由城堡总管德穆希先生占用的那个套间指定给她居住。德·诺阿依先生[①]生性苛刻，见自己利益受损，非常不满，就去找国王理论。路易十五回答他说，"凡尔赛城堡是王室的产业，国王显然可以像路易十四那样，随自己的意愿来支配各个房间。"路易十五大概想在此重提德·曼特侬夫人[②]的往事，诺阿依家族成员这些年来在宫中出入，享尽荣华，全靠那

---

① 有两个诺阿依，一个是德·艾延公爵，圣-日耳曼总督，近卫军统领；另一个则是德·穆希公爵，凡尔赛城堡总管。此公的儿子后来投入法国大革命，观点比妹夫或者妻舅拉法耶特将军还要激进。——原注
② 1635—1719，路易十四的情妇。——译注

46

位夫人打下的基础。祖父为德·曼特侬夫人做过的事情，他路易十五就不能为杜巴里伯爵夫人做一做？在政治上，要结束一个不明朗的局势，直接说出来，常常比畏畏缩缩、犹犹豫豫的行动好得多；敢做敢当的时候，甚至必须承认自己的坏。当晚，德·蓬帕杜女侯爵那个套房就被杜巴里伯爵夫人占用了。

她在套房里接待了她那个圈子的客人。来人有大法官莫普乌、德·圣-弗洛朗丹伯爵、国务秘书贝尔丹先生、德·苏比兹亲王、德·黎世留、德·拉特雷姆依、德·特莱斯姆、德·杜拉、德·艾基庸诸公爵。连起初写过一些小诗讽刺伯爵夫人的德·艾延公爵也来了；伯爵夫人通过一些巧妙的影射让他想起了这件事。不过在凡尔赛引发所有人议论的，是一个血统上的亲王亲自来向伯爵夫人表达了祝贺。这就是德·拉玛什伯爵，孔蒂家族的次子。这是个很淳朴的人，他只有一个想法，就是百分之百地服从君主命令，不讲价钱。国王很喜欢他，因为这种卫护权力的性格特别让他中意。路易十五希望听到别人的建议，也希望人家服从他。他的弱点常常来自于自我怀疑：他的友人与敌人都清楚这一点。

在外国，外交快报很快就通报了在凡尔赛升起的新星：德·考尼茨伯爵在维也纳就是这么表述的。斐特烈二世用了一些更加粗鲁的词语，好像凭了人家形容他的怪脾气，他就可以评判和批评被他称为"花心三世"的人的权势与爱情毛病。对杜巴里伯爵夫人最为尊敬的君主，是丹麦的年轻国王。在 18 世纪那个古怪时代，帝王们都充当泰雷马克①的角色，丹麦国王也按照当时习惯，云游四方学习知识。这位丹麦的斐特烈不惜纡尊降贵，拜访了杜巴里伯爵夫人，并且殷勤有礼地出席了她那个圈子的聚谈。他后来一直宣称，"从未见到过一个面相如此姣美、气质如此高贵的女子"。

德·索瓦瑟公爵面对这种新形势，本应该研究其意义，评估其后果。国务活动家们最大的错误，就是对他们的个人力量产生错觉，没

---

① 希腊神话中尤利西斯的儿子，曾长年在外奔波寻找父亲。——译注

有对有可能威胁或者延续他们权力的新因素作出充分的权衡。德·索瓦瑟公爵错误地判断了形势。国王好几次对公爵说，"他期望在他很喜爱的某人沙龙里看到公爵"，可是德·索瓦瑟公爵却恭恭敬敬地问道，这分勤勉是不是也属于勤劳王事的一个内容。"否，公爵先生，"路易十五答道，"这只是对伯爵夫人尽尽礼仪。"德·索瓦瑟公爵要是精明一点，就会意识到他惹国王不快了，路易十五只是想找个借口来与他分手。已经有三个大臣非常勤勉地在杜巴里伯爵夫人的小圈子里露面。他们是：大法官莫普乌、贝尔丹先生和拉维里利埃尔先生。阻止德·索瓦瑟公爵接近杜巴里伯爵夫人的，肯定不是因伦理道德观念而生出的厌恶。在道德品行方面，这位大臣并不是一个死板的严肃的清教徒；因为他曾希望让妹妹获得这分影响力：德·格拉蒙公爵夫人，如此骄傲又如此灵气的女人，发现自己征服一个国王的意愿落空了。在女人中间，这种失望是得不到原谅的。每次她找到中伤甚至侮辱杜巴里伯爵夫人的机会，都不会放过，而是快快乐乐地加以利用。而国王则非常轻松地让德·格拉蒙公爵夫人明白了自己的想法：他刚以严重冒犯的罪名，放逐了德·盖梅内王妃。在法兰西的公主娘娘们府上，王妃因为不愿坐在杜巴里伯爵夫人旁边而起身。就是权势极大的苏比兹亲王，也未能保护她免受惩罚。路易十五希望从今以后，大家都要尊敬他无比热爱的这个女人。他在这个苛严的要求里，也许掺进了一丝专权的幻想。

九　杜巴里伯爵夫人与伏尔泰（1771）

　　杜巴里伯爵夫人进凡尔赛觐见是德·黎世留元帅公爵领导的政治党派获得的胜利。人们立即从德·艾基庸公爵意味深长的任命上看到了此事的影响：他被任命为近卫轻骑兵的统领。德·艾基庸公爵是黎世留家的幼子，已经遭到布列塔尼最高法院会同巴黎最高法院联合作出的诉讼裁决。这样，路易十五就通过提拔被最高法院诉究的人，完全与最高法院派断绝了关系。从这个政治角度来看，路易十五下了一个坚定而正确的决心，因为他被想挑起动乱的黑袍贵族深深地激怒了。杜巴里伯爵夫人自发或者受人启发，通过几句聪明精警、有刺激性的话，支持了国王的意志。果断有力的大臣是大法官莫普乌，他领导行政法院，在这个非常严峻的形势下，正式撤销了最高法院对德·艾基庸公爵的裁决。统治当局下决心结束与最高法院派的纠纷，这是他们作出的第一次尝试。

　　国家的头一次政变亮出三把利剑，这就是德·黎世留元帅，德·苏比兹亲王和德·艾基庸公爵。后者是唯一被国王行将撤销的裁决诉究的人。国王召开御前会议那天，当着杜巴里伯爵夫人的面加强了军事警戒。可是夫人出于无穷无尽的快活性情，似乎给路易十五总是略显犹豫不决的意志注入了几分大胆果决。驻防区近卫军统领德·维尔卢瓦元帅奉命武装占领巴黎。从黎明起，由法国与瑞士卫兵组成的国王的近卫部队就涌进巴黎城。穿着红色军服的连队负责占领司法宫。

中午，路易十五进入最高法院（1771 年 9 月 3 日）。在受到通常的礼敬欢迎之后，他向全院法官打过招呼，然后闪退在后面，只说了一句话："诸位先生，我的大法官会向你们解释我的意图。"

　　这时德·莫普乌先生接过话头，说："在让你们知道一条在国王面前通过，对保守国务管理的秘密，确保布列塔尼省安定十分重要的法律之后，国王下令，撤销针对德·艾基庸公爵的诉讼裁决，从此不得再提，因为德·艾基庸公爵是受国王信任，奉旨办事。国王本来以为，你们会服从他的命令，停办此案。然而你们却在 7 月 2 日，却作出了一项裁决。根据这个裁决，你们未经任何预审，没有可信证据，就无视法律规定，违反司法程序，就剥夺了王国一个贵族相应的特权。而且国王亲自宣布，这个贵族的行为无可指责！"

　　接下来，当着手持武器的火枪手的面，大法官宣读了陛下的命令："国王有令：上述文件、程序与裁决，都要从你们的记录册上删除；陛下命令最高法院院长先生解散为此成立的合议庭；陛下宣布，将两名以言行冒犯君主的法官逮捕；陛下警告你们，凡有以身试法、仿效此二人者，一律严惩不贷。陛下有禁在此：凡是不属你们管辖之事，不许插手。陛下有言在先，凡与外地最高法院串联者，以犯上欺君罪论处。"

　　针对最高法院采取的这个积极果断的行动，是在国王的御前会议上议定的，也是德·黎世留元帅依靠杜巴里伯爵夫人支持取得的一个胜利成果。它完全改变了内阁的局势。最初他们还担心会遇到抵抗，巴黎可能发生暴动，其实什么也没有发生。当叛乱分子认为叛乱行将遭到镇压的时候，他们就不敢作出任何破坏秩序的行动。巴黎知道王室强大，兵强马壮，巴黎就不敢闹事。只有一些窃窃私语，小声议论，这种低沉的反对，任何政府也无法阻止。尤其需要指出的是，德·索瓦瑟公爵徒然期望民众起来反抗，另外，也是表示与大法官莫普乌不是一路人，没有出席国王的御前会议：他想继续得到民众拥护，同时保住权力，可惜这种混合的局面不可能延续。相反，大法官莫普乌旗帜鲜明地走上宽广的新路，这也是国王想进入的道路。这样一来，他就提升了自己的地位，从此成了国王顾问圈子的政治灵魂。

对杜巴里伯爵夫人来说，9月3日这一天充满了担心与不安①；确实，她曾经建议动用武力，她认为这是必要的措施。她虽然自愿分担责任，但还是担心出事，担心国王本人遭受刺杀，发生像曾经让德·蓬帕杜女侯爵深深担心的达米安刺杀案那样的事件。每次国王顾问圈子处在与最高法院交锋的状态时，民众中间就会发生同样的不安骚动。只要国王在巴黎，杜巴里伯爵夫人就充满牵挂，每个时辰都会从跟随国王去最高法院的德·苏比兹亲王和德·黎世留元帅那里收到情况报告。路易十五安然返回，在杜巴里伯爵夫人的沙龙里受到过节一般的庆贺②。路易十五兴高采烈，得意洋洋地来到沙龙；他很清楚，路易十四把那些穿黑袍的法官控制住，让他们尽职责，守本分，才算敉平了投石党运动③。然而他也并不隐瞒，每次面对最高法院那帮法官，他总是感到一种夹杂着尊重的恐惧：这群庄重的才子，几乎都献身于法律崇拜的法官，给他留下了一种不可战胜的印象。作为懦弱的才智之士，当他们采取暴力措施取得成功之后，分明感受到一种顽皮孩子的快乐，一种他们喜欢炫耀，尤其是希望得到喝彩的自豪。

因此，晚上，路易十五与他的国王顾问圈子急急忙忙地赶到杜巴里伯爵夫人府上。她家的沙龙里一片欢乐气氛。当大法官宣布国王的意愿之时，问题不仅仅是路易十五严肃而高贵的态度。德·莫普乌先生肯定决定把事情做到底。不过他也决定把耐心与理智放在一边。他虽然想到让德·索瓦瑟公爵退隐，但显然也必须小心地向那位大臣那高不可攀的权势发起攻击，那就是他的哲学主张——他的名望来源，和他的办事场所。欧洲应该准备经历一次制度改变。力量如此强大的哲学主张应该逐步被拉回到国王顾问圈子议定的举措：应该争取几个有影响的作家来支持现行制度。杜巴里伯爵夫人遭受谣曲、圣诞歌和

---

① 德·艾基庸公爵这一天从巴黎往玛尔利派了三个信使。——原注
② 据说德·圣-弗洛朗丹伯爵收到几份警告，都与刺杀国王的计划有关。——原注
③ 1648—1653年在法国发生的政治动乱。——译注

小册子的攻击，迄今为止只能靠自己的妩媚、美丽来保护自己，她明白，她应该从那些哲学家中赢得几个人的友情。有人对她谈起伏尔泰，说他是一支如橼巨笔，具有巨大的影响力，可以给予也可以夺走你的名望。伏尔泰写封信，写封诗体书简，写篇有关历史的论辩文章，就可以享以大名，人们争相传阅，好像那是天才与才华的贵重抵押品。这是文人骚客的黄金年代。通过闹一场革命，他们这些出类拔萃、精神高贵的第一流人物，就在民主和平等的名义下准备自己的衰落！应该将行动等级提到管理与策略上面来。伏尔泰与德·索瓦瑟一家关系很好，百科全书派都与这家人很亲；伏尔泰写《佩托国王的宫廷》那个故事，多少是受了德·格拉蒙公爵夫人的启发。不过杜巴里伯爵夫人远远没有为这个作品生气，她很清楚自己的处境：是该与伏尔泰完全断绝来往，还是以自己的魅力把他拉过来？路易十五不喜欢伏尔泰，觉得他身上有一股说不出来的放肆、狎昵、不拘礼节，不信宗教的味道。因此，杜巴里伯爵夫人背着路易十五与住在费尔纳的那个老头子作了接触、商谈。问题在于让他停止敌对行为，并且用他那支文采飞扬的羽笔写一篇反对最高法院的声明，以支持大法官莫普乌所采取的措施。

后一点还不是最困难的。尤其是近些年来，最高法院以极高的效力，对哲学家们的作品作出裁决，判定将它们交刽子手撕毁。伏尔泰曾在一些文采罕见、雄辩有力的小册子里为卡拉[①]和德·拉巴尔骑士[②]辩护，因此，他写那样的作品、那样的小册子是轻而易举，让他再写一篇不难。要克服的最大障碍，是他与德·索瓦瑟公爵的关系：他称德·索瓦瑟公爵为恩公、我的天主。再说，这个保护人又对哲学家派的主张是那样赞同。怎样才能把伏尔泰从他的保护人那里争取过来呢？

杜巴里伯爵夫人采取与伏尔泰谈判的办法，不过瞒着路易十五，

---

① 1698—1762，法国图卢兹商人，因被控杀害了企图皈依天主教的儿子而被处死。——译注
② 1747—1766，法国绅士，因被控损坏了一个耶稣受难十字架而被折磨处死。——译注

因为国王要是知道了，一定不会允许。德·艾基庸公爵自告奋勇给诗人写信，头一封信的意思表示得比较模糊：

> "先生，您很信任的一些人在以您的名义，传阅一个名叫《佩托国王的宫廷》的诗剧。在这个作品里，有一个任何冒犯都不可能达到的人物受到侮辱，还有一个娇美的女人受到最为粗暴的凌辱。您要是有幸结识这个女人，一定会和我们一样喜爱她的。然而您却让她痛苦，先生！难道赞扬加布里埃尔的情郎的诗人就应该给美惠的王国带去痛苦吗？您连这边这个广受喜爱与信任，我们都拜倒在她脚下的人都不知道，可见您的信友没有为您尽力。尤其是有一件事，说明她更应该受到尊重。昨日，有人被您这些诗句激怒，对您大发怨词，她却站出来为您说话，神态既温婉迷人，胸襟又宽容大度。"

伏尔泰立即给德·艾基庸公爵回信，带着大家熟悉的那种才气：

> "公爵先生，请转告那位年轻贵妇，从前人家已以同样方式，搅乱我和德·蓬帕杜夫人的关系。其实对于她我表示了最崇高的敬意。请转告那位年轻贵妇，我的笔和我的心一样，都为她所属。请叫她放心，有一天拙诗最大的价值，就是被她的嘴吟诵。请替我向她恳求，在等待她赐我不朽的时刻，允许我匍匐在她脚下祈求。"

随着杜巴里伯爵夫人在宫廷的政治地位日益上升，伏尔泰也变得越发殷勤，他急迫地想为她效力，以换取他所祈求的恩惠。不过他并不隐瞒他与德·索瓦瑟公爵家非常难办的特殊境况。他在写给杜巴里伯爵夫人的信里说："夫人，关于与您的来往，我现在处在一个尴尬境地。凡尔赛有一家人对我十分友好（索瓦瑟家）；我也应该永远忠于这家人。而且我想起来，这家人运气不好，无法欣赏您的功劳，而且您与他们之间还有一些芥蒂。不过您尽管放心，不要认为我会因为友爱他们，就会手持武器来反对您。如果您的冤家对头没有恢复天生的宽容厚道，那么不论他们对我提出什么建议，我都会予以拒绝。"

杜巴里伯爵夫人急忙回复伏尔泰："德·艾基庸公爵告诉您，我是阅读您的卓越诗歌长大的。他没有骗您。我在文学方面是个十足的无知者，但您的大作里充满了真正的美，这我还是感受得出来的。我期望成为安菲翁①随意移动的石头中的一颗。请相信我的话，您的朋友并非都在敌对阵营。我身边也有一些真诚喜爱您的人。不过，有个人（国王）对您有些怨言；他所崇敬的东西，他希望您也表现出更多的敬意。在这一点上，您难道不能让他满意？请您确信，由于您在批评宗教方面没有任何分寸，在此人这里您给自己造成了巨大损害。"

这样一来，伏尔泰就处于一种相当为难的境地，一方面是对德·索瓦瑟公爵家的友情，另一方面是展现在他面前的机运：借助杜巴里伯爵夫人、德·黎世留元帅、德·艾基庸公爵以及国王所有新顾问的支持，在政治上飞黄腾达。按他的带有神话学术语的说法，他是处在两个女神之间，一个是"感激女神"，一个是"幸运女神"。人家为拉他加入大法官派，开出一系列条件：既然他已经是国王侍从室的侍从，那么就为他新设一个费尔纳侯爵，这是他祈求德·艾基庸公爵恩赐的衔头。他在费尔纳的日子乏味得要死，他将停止过那种流亡生活。他也可以到他那样喜欢的巴黎来居住、生活。带着这种商谈的想法，伏尔泰在费尔纳做了一些信仰基督教的行为，上教堂望弥撒，在复活节领了圣体：人们在好长时间里都以为伏尔泰是在嘲弄和亵渎基督教！其实这些行为有一个目的：伏尔泰想结束流亡生活，给杜巴里伯爵夫人、德·艾基庸公爵与他本人进行认真谈判的时刻提供一种保证。

这场谈判从头到尾只有一个目的：就是让伏尔泰保证写一个抨击最高法院的名叫《历史》的小册子。撰写这样的小册子，伏尔泰比谁

---

① 古希腊神话中宙斯的儿子，是个诗人与音乐家。能够用歌声指挥石头移动。——译注

都更有能力：除了学富五车、博闻强记、笔头快捷之外，伏尔泰还讲究品位，语言机智、诙谐、尖刻，文体优美，言简意赅，表述清晰，而且字里行间透溢出一股诡黠的文气。在最高法院这个历史问题上，伏尔泰总是怀有一股愤激之情：从卡拉、西尔文①、德·拉巴尔骑士起，他就发现最高法院为了补赎自己在政治上的对立，毫不留情地拿哲学家们开刀。撰写一部揭露最高法院老底的历史读物，此刻正是最适当的时机。伏尔泰收到了来自大法官德·莫普乌先生的邀请。不久，作为国务活动家，德·莫普乌先生就成了伏尔泰最为钦佩的对象。

---

① 西尔文与妻子都是新教徒。1765 年，他们的一个女儿曾被天主教的修女们胁迫皈依天主教，女儿不服，后被送回家中。但不久女儿被人发现惨死在一眼枯井之中。修女们控告是西尔文夫妇杀害了女儿。法院遂判决该夫妇死刑。——译注

十　杜巴里伯爵夫人的画像与性格（1771—1772）

　　杜巴里伯爵夫人与路易十五国王的其他宠姬最大的不同，是她的极其无私，对自己的事情不大关心。国王的所有情妇在公开领进凡尔赛宫之前，都不仅要金钱财产，还要爵号、荣誉。唯独杜巴里伯爵夫人不是这样。她像孩子一样，满怀着天真烂漫，完全不带个人盘算，就扑到国王怀里，搂着他的脖子。即使杜巴里伯爵夫人和别的姑娘一样，喜爱珠宝，被它们晶亮闪烁的光芒迷住，她更看重的也不是珠宝钻石的价值，而是它们在她头发上、面庞上、额头上和眼睛上的璀璨。杜巴里伯爵夫人当时二十四岁，身材苗条、修长，凹凸有致，天生秀丽优雅，除非是盛大节日，从来不用穿紧身胸衣。她的肩膀脖子极其美丽，看起来就像是博尔赫斯别墅①里那幅青春女神埃贝的画像。

　　除了外貌美丽优雅，她的心灵还无限善良。国王不止一次注意到，从杜巴里伯爵夫人被正式宣布为国王情妇以来，她没有为自己要求过一封命令监禁或者放逐某人的手令，尽管她身边围了不少冤家对头。国王见过她两次下跪：头一次是为一个被诱骗怀孕生儿又不申报的民女说情，祈求免罪；第二次是为两个不服法院裁决的绅士求情，要求免他们一死。大家都知道在伯爵夫人这里能够得到宽大赦免，于是都跑到她这里来求助。杜巴里伯爵夫人知道国王宅心仁厚，宽大为怀，听不得别人祈求，容易生出怜悯，于是见到不平就来祈求，要打动他

---

　　①　博尔赫斯家族是意大利著名家族，出过教皇保罗五世和拿破仑的妹夫卡米洛·博尔赫斯等一些名人。博尔赫斯别墅现为博物馆。——译注

的慈心。路易十五每次宣布一道赦免，听到众人山呼万岁，就高兴得心花怒放，要快乐一整天。很少有人像他那样居心善良慈柔。下面是杜巴里伯爵夫人写给大法官的一封信：

"大法官阁下台览：我真不理解您那些法律条文；它们要是让一个诞下死婴未及时申报的可怜女孩断送生命，那就不合人道，有违理性。在此把案件审查报告送来，请阁下公正裁决。这个不幸姑娘应该得到赦免。至少请减轻刑罚。您的同情心会决定接下来所采取的措施。"

杜巴里伯爵夫人跟随路易十五到各处巡游。就这样成了他不可缺少的帮手：在索瓦齐城堡，她独自拟定了随同陛下巡游的贵妇名单。那一年德·孔代亲王希望能够享有在尚帝依接待陛下的荣幸，就来拜访杜巴里伯爵夫人，邀请她随同陛下去他那里参加盛大的狩猎活动。杜巴里伯爵夫人表现得极其谨慎，当她获悉国王的几个女儿不愿意在那儿见到她，就借口身体不好，谢绝了邀请。国王对她这种放让行为很是感激，但是她不在场又很是乏味，就给她写信来解除相思之苦，甚至一天写两封。第二次去尚蒂依，在亲王邀请的贵宾名单上，杜巴里伯爵夫人排在第一位。她像古代的亚马逊女战士一样，飒爽英姿地骑着马出现在狩猎队列里，紧追着顽强逃跑的雄鹿、野猪和麂子。有一幅微型版画绘有杜巴里伯爵夫人穿着迷人的骑士服的形象，还配有这些诗句：

多亮的眼睛！多姣的面容！
多么美丽的女人！
难道是仙子下了凡尘？
否，只是个普通民女
借得仙子兼容。
是做英俊骑士，还是漂亮花神

要你自己来拿主意！
奥林匹斯诸神因为嫉妒
默不作声，惊诧的心
充满欣赏，又仍怀疑问。

德·孔代亲王献了个不同寻常的殷勤，让杜巴里伯爵夫人为他新建的马棚剪彩。这座专为猎马和赛马修建的宫殿激起路易十五的赞赏，因为他就是最最出色的骑手。大家在德·孔代亲王的宫殿里宴饮、玩乐、看戏、放焰火，在这些欢庆娱乐活动中，打头的总是杜巴里伯爵夫人，在各种嘉宾贵客名单上，排头的总是闪闪发亮的杜巴里伯爵夫人的名字。国王好像感谢德·孔代亲王对杜巴里伯爵夫人的好意：一如在昔日的骑士制度下面，骑士比赛的大奖显然始终是优雅与美丽。

路易十五从尚蒂依来到康皮埃涅，参观练兵场与兵营。一个又一个军团竞相比赛着热烈欢迎的劲头，德·拉图尔·杜潘先生一如他的家族，非常殷勤，用接待王室公主的规格来接待杜巴里伯爵夫人：在身着轻骑兵制服，容光焕发、光彩照人的年轻贵妇周围，聚集着一些排成骑兵竞技队形的年轻军官，其中就有勃斯军团的上尉德·阿吉库尔伯爵，杜巴里家族的幼子。

吃晚饭的时候，所有军官都被邀请与国王同席。那天餐桌上激情笼罩，欢声不断：这难道不是身着笔挺军服的绅士们的特权？在他们中间，年轻军官不断偷瞄着靓丽的杜巴里伯爵夫人。军队中支持德·索瓦瑟公爵的那部分人不得不承认，国王喜爱这个人间尤物自有其一定的道理。当夜有人在营帐里唱着：

国王万岁！爱情万岁！
愿这句副歌不论昼夜
都是我最喜爱的名言。
嫉妒的毒蛇徒然
吹动我周围的帷帐，

爱本身确保我睡眠，

我在爱的怀抱里与之抗衡。

　　等国王巡视尚蒂依和康皮埃涅回来，德·索瓦瑟公爵不得不明白，杜巴里伯爵夫人的权力已是一个既成事实，从今以后必须甘忍服从，逆来顺受。路易十五本人似乎也在告知公爵先生，他不愿给杜巴里伯爵夫人制造一些竞争对手。因为这次去康皮埃涅，他就主动从随行人员名单上拿下了有可能遮蔽那位宠姬光辉的德·布里奥纳夫人、德·格拉蒙夫人，德·艾格蒙夫人。巴索蒙日记写道："康皮埃涅之行催生了一幅被称为《女战士之战》的漫画。在介绍此画的细节之前，大家必须知道，陛下在动身之前让人送来了去年随同自己出行的贵妇名单，删去德·布里奥纳伯爵夫人、德·格拉蒙公爵夫人和德·艾格蒙伯爵夫人的名字。这三个女人都是不折不扣的宫廷贵妇，其中至少两个是大美人。有人说，她们遗憾地看到杜巴里伯爵夫人上来遮住了她们的风头；还说她们或是因为气愤，或是因为高傲，或是因为一时想不开，而不肯像对正式被介绍给宫廷的女人那样对杜巴里伯爵夫人行礼，这就是她们据说被黜失宠的原因，也是这幅漫画的主题。画家给她们三人打上美惠三女神的标志，同时也绘上她们自己的属性：哀怨，恐惧，见到另一个美人就逃；漫画下方，改变了意思，只对堕落女人使用的'美惠女神'一词①。大家猜得到，这幅漫画只会悄悄地出示于人。"

　　尤其是德·格拉蒙公爵夫人，在多个场合严重地侮辱过杜巴里伯爵夫人。路易十五在索瓦齐宫召见德·索瓦瑟公爵，对他妹妹至少是不得体的行为方式作出严厉指责。

　　公爵回答说："德·格拉蒙夫人不能够取悦陛下，真是她的一大痛苦；不过女人的感觉总是有点任性，很难控制。"

　　"可德·索瓦瑟公爵夫人总是那么完美，她至少也该学学她的样

_____

　　①　亦有宽恕、饶恕的意思。——译注

嘛。"路易十五疾言厉色地回答说。

召见几乎马上结束,但是教训没起作用,德·格拉蒙公爵夫人仍然一如既往凌辱杜巴里伯爵夫人,甚至变本加厉。路易十五只得请德·索瓦瑟公爵传话,让德·格拉蒙公爵夫人去见他。在一场短暂而冷漠的会谈中,陛下宣称,由于公爵夫人对他赐以友情的一个人态度有问题,他很不满意,但是考虑到公爵夫人的兄长德·索瓦瑟公爵为他效力多年,他不准备通过一封敕令,将她公开放逐;不过他恳请公爵夫人伴作旅行,远离宫廷,因为每个人在自己家里都应该是主人,可他在凡尔赛已经作了最大的忍耐。德·格拉蒙公爵夫人想回话,为自己辩解,但是没有用,路易十五坚定不移,不为所动。公爵夫人只得动身离开,行前给陛下留下一封信:

"陛下,家兄通知我,您坚持原先作出的严厉决定,要我速离宫廷。既然我的服从能够向您表示敬意,那我就服从您的神圣意志!在不幸之时尤其让我痛苦的,是确切地知道我不讨您喜欢;幸好您对我的不满没有落到德·索瓦瑟公爵先生头上,这才让我稍稍感到安慰。我的兄长忠心为您效劳,事事为您着想,他给过我一些忠告,可惜我没有听从,否则,就不会遭受今日的惩罚了。谨向您致以崇高敬礼!德·格拉蒙公爵夫人敬上"

这封信表现了对国王这个职位与陛下本人的尊敬,堪称真正的楷模。所有的大家望族在这种时刻都善于书写这样的书信,哪怕那些绅士们都不清楚如何拼写。

德·索瓦瑟公爵先生感到这件事对自己的威信带来的沉重打击,就试着接近杜巴里伯爵夫人。与他关系亲密的诗人们也支持他向伯爵夫人靠拢,于是在首相的沙龙里诞生了一首讨人喜欢的表示赞扬的诗歌。它呼吁维纳斯与尤利西斯(杜巴里伯爵夫人与德·索瓦瑟公爵)两人实现和谐:

快乐女神，美惠女的温柔母亲，

为何在帕弗斯①的欢乐中

加入黑色的猜疑，可耻的失意！

啊！为何思考一个英雄的失败？

祖国需要尤利西斯

他是阿伽门农的支撑；

他的积极政策和巨大才能

锁住了骄傲的伊利庸②的价值。

维纳斯，让众神归顺你的帝国

你用美貌统治人心，

在笑的狂热中采摘

肉欲的玫瑰。

不过请对我们的心愿微笑

让动荡的大海恢复安宁。

你在愤怒中追究尤利西斯

那个特洛亚人眼里可怕的人

为的是，只让美丽在

他膝上叹息时才变得可怕。

　　德·索瓦瑟公爵先生的朋友作出的这些尝试不可能产生任何结果。担任大臣的公爵先生要求与杜巴里伯爵夫人会晤，并且于 1771 年 4 月在美景宫见了一面，但也没有任何结果。公爵先生试着解释让双方的互信进一步恶化的分歧，可是没有达到目的，因为两个阵营从此处于完全对立的局面。这并不是一场女人的争吵，一次情妇的动怒，而是在如何处置最高法院与政府这个问题上的分歧。德·索瓦瑟公爵先生的政府长久受累于德·蓬帕杜夫人的思想与荣宠，对最高法院过于迁

---

① 塞浦路斯岛西边城市，古代娱乐中心。——译注
② 特洛亚的别名。——译注

就和容忍。而杜巴里伯爵夫人开创的统治则以雷霆之力，钢铁手段，直接与最高法院交锋，要么叫它们缴械投降；要么就予以彻底摧毁。其实，这就是双方之间的问题所在。在历史上人们常常把影子当做真人。德·索瓦瑟公爵失宠，杜巴里伯爵夫人只是工具，并不是原因。新的国王顾问圈子需要在国王身边找一个代言人，一个靠山，杜巴里伯爵夫人就自告奋勇地充当了这个代言人，这个靠山。她力促路易十五接受新政府的真正灵魂，大法官莫普乌的行政理念。

十一 王储夫人玛丽-安托瓦纳特在凡尔赛
(1771—1772)

德·索瓦瑟公爵先生还有一个强有力的手段可以对付杜巴里伯爵夫人的影响力，这就是他给法国造成的严峻的外交形势，这也就是说，这位大臣与奥地利签订的盟约，与波旁家族在各国的旁支签订的《家族协约》，最后，作为体制的最后一次祝圣仪式，是刚刚缔结的法国王储与奥国公主的婚约。年轻的玛丽-安托瓦纳特将来到凡尔赛宫廷，作为一股新的力量，她的到来，不可能不有助于加强德·索瓦瑟公爵的权力：一个年轻的王储夫人，而且据说有倾国之色，用迷人的微笑来对抗杜巴里伯爵夫人的风韵。难道果如德·索瓦瑟公爵的朋友们反复散布的，他的希望就要全部实现？

为了解决这个问题，必须深入了解新的王储夫人进入宫廷所处的位置，奥地利皇室的特性，以及玛丽-安托瓦纳特从母亲那里接受的教育，可以这样说，必须研究奥皇家庭的全部历史；必须看看她在奥地利皇室近来遭受的重大打击中是什么表现，受的是什么初步教育。

1765 年 8 月 18 日，在因斯布鲁克发生了惨痛的一幕：奥地利的玛丽-黛莱丝的丈夫德国皇帝弗朗索瓦·德·洛林，在出席由忠心耿耿的蒂罗尔人为庆祝皇帝的次子莱奥波德大公与一位西班牙公主新婚大喜而举行的盛宴时，像遭受雷击一样遭受了暴发性中风的打击，就倒在酒席桌上，倒在孩子们中间。不久，他精雕细镂的青铜塑像就在已故奥地利诸大公中间立起来了。若干世纪以来，那些雕像就集结在一起，头戴战盔，手持长剑，守护着他们在古老的因斯布鲁克大教堂里的墓园。

（那些青铜皇帝都立在因斯布鲁克大教堂里，参观他们的墓园，不可能不留下深刻的印象。肃杀的秋天，我在那里停留了整整一日。今日皇帝们都已经安葬在维也纳的嘉布遣修会的大教堂里。嘉布遣会是基督教地位最为卑下的修会，如今却守护着中世纪地位最为崇高的人君，继承查理曼大帝权位的德国皇帝的坟茔！我每次访问维也纳，都要到嘉布遣会教堂的墓穴里朝拜一番。我有个很大的弱点，就是对圣-弗朗索瓦修会的神圣民主过于顶礼膜拜。在巴黎，我在参观玛丽·德·美第奇的街区研究历史时，通常要到圣-雅克街的嘉布遣会寒碜教堂去走走。我在那里观看圣枝主日①祭献仪式。可怜的嘉布遣会的杂务修士竟都是朱阿夫兵②，他们都穿着礼服，戴着勋章。无论是兵士还是僧侣，他们都是诗意盎然的文明的碎片，都是牺牲的残余，献身精神的残余！——作者按）

弗朗索瓦皇帝就是德国家庭的象征。他留下了十二个孩子，其中四个大公，八个女大公。男孩中的老大约瑟夫应该继承皇帝大统。女孩中有个十岁的姑娘，头发金中带灰，眼睛碧蓝碧蓝，皮肤白过身上穿的绸缎裙袍，目光聪颖，炯炯有神，深受母亲喜爱，她的名字是玛丽-安托瓦纳特-约瑟夫-让娜。后来人们注意到，就像是个不祥之兆，她竟出生在里斯本发生大地震的那天。皇后玛丽-黛莱丝怀她的时候，曾和皇帝打赌，说她怀的是儿子，可是当她看到幼女那漂亮模样的时候，就把生儿子的愿望丢在脑后了，只是皇帝在一旁轻轻地提醒，她赌输了。当时喜欢巴结的意大利诗人梅塔斯塔兹即兴创作了如下诗句③：

---

① 复活节前的星期日。——译注
② 由北非阿尔及利亚籍兵丁组成的军团，叫朱阿夫团。1841 年后掺进法国籍兵丁。——译注
③ 此事参见《歌德回忆录》。玛丽-安托瓦纳特出嫁的队列赶赴凡尔赛的时候，歌德正在法国东部的斯特拉斯堡，记载了车队经过的情形。——原注

我打赌输了，

诞下一个女儿；

但世界赢了，

得了个温婉王后。

在 18 世纪，奥地利皇室尽管遭遇一些不幸，却还是一股强大的力量，而玛丽-黛莱丝执掌政权后，做了一些引人注目的大事，进一步提升了奥地利的国力。她的孩子个个得到了丰厚的祖产：她给老大约瑟夫的是帝国的皇冠；给莱奥波德的是托斯卡纳大公国的君权；给斐迪南的是伦巴第；给马克西米连的是条顿骑士团和科隆大主教管辖区。她给几个女儿不是安排了很好的婚事，把她们嫁入那不勒斯、帕尔玛、法国的王室，就是安排进因斯布鲁克和布拉格高贵的教务会议，和古老德国的修道院。

玛丽-安托瓦纳特才十岁年纪，就能极其流利地说意大利语和法语。教堂唱诗班的指挥格鲁克骑士教她弹羽管键琴。与法国王储的订婚事宜一经决定，奥国女皇就要求德·索瓦瑟公爵给她女儿派一个法语家庭老师。大臣便指定了德·韦尔蒙教士。此人是深谙沙龙风俗的哲学家，与伏尔泰、狄德罗、达朗贝等人关系密切。依靠这个家庭教师的帮助，德·索瓦瑟先生希望能够绝对控制玛丽-安托瓦纳特的心灵与精神。只不过他对奥地利皇室的特性研究得不够透彻，还不知道政治只要于君权有利，总是给这个家族的感情甚至爱情带来灵活的改变。

奥国女皇派驻凡尔赛宫廷的使节德·考尼茨亲王把法国宫廷的重要势力一五一十地告诉了女皇，由于她不可能不知道杜巴里伯爵夫人对路易十五的影响力，女皇陛下便在对女儿的千叮咛万嘱咐之中，特别强调务必尊重法国国王的爱情。严峻的政治要求人不惜采用各种小小的手段，来达到一个宏大的目的：高明的人是不会轻视任何工具的。外交的精义并不在于总是循其所好与所重，而在于用各种慷慨而特别的行为来帮助人民的利益取得胜利，因为人民的命运已经交给你了。因此，随着维也纳宫廷得知德·索瓦瑟公爵的内阁影响力日渐式微，它也就不可避免地改变对凡尔赛内阁的办事方法。

从杜巴里伯爵夫人这方面来说，对一个年轻王储夫人将对宫廷产生的非常自然的影响力并非全无担心。不过对路易十五的性格与精神稍稍琢磨之后，她就放下心来。国王对他的孙辈没有半点嫉妒，甚至也不惧怕死亡。他曾用心研究过他的孙儿，现任王储的个性。因为他百年之后，王冠就要传给这个孙儿。他觉得这个孙儿性子刚烈暴躁，同时又极其脆弱。他脾气发得越大，表现越是无礼，行事越是笨拙，接下来就越是有可能作出各种让步妥协。他是个正人君子，但根本不懂统治，没有丝毫力量的概念。他是一个勤理政务、心地善良的君主，但是形象却不怎么迷人，以至于人家尊敬他，却不喜爱他。在政治方面，美德显然是一种优秀品质，但是管理头脑、驾驭能力、能够使人服从你的力量，这才是一个政府的生命，才是执政行政的保证。关于王储夫人，传到国王顾问圈子的信息是：她有一张姣美的脸蛋，有引人注目的头脑，有王储所缺乏的领导魄力。这样一来，国王便认为，统治精神会传到玛丽-安托瓦纳特身上。波旁王室间接地从属于奥地利王室，这种局面会是一个良好的外交结果吗？未来的法国王储夫人，奥地利的玛丽-安托瓦纳特女大公一踏上法国的土地，就面临着一个欢迎仪式问题。路易十五始终是个绅士，在德·索瓦瑟公爵的请求下，同意去康皮埃涅住两天，在那里迎接王储夫人的到来。

由于杜巴里伯爵夫人以国王顾问圈子的名义对他提出一些意见，指出这种举动对德·索瓦瑟公爵那一派的影响力，路易十五回答道："我自有界限，知道走到哪里停步。这是我的家事，与政治无关。再说，伯爵夫人，我还能告诉您什么呢？除了那些血统上的亲王，我第一个要介绍给孙媳的就是您。"路易十五确实在凡尔赛宫恪守了这个允诺：王储夫人在那里礼数周全地接待了杜巴里伯爵夫人。有人在这方面写了一些文字，它们过于精雕细琢，反倒不像真的：女大公想起母亲的叮嘱，便拥抱了她觉得美丽迷人的杜巴里伯爵夫人。她大声宣布，她很理解国王陛下对伯爵夫人的友情；她将努力分担杜巴里伯爵夫人的任务，给路易十五排忧解闷，让他快乐。

婚礼过后，在国王的小夜宵席上有人冒险说了一些话；在宫闱里冒出了许多关于王储夫妇新婚燕尔的消息。路易十五和他身边的人（一如希腊罗马人举行的婚礼）说些荤的素的段子也不足为奇。有人把这些话转述给王储夫人听，在玛丽-安托瓦纳特与杜巴里伯爵夫人之间挑起了最初的敌意；接下来就演变成了政治上的对立。

　　有个礼仪问题在宫廷里搅起了风波：在玛丽-黛莱丝的恳求下，路易十五打算给洛林家族的所有亲王都留一个崇高的位子。这样做也是对玛丽-黛莱丝的家族表示尊敬。他不顾他那些私人顾问和杜巴里伯爵夫人的反对，写了下面这封信告知公爵与重臣：

　　"皇帝与皇后-母后陛下的使节有次晋见本王时，以其主子的名义（我不得不相信他说的是真话）向本王提出，本王孙儿与玛丽-安托瓦纳特女大公已然成婚，值此新婚大喜之日，何不给予德·洛林小姐某种显赫的待遇？在舞会上跳舞是最不会引起严重后果的事情，因为除了我这个血统的亲王和公主们（他们的地位是任何法国人不可攀比与并列的），我可以随意选择男的或女的做舞伴，用不着考虑地位、身份和头衔。再说，我也不愿意对宫廷里事情进行任何改革，希望王国的所有大臣与贵族，凭着对本王应该恪守的忠诚与服从，在本王希望向皇后陛下表示好意，以感谢她为本王送来的礼物的时刻，千万不要有任何让本王扫兴的言行。"

　　路易十五就以这种委婉方式，对他的贵族表达了他处置一件棘手事的做法。在一个事事依靠特权与等级的君主里，这并不是一个无足轻重的问题。杜巴里伯爵夫人有一段时间反对路易十五的看法，而公爵重臣也都竭尽全力支持她；但是路易十五已经被德·索瓦瑟公爵缠上了，不可能也不应该拒绝对那位皇后-女王的允诺。但是反对的一方并不让步，尤其是两个有独立主权的君王反应最为激烈。一个是罗安家的，一个是布依庸家的，他们声称要享有头顶王冠的脑袋所有的

一切权利，一切特权。有人用诗体和散文体写了抗议书，在宫里引起
一些议论：

> 陛下，您的国家栋梁
>
> 将痛苦地看到
>
> 一个洛林女君主
>
> 踩着他们往上升。
>
> 如果陛下
>
> 打算以这种方式
>
> 羞辱他们，
>
> 他们会脱下战袍
>
> 远离宫廷。
>
> 请想到这层：
>
> 同盟已结成。
>
> 签名：诺阿庸主教
>
> 拉沃佩利埃尔与勃弗雷蒙，
>
> 克莱蒙、拉瓦尔与维莱特。

　　这份用诗体写成的抗议书也包含了对公爵与重臣们的讽刺；因为
诗里把拉沃佩利埃尔这种身份如此低微的小贵族与勃弗雷蒙这种名声
显赫的大贵族，克莱蒙、拉瓦尔这些家世古老的姓氏与德·维莱特侯
爵①这种富豪和金融家出身的新贵并列。这些拙劣诗句的炮制者就是
德·维莱特侯爵本人，他是伏尔泰的朋友、亲戚和狂热崇拜者。
　　路易十五坚持自己的意愿，为了让新来的王储夫人高兴，硬要给
洛林系的王公贵族一种特权。可是杜巴里伯爵夫人通过她的抗拒，在
元老重臣中赢得了真正的信任，他们了解她的观点，重视她的奔走活
动。她的沙龙早已是法国最显贵人士的聚会之所，此时进一步扩大，

---

　　① 德·维莱特侯爵的爵衔是买来的，其父是珍宝仓库管理员。——原注

罗安家、蒙莫朗西家、勃弗雷蒙家、拉罗什富科家的人都纷纷前来向她致意,情意殷殷,执礼甚恭。洛林系的王公贵族们不讨人喜欢,据说他们长期是波旁家族的对手。洛林系甚至想通过新任王储夫人的支持,在国王身边谋个位子。

在与德·索瓦瑟公爵的斗争中,元老重臣的不满是对杜巴里伯爵夫人强有力的支持:德·索瓦瑟公爵大人从前是洛林家族的臣民,因此把洛林家族安排在法国宫廷最高位置。而王储夫人则成了国内战争史上一个强大家族高贵而出色的代表人物:尽管吉兹①这一支比她所属的那一支还要高贵!

---

① 洛林家族的一支,16世纪法国的重要政治势力,出过一些政治要人,如弗朗索瓦一世,亨利一世等。——译注

十二　德·索瓦瑟公爵先生表示反对，被打发回家
（1770—1772）

德·索瓦瑟公爵先生的一个重大错误，是对玛丽-安托瓦纳特女大公与法国王储的婚姻寄予了过大希望，以为这能够永固他的权力。为此举行了众多的欢庆活动；尽管路易十五广场的灾难①，女大公的到来引发的热情是不容置疑的。国王借孙儿新婚大喜的机会，甚至允许把流放在外的德·格拉蒙公爵夫人召回宫廷。杜巴里伯爵夫人不但不反对这个宽大为怀的举措，而且还加入了公爵夫人的朋友们为召回她所进行的请愿活动。有人把这事看做高尚行为，有人则认为这是伯爵夫人的狡猾之处。因为照公爵夫人的个性，她的敌人指望她犯下更多过错，作出更多不理智的事情，从而加快德·索瓦瑟公爵的失势倒台。无论如何，在公爵先生身上，表现出一种高举王储夫人这面大旗，与杜巴里伯爵夫人的体制唱对台戏的强烈意愿。国王顾问圈子意识到了这点。

因此，当时的诗人们言语夸张地对德·索瓦瑟公爵先生与玛丽-安托瓦纳特这个高贵的王储夫人这个共同体进行大肆吹捧。他们似乎一边描绘王储先生政权的所有光辉前景、所有希望，一边批评路易十五的错误。这种把一种政权未来的希望与眼前的困境并列的做法深深地伤害了现存的权力。王储先生和夫人每次来巴黎，都要受到万人空巷

---

① 1770 年 5 月 30 日，为庆祝王太子与女大公结婚，在路易十五广场燃放焰火，发生踩踏事故。——译注

的热烈欢呼。当城市举行蒙面舞会的时候，有人对令人爱戴的王妃作
了激动人心的颂扬：

> 在一个灿烂辉煌的宫廷，
> 当我们向国王行礼的时候
> 脸上现出的敬重之情
> 成了遮掩拳拳爱心的假面。
> 在这大喜的日子，
> 为了予我们的温情
> 以自由绽放的权利，
> 竟要求助于假面！
> 法国人的强烈感受，
> 都已经作了表达；
> 就让他安宁吧。
> 他没有喊出来的
> 就是这句话：
> 的确，这个王储夫人，
> 我们疯狂地爱她！

王储夫人还是应该得到这些公道的赞扬的。如果不是在同一时期
冒出了一些恶毒攻击路易十五的统治制度的揭帖，围在王储夫人身边
的民众对路易十五也是亲和的。有一首用拉丁文撰写的小诗译成法文
大意如此："在笨头笨脑的路易十五治下，亲王们被流放，法律被遗
忘，公私事务都被压抑，国库被盗窃，高官显爵都是衣冠禽兽，这是
天主报复的年头。"对于德·索瓦瑟公爵先生给予法国的，似乎要与路
易十五的个人品格来作对照的王储夫人所获得的众望与民心，路易十
五纵然能够隐忍，而且也怀有良好意愿，不产生一定的嫉妒也难。

事情还不止这些：德·索瓦瑟公爵先生很快就放弃了向对手求和
的愿望，更加鼓励和保护针对杜巴里伯爵夫人而发动的小册子战争。

凭借着大臣身份对国内外哲学家和文人墨客的影响，他很容易传布关于杜巴里伯爵夫人的最为恶心的叙述。这就是当时在伦敦和海牙出现的东西：《杜巴里夫人的书信，她的初恋与最早的放荡行为》。每当一个新的强有力的人物从稍低的地方崛起，上升到很高的地方，就会遭受一些小册子的攻击诬蔑。由于他不可能让所有人满意，他所做的每个行为，所迈的每个步子，都会招致流言蜚语的攻击。女人尤其如此，她们比男人更容易招来诬蔑诽谤。人家在她们如此脆弱的生活里搜寻材料，人家盘问她们的心灵与爱情：那些广告吸血鬼就是采食新鲜的粉嫩的血肉之躯为生。在德·索瓦瑟公爵先生的沙龙里，传阅着千百首趣味糟糕的小诗：

> 法国，被女人统治，
> 就是你的命；
> 普赛儿①来救你，
> 卡廷②将害死你。

这种粗俗低劣的作品甚至连国王也不尊重。从德·索瓦瑟公爵先生的沙龙里还流出关于玛尔戈王后③的诗作。

> 我为什么不敢将之透露？
> 是玛尔戈决定了我的情趣；
> 是呀，玛尔戈，提起此人
> 会让你们笑话：
> 可是名字有什么关系？
> 做出的事情才最最要紧。

---

① 指年轻姑娘。此处暗指王储夫人。——译注
② 指婊子。此处暗指杜巴里伯爵夫人。——译注
③ 1553—1615，本名玛格丽特·德·瓦洛阿，玛尔戈王后是绰号，法国国王亨利四世之妻，因生性风流，被丈夫休弃。——译注

我知道她的卑微出身

不能给被捧的自尊

提供让面子陶醉的

醺醺然然的幻想；

在一块贫瘠的土地上

能够生长什么花朵

在富裕的面纱下

任何奢华的光芒

都瞒不过祖宗；

懵然无识，缺乏才智

紧接乏味演说而来的

是不知所云的沉默；

可玛尔戈有那么美的眼睛，

动人的一瞥胜过千万财富，

高贵出身，和满腹才情；

虽说我在这个特别的世界

只是一个怪物的可悲玩具。

为了知道人家该不该讨我欢喜，

我要不要去问问奥齐尔①?

不，西特岛②上的乖孩儿，

有点怕门不当户不对。

为了神秘的情郎，

这位平民口味的爱神

常常让牧羊女③先走一步，

尽管隔了十六个街区。

---

① 1592—1660，法国王室的系谱专家。——原注
② 希腊罗马神话中阿弗洛狄特或维纳斯的诞生地。诗歌中的爱情之岛。——译注
③ 指恋爱中的女人。——译注

就这样，杜巴里伯爵夫人的低微出身总是成了宫里人对她严厉指责的基础。人们无法原谅玛尔戈的行为，要是换了德·格拉蒙公爵夫人，人家就不会计较了。

在此期间，杜巴里伯爵夫人继续在国王顾问圈子里干她的事情：她与大法官莫普乌（此人是个广有才智、立场坚定的国务家）密切合作，关系融洽，刚刚把最高法院的推事，孜孜不倦的法官泰莱神甫领进了国王顾问圈子，让他专心于整顿财政金融的艰难工作。杜巴里伯爵夫人希望把艾基庸公爵推进内阁，这样就完善了她的体制。这是个英勇刚毅的武将，总是准备着出击。德·索瓦瑟公爵不慎暴露了自己的软处，使得对手得以完成这种巧妙的安排。路易十五觉得参政班子已经组成，准备取代德·索瓦瑟公爵了，而这位公爵还蒙在鼓里，以为自己的统治稳如磐石，因为他让人编了谣曲讥讽杜巴里伯爵夫人：

> 孩儿们，想听吗，
> 我来说说芳赛娣？
> 小妞妞是那样滑稽，
> 魅力又是那样牛逼！
> 乖乖，我真的
> 比国王还有福气。
>
> 我把嘴巴贴上去，
> 那唇儿红艳艳的，
> 像朵欲放的玫瑰。
> 我是多么快意！
> 乖乖，我真的
> 比国王还有福气。

德·索瓦瑟公爵先生的沙龙可能在开心地念着这些快活的副歌，但是德·莫普乌先生把德·索瓦瑟公爵先生的书信概述呈交给路易十五御览。书信里显露出十分严重的问题。自从最高法院发布了对德·艾基庸公爵的最新起诉书和将各地最高法院合并、整合为一家法院的方案以来，国王的坚定意愿就是以绝对的压服，如德·黎世留红衣主教所采取的举措，或者以解散各地的最高法院，重建一套法律系统，来结束各个有独立主权的宫廷抗上作乱的局面。大法官莫普乌对这两种假设都抱期望态度，准备了一个大胆的，已经在国王顾问圈子讨论过的，欲引导最高法院回到司法职能上来的方案。关键问题是德·索瓦瑟公爵要对这个方案表态，同时公开表明与从今以后被看做抗拒国王命令的最高法院断绝一切关系。

对公爵先生秘密书信的审查得出一个结论，德·索瓦瑟公爵先生远未遵循正确的方向，而是一方面依靠最高法院的抗拒来保留其权力的众望与民心，一方面仍旧保持与最高法院院长和检察长的联系，以领导有独立审判权的法院开展的反对运动，并使之成为一股势力。从那些书信里摘录的文字，以及公爵先生与最高法院的秘密来往的证据被送交国王过目。最高法院那些家伙都庆幸找到了德·索瓦瑟公爵先生这座靠山①。从外省总督的报告里也得出一个结论，德·格拉蒙公爵夫人在流亡外省期间，不断地给法官们打气，鼓励他们加入一个在德·索瓦瑟公爵为最高领导的抵抗体制。

因此，德·索瓦瑟公爵先生的失势，并不是由杜巴里伯爵夫人的有趣的讥讽或者睿智的言语造成的，而是由首相大人自我营造的局势，尤其是由国王认为要保持权威必须采取的措施造成的。杜巴里伯爵夫人可能造成支持这些行动，也以自己的小玩笑支持了这个行动，几声大叫就把两只橙子震开了：炸，索瓦瑟！炸，普拉斯林！（索瓦瑟是最高法院阴谋的头子，普拉斯林是陆军衙门最不打眼的庸吏。）她可能还告诉国王，她把厨师打发走了："陛下，我把我的索瓦瑟打发走了，您什么时候把您那位也打发走呢？"但这些都不是德·索瓦瑟先生失势的

---

① 德·格拉蒙公爵夫人给图卢兹最高法院院长写信说：只要我哥哥保得住位子，他就会支持你们，要是他被赶下台，你们的事情就完蛋了。——原注

真正原因。路易十五国王对整个事情有更为全面更为深刻的认识。他不会因一时冲动而作出决定。利用心血来潮来开开心，快活快活没有问题，但他不愿利用心血来潮来处理政事。

在采取决定性的措施之前，国王把外交衙门的能员，在一等职员位子上干了四十年的德·拉维尔神甫叫来。这是个实干家，又是个很传统的人。那些最难写最棘手的公文，他写得清清楚楚精准明确，对于利益有着深刻的理解。国王让人把他请来面晤：当面向他提了这两个问题：1. 欧洲的利益是否正在朝着正确方向行进？2. 德·索瓦瑟公爵先生退休对外事工作会不会造成重大损害？

德·拉维尔神甫对国王发过誓，绝不说假话，也不掩盖任何事情，听到这样明确的垂询，一边客观公正地评价了德·索瓦瑟公爵政府在外事方面的能力与声誉，一边也不向王上隐瞒，如实地报告国务秘书这位大臣的领导过于活跃，过于张扬，在不久的将来必然引发与英国人的战争，并且再次搅乱欧洲的局势。首相先生退休显然有助于实现世界和平。因此，这样做的结果，远不会干扰国王的事业，没准还是使之变得更加正当更加和平的一个办法。

国王通过他的特别快信也了解到，德·索瓦瑟公爵先生之所以强力推动战争，并不是因为这与国家的尊严有关，而是因为这样做，他就成了不可缺少的人物，而国家就会无限推迟已经议决的要对最高法院采取的措施。而且一旦开战，财政需求会造成一定混乱，就会开始一轮新的举债，就会助长有独立主权的宫廷的势力，使国王本打算取缔的它们的作用变得不可或缺。

因此，一切都准备好后，1770 年 9 月 24 日，国王在凡尔赛召集私人顾问开会，作出两个决定：以突然甚至是胁迫的方式逼德·索瓦瑟公爵先生下台；召德·艾基庸公爵先生入阁。会议还决定解散最高法院，因为德·艾基庸公爵只能在解散最高法院之后入阁。一番讨论之后，国王召来国务秘书德·拉维里莱尔先生，委托他给德·索瓦瑟公爵先生带去有国王封印的信。信文如下：

爱卿，您的效力给我引来的不满，迫使我要将您放逐到尚特卢。您立刻就到那里去吧，不要超过二十四小时。如果不是对德·索瓦瑟夫人特别尊重，我本可以把您送到更远的地方，因为我很关心她的健康。当心您的行为，不要逼我作出另外的决定。借此机会，爱卿，我祈求天主保佑看护您。

签字的是路易，下面还有信件起草人菲力波的名字（给德·索瓦瑟公爵先生送去此信的德·拉维里埃尔先生的本名）。

这封语词生硬的书信意味着真正的失势，因为它让人联想到德·索瓦瑟公爵的阴谋活动。在发出这封信之后，路易十五又给德·普拉斯林公爵写了一封还要简短的信：

爱卿，我不需要您来效力了。二十四小时内，您去普拉斯林吧。我将您放逐到那里。为此，祈求天主看好您。云去。

这些迅速而严厉的措施，索瓦瑟的党徒应该有所预料。自从国王针对最高法院的问题决定采取断然措施，德·索瓦瑟公爵就成了一个必须尽快粉碎的障碍。公爵有没有足够的力量推动战争，以使自己变得不可缺少呢？在这上面，他打错了算盘。因为欧洲大势所趋是实现和平；而且路易十五想尽快解决最高法院的问题，好投入新的战争。路易十五觉得有必要在国内稳固自己的政权，当军队在国外为祖国征战的时候，在国内不宜重启对黑袍贵族的斗争。一个希望存在下去的政权，其首要条件就是保证政府的团结一致；路易十五使出自己政治生命的所有力量，以实现自己的坚定不移的方案，政变将使最高法院回到德·黎世留红衣主教为其安排的正道上来。现在他手上有个能力很强，又充满首创精神的国务家，大法官莫普乌。一个忠心耿耿、天赋卓越、才思敏锐、心地善良的年轻女人通过敏捷而有趣的心血来潮来鼓动、激发大法官的热情。这些就是德·索瓦瑟公爵倒台、杜巴里伯爵夫人得势的真正原因。从今以后，在她那座吕西安讷的小屋里，她就成了小小的女君主。

十三　吕西安讷的小屋（1770—1772）

　　路易十五喜欢登临俯瞰塞纳河的郁郁葱葱的高地，观看视野广阔的乡野；他相继在索瓦齐王宫、美景宫、上默东等坡地住过；玛尔利的住所过于奢华①，在里面生活不太私密。路易十五需要摆脱紧紧裹着他，把他压得喘不过气来的烦闷无聊。这一次，他把目光投向了吕西安讷小城堡，想在里面过过乡绅日子。这是他最喜欢的生活。

　　吕西安讷或者鲁韦安娜的树林属于玛尔利大森林的一部分，在中世纪就已经远近闻名。一如默东的树林里有狼出没，这里的地形也高高低低、起伏颇大。鲁韦西娜的隐修士圣洁的名声一直传到了巴黎附近的圣克卢和南泰尔。在古老的吕泰斯周围，森林保留了古高卢人时期的德落伊教祭司的特征，而三个狩猎大王的家族亦对保持这个莽莽苍苍的壮景作了贡献。从鲁韦安娜树林高处俯瞰下面，只见山间的溪水奔腾而下，一跌跌瀑布垂挂前川。绿阴浓浓遮掩着一个个湖泊，清泉汩汩漫溢成一眼眼池塘，这一切构成一幅美丽的图景，使得这个居所变得分外静雅宜人。当你从凡尔赛动身往圣日耳曼城厢那边走，穿过圣安图瓦纳门，经过舍斯纳和赛尔-圣克卢，从左边的玛尔利大森林过去一点，来到吕西安讷树林，从一丛丛婆娑多姿，或挺拔昂扬的乔木中间走过，来到也许是唯一的眺望点，极目驰骋，这时出现在你眼前的，是在绿茵茵的土地上蜿蜒穿插的塞纳河，是圣日耳曼城堡与它的古老森林，是一直延伸到圣德尼的广阔平原，是车水马龙，人声鼎

---

　　① 一周开销达到两万多利勿。——原注

78

沸，被雾气笼罩的巴黎城，是一座座村庄，一个个栽满果树的花园，是点缀在美景之中的美丽的诺曼底牛群。这些风景，完全配得上保尔·波特或者克劳德·洛兰绘出的名画。吕西安讷最早属于孔蒂亲王①的封地，后来连同这些椴树与果园，传给了一代代子孙。德·庞蒂埃弗尔公爵在这里让人建造了第一幢大屋，然后将它送给心爱的独子德·朗巴尔亲王②。在这位年轻亲王可悲地早逝之后，德·庞蒂埃弗尔公爵把吕西安讷的房屋出让给国王。路易十五经常来这里小住：在宏伟壮观的凡尔赛和玛尔利住久了，对那森严的城堡、宽敞的套房生出了厌倦，路易十五就寻找雅致舒适的小房子，因此吕西安讷小屋让他特别喜欢。

路易十五常来这里做些园艺活，收拾整理花园，修剪采伐树丛植物。他最喜欢椴树林里那几条幽美的小径；他喜欢坐在芳香四溢的树阴下。路易十五曾想把大屋送给杜巴里伯爵夫人。杜巴里伯爵夫人素来不贪财物，婉言谢绝了。在她看来，这房子太大了。她只愿意过些简单平常的日子。再说，她也深知老年人的弱点。人随着年岁增大，又捡起了从前的习惯，从宫殿转到了卧室，为再往下进入最后一座，也是最狭小的住所——坟墓作准备。于是杜巴里伯爵夫人请求路易十五批准她在这里建造一座优雅而舒适的小屋，不要大，不要王家的排场，只要辟几个小花园，开一个果园，垒一个看得见广阔美景的土台，在椴树林里修几条小径（就是国王喜欢的那几条），铺一块草坪，种植一些让人赏心悦目的芳香植物。杜巴里伯爵夫人用了种种艺术方法，来装饰美化吕西安讷这座小屋。

勒杜是个思想大胆、颇有创新精神的人，担任小屋的建筑师。韦尔纳、柯勒兹，弗拉戈纳尔，维央为小屋绘制了窗户间与门上的装饰画。没有一副锁具，一个小钉子，一个窗户上的长插销不是艺术品；

---

① 法国历史上有好几个孔蒂亲王，都是出自波旁-孔代王族的幼支。——译注
② 1747—1768，他父母生育七个孩子，只有他与姐姐成活，因此过分的溺爱使他养成了富家子的通病。因为淫乱过度，他才20岁就死于花柳病。——译注

没有一块护壁板不是艺术杰作。

"好奇者赶来吕西安讷参观杜巴里伯爵夫人的小屋，"当时一家报纸报道，"但不是谁想进去就能进去的。只有得到特别恩准，才能进入这个优雅而享乐的圣地。这座小屋出自才华横溢，精于装饰美化的年轻建筑师勒杜之手。小屋是个正方形建筑，每面开有五眼窗户。小屋的基座，是个地势颇高的丘冈，享有极为开阔的视野，景观旖旎，美不胜收：山脚下溪水淙淙，蜿蜒而行，在大地画出一个蹄铁形状，给这片壮景添色不少。

"这座房屋前面有个院子。对于民居来说，这个前院也许太大了点。房屋正面有个古典风格的列柱廊，里面支着四根朴实无华的大柱子。房屋里面装饰着一幅浅浮雕，画面是一些孩子饮酒狂欢的场面。房屋里面的构成是，一间充作餐厅的前厅，左边是一个取暖设施，右边是一些衣橱，再进去是客厅，中间是个主客厅，两边各有一个副客厅。面对前厅，有个专为杜巴里伯爵夫人的乐师设置的乐坛，因为一段时间以来她有了一支乐队。最著名的艺术家都竞相赶来献艺，用自己的艺术来为这个如此优雅的居所增光添彩。天花板上彩绘着田野的快乐：《乡野之爱》。墙壁上都绘着弗拉戈纳尔、柯勒兹和韦尔纳的壁画。屋里还陈列着许多精美雕件，不过都是塑像，应该是在大理石上雕琢而成的。最见匠心的地方，倒不是在这些大型物件上，而是在最细微的装饰细节上，比如壁炉的边框，烛台的支臂，天花板的突饰，浅浮雕，壁柱，镀金器具与金银制品，锁具与插销，等等。没有一件艺术品不是至臻至美，完美无缺，没有一件不是珍贵无比，天下无双；一切都那么新潮别致，充满奇情异趣。"

喜欢新奇花哨的小玩意儿，这恰恰是杜巴里伯爵夫人与德·蓬帕杜女侯爵的不同之处。她对小玩意儿、对时尚物件，甚至对稚拙的艺术品，中国古玩，矮胖瓷人，乌木和象牙折扇，面对面的瓷娃娃，生漆家具，覆着色彩艳丽的天堂鸟的屏风，镶银边的鹦鹉笼，金丝大鸟笼特别感兴趣。家里一片无法模仿的混乱，一堆数量惊人的珍贵小玩意儿，一大堆杂乱无章的家具，壁挂、地毯，一大批水晶、花瓶、衣衫、镶嵌着象牙或陶瓷画板的橱柜，一堆并无章法，全凭一时兴致配在一起的饰物，这就是杜巴里伯爵夫人的风格，如果这也能够被称作风格的话。从艺术观点看，她比德·蓬帕杜夫人的品位要低一些。不过我们不要忘记，作为装饰画家，弗拉戈纳尔接替了布歇，那小群胖乎乎的、栖停在大堆玫瑰上面的爱神就是他画的。

建造吕西安讷小屋，是准备用来接待路易十五的。小屋的仆佣虽然人数不多，但一个个都很懂礼貌，规矩能干。除了伯爵先生，杜巴里伯爵夫人带着一家大小住在这里，伯爵先生执意住在巴黎自己家的公馆里。在杜巴里伯爵夫人身边，最会思想，最有灵气的人就是国王所称的伊莎贝尔·杜巴里小姐。她的本名叫比琪。比琪总有些好主意，时常帮助伯爵夫人振作精神、鼓起勇气。路易十五喜欢她的正直感，但是取笑她的南方口音。比琪小姐是图卢兹人，保持了一口乡音，一个音也没有改变。让·杜巴里伯爵先生常来吕西安讷走一走，但见不到国王，这种安排，就有点像德·奥比涅先生[1]悄悄潜入德·曼特侬夫人家里。不过，他是一个好顾问，虽说读了法律界人士旧时写的那些客观公正礼赞法官的文章以后，立场有点过于偏向最高法院。杜巴里伯爵夫人的丈夫纪尧姆伯爵把自己的居所定在图卢兹。他很少上巴黎，他与杜巴里伯爵夫人的关系，一如莫特玛尔[2]与德·蒙特斯庞夫人，诺阿依家的人[3]与德·曼特侬夫人的关系。他只是避免使形势突破暧昧的迷雾，变得更加明朗。

国王近卫军的军官，宫廷青年贵族侍从阿道尔夫·杜巴里深得路易十五的喜爱，已经被指定了一门好婚事；德·阿吉库尔伯爵最后从香槟军团的上尉升到了王家科西嘉团的上校，因为他是一个最为出色的骁勇

---

① 1585—1647，法国贵族，法国国王路易十四的岳父。他的女儿弗朗索瓦芝·奥比涅就是历史上有名的德·曼特侬女侯爵，先是路易十四的情妇，后正式嫁给路易十四。做父亲的生怕撞破女儿与国王的好事，总是悄悄地去女儿家里，躲在房间里不出来。——译注

② 1600—1675，法国贵族，他女儿弗朗索瓦芝-阿黛娜依于1640—1707年是路易十四的情妇德·蒙特斯庞女侯爵。——译注

③ 法国古老贵族家族，世袭公爵衔。但此家族与曼特侬夫人的关系不详。——译注

军官：在吕西安讷这个像阿里约斯特①诗里描写的阿尔西娜仙女城堡一样新近出现在鲁韦西娜高地上的迷人小屋，经常来走动的就是这些客人。

在这些张挂着上光印花布帷幔的小客厅里，张罗接待的都是伯爵夫人最喜欢的贴身女仆，大家注意到有一只浑身雪白的西班牙猎犬，还有一只比那只狗还要惹人怜爱的巴西猴子，一只火红色的虎皮鹦鹉，接下来，大家还注意到一个12岁的孩子，是在孟加拉出生的，皮肤黑中带点赤褐，离奇古怪地打扮成爱神丘比特的模样，戴着珊瑚或者彩色玻璃珠项链，样子既丑陋又爱俏。伯爵夫人是和德·孔蒂亲王在洗礼缸里得到他的。由于当时风行伏尔泰的悲剧，他们就给他取名为札慕儿，以纪念《阿勒琪尔》②。札慕儿很让路易十五开心：他收拾得干干净净，给伯爵夫人打着大红阳伞，那一身黑皮肤衬着伯爵夫人绸缎一样白得发亮的皮肤，叫宫里那些涂脂抹粉的贵妇看了绝望。

每天国王都从玛尔利来到吕西安讷城堡，那是王室的产业。在那里，他宽衣解带，常常只穿一件宽大舒适的白上衣；独自或者由几个友人陪同，就从椴树林里的小径走到伯爵夫人的小屋这边来。而伯爵夫人穿着红白相间的便袍，像个仙女，从她的玳瑁和钻石小匣里走出来；札慕儿打着红色的阳伞跟在后面，他穿着式样怪异的衣服，黑皮肤上四处金光闪闪，更加衬出伯爵夫人的简洁与优雅。西班牙小狗一边叫着，跑过花草繁茂的花坛，精美的藤萝缭绕的斑岩和碧玉花盆。这小狗像鬼一样坏，见谁就咬就抓，只有路易十五例外，它似乎也知道要敬爱王上。伯爵夫人与其说是走，不如说是跑着来迎接路易十五。她先是屈膝弯腰，似乎行了个跪拜礼，然后直起身子，像个纯朴可爱的孩子来拥抱他。路易十五进了小楼，拿了伯爵夫人亲手采摘的一个果子，一杯西班牙葡萄酒，走到平台上，在一株古老苍劲的椴树下就座，浓密的树阴给他遮挡阳光。前面，是开阔的视野，壮丽的景色，

---

① 1474—1533，意大利诗人。——译注

② 札慕儿在洗礼证明书上的名字为路易，是孔蒂亲王的名字。至于他的确切年龄，大家都不知道。1793年在革命法庭指控女主人杜巴里伯爵夫人时，他说自己是33岁。——原注

塞纳河谷、郁郁葱葱的树林、鳞次栉比的村庄，像一个巨大的椭圆形花坛，在他眼前次第展开。路易十五欣赏着这片美景，常常一望就是一个多钟头。在此期间，那些女园丁们就来给他献花、送果。在吕西安讷没有什么仪式，也不讨论事情；国王的友人们也总是这里的座上嘉宾。伯爵夫人亲自拟定客人名单，并在请柬里告知，国王将大驾光临，令晚会蓬荜生辉。

吕西安讷显然有欢乐气氛，但绝无德·索瓦瑟公爵的朋友们成篇累牍地叙述的那种粗俗不堪的场面，或者非常龌龊的表现。那些人大肆给为人正派的大法官莫普乌身上泼污水，丑化他魅力十足的形象，希望通过把他描绘成由杜巴里伯爵夫人一手操纵的木头人，来让他变得荒唐可笑。大法官莫普乌是德·黎世留红衣主教的大学校里培养出来的一个国务家，并不是那种端起架子，常常靠装腔作势来掩饰内心脆弱的人；当时政坛有许多色厉内荏的人，但他不是。他喜欢开玩笑，与人逗趣，进行思想交锋，总是朝着一个目标前进。他早就看出杜巴里伯爵夫人对国王有强大的影响力，能够成为坚定不移地支持他推行计划的靠山，就利用她来达到自己的目的。这是很自然很正常的步骤。支持你的是个女人有什么要紧？只要她足够强大；扶助你的是个婀娜多姿，唇含微笑的人又有什么关系，只要她的娇美面目下藏着坚强有力的意志，能够推动你前进就行！

在吕西安讷，一个美妙的快乐的日子，路易十五任命札慕儿为小屋的管家，工钱 50 路易①大法官确认了这道敕令。大家便拿这件事大开玩笑。札慕儿被任命为吕西安讷的终身看门人与管家有什么奇特之处吗？正如在古代的骑士传奇里，畸形的小矮人看守着美丽的城堡女主人的塔楼，有什么非同寻常的地方？一个人有力量，并不在于每天都绷着一张冷冰冰的脸，端起一副学问高深的派头，摆出一副俨然的样子，其实力量也可以与风韵相结合，风情万种之中也自有力量存在。真正的政变常常发生在节庆欢乐之后，雷霆之力并不与柔媚雅丽为敌。

---

① 路易是金币，一路易值 20 法郎，或 20 利勿。——译注

十四　改组的最高法院（1770—1772）

　　德·索瓦瑟公爵失势被黜之后，国王的顾问圈子马上在吕西安讷开会，讨论最高法院的问题。这是一件棘手事，拖延不得，必须立即处置：各级法院坚持它们的统一体制，继续顽抗国王的命令，把对德·艾基庸公爵的判决变成了政治行动，因为公爵得到了路易十五的保护。

　　在撰写这场把政权引向其暴力条件的政变历史之前，必须熟悉三个大臣的出身来历和性格。他们在杜巴里伯爵夫人的指挥之下，解决了政出多门，权力分散的老大难问题，实现了全体司法人员对国王的臣服，并且构建了一个纯粹审判裁断的法官系统；这是现代法律已经解决的问题。三个大臣中的第一个，夏尔-尼柯拉·德·莫普乌，是一本正经的老大法官莫普乌的儿子，他母亲出身于法国的法官世家，曾任最高法院院长的拉莫阿庸家族。他在巴黎最高法院里先是担任推事，接着担任调查庭庭长，表现了超越群伦的才干与智慧，在处置与《教皇谕旨》有关的问题上很有能力。作为一个严肃的、传统的但是偏向于冉森教派的权力，最高法院通过他们关于拒绝登记在案的理论损害了君主的特权。有些法官，如拉莫阿庸、莫雷、勒佩尔蒂埃·德·圣法尔佐、伏瓦占、普赛尔、德·阿利格尔，一边表示自己对王冠的忠诚，一边却在损害王权的执行。

　　尤其是近段时间，最高法院养成了一个奇怪的可恶的习惯，如果在某个政治问题上与国王稍有冲突，就把司法裁判工作挂起来。提起诉讼的人找不到法官来审理案子，已经审理的案子得不到裁决；如果国王吩咐法院恢复职能，命令法官履行职责，否则以渎职罪论处，那些那么严肃，在亨利四世和路易十三时期的版画上表现出严肃额头和尖形长髯的法官们就以倾倒满腹牢骚为乐事，好像是取笑御旨王命；有几次最高法院的法官，或是庭长或是推事，或集体或单独提出辞职，直到国王同意忍受各级法院的过分要求。

德·莫普乌先生在最高法院工作期间，认真而深入地研究了这个法律机构的恶习，被任命为大法官之后，他就立即向路易十五报告了关于组建新的法官队伍的一些想法。他身边有个年轻秘书，名叫勒布伦，是在古代圣贤的教导下成长起来的，面容端庄，举止优雅。他负责起草一个内容广泛、充满理性、涵盖整个法官体系组成的方案：最高法院不是自己停止了运作吗？那好，方案打算寄给最高法院每个成员一个文件，让他们签字，表示愿意复工，服从国王路易十五的旨意。如果他们不肯签字，就被视为自动辞职。方案宣布在以下基础上建立一个新的法律系统：一、免费诉讼；二、简化诉讼程序；三、政治权力、行政权力与司法权力分离，由此，最高法院法官的职权缩减为司法审判一项。如果最高法院不接受这些条件，那么在新的法律体系里，行政法院可以一直取代它。这个方案，尊贵的大法官莫普乌可以在二十四小时内付诸实施，哪怕动用军队也在所不惜。

第二位接受了国王顾问圈子的思想，参与杜巴里伯爵夫人的政治行动的大臣是路易·泰莱神甫。此公是 18 世纪最为引人注目的富豪之一。他从 1756 年起就担任了最高法院的推事、书记员，性格强硬、急躁，但是才思敏捷，文心细腻，热情洋溢，机巧能干，深知自己责任重大，不容儿戏。有人注意到，他是那些推事里面唯一没有提出辞呈的人。而且在很长时间里他都是国王顾问圈子与他那帮同事的中间人。泰莱神甫有段时间甚至通过发表反对耶稣会的言论，深得民望。不过后来他作为一些资本家组成的公司的经理，在谷物自由贸易的问题上与经济学家学派接上了头。这家公司的合伙人以赖斯·德·索蒙、梅路雪、佩律索和玛利洛等公司而出名，他们做的是大规模的谷物贸易。

有些历史演说家称这个联合体为"饥馑协约"，似乎自由贸易的头一个后果就是没有协作和投机的自由，似乎在一种贸易自由的体制下人们并不总是展开竞争与斗争。赖斯·德·索蒙公司的最终目的是让民众丰衣足食。再说，路易十五也通过储备与公共粮仓的体系支持这家公司的运作。路易十五的这种考虑是遭受诬蔑和攻击最多的想法之一。

既然泰莱神甫已经对权力有所帮助，就被德·索瓦瑟公爵指派，来参加国王顾问圈子财政金融部门的工作，成了大法官莫普乌的同事。然而，在准备采取的措施里，有一项艰巨的任务有待于财务总监督来完成；他要审查种种非常重要的问题：国家有可能摆脱最高法院的介入，在不得不征税以强行解散最高法院的时候，国家有可能摆脱最高法院的干预吗？国库拿得出钱来对最高法院的庭长和推事们的职务进行经济补偿吗？这些问题，泰莱神甫确确实实地把它们解决了，他那干脆利落的风格，在吕西安讷国王顾问圈子开会时被路易十五注意到了。

剩下的问题就是选择负责执行的人，在这一点上，德·艾基庸公爵受到路易十五百分之百的信任。作为德·黎世留红衣主教的侄孙，德·艾基庸公爵在担任布列塔尼总督的时候，已经对国王的权威表现了巨大的热情与忠心。他就是为王国政权的统一而进行战斗，才招来布列塔尼最高法院的有罪诉究，才激起巴黎最高法院的指责，引出其煽动暴动的诉讼程序。在最高法院尚未被强行拆散的时候，国王如果不能把他召到内阁，就要把他安排在国王顾问圈子。而一旦决定实行政变，他就要保证民众的力量和贵族的长剑对国王尽忠，以镇压犯上作乱的黑袍贵族。

在吕西安讷召开的国王顾问圈子会议决定了要采取的措施之后，路易十五就召来了各火枪队的统领和副将。路易十五喜欢这些勇敢而威武的队伍。这些队伍忠于自己的誓言，得到路易十五的喜爱自有其道理，因为它们的头一条铁律就是为君王赴汤蹈火，不惜牺牲。这种骑士精神传自中世纪，在现代得到完整保留，没有受到丝毫撼动。1771年1月19日的夜里，火枪手们两人一组，分头前往最高法院的庭长与推事家；为首的军官带去一份通告：最高法院的所有法官，都要立即服从国王的命令，回院里上班，在新的告示规定的期限内，恢复审判。谁若是胆敢抗拒，两个火枪手就奉命给他签发盖有国王印玺命令将他流放的信函。对于罪大恶极者来说，到远离祖传城堡的穷乡僻壤过流放生活，是一件相当艰苦的事情，自然会让他们生出一定的恐惧，至少在最高法院那帮反叛者中间，这也会激起某种真正的不安。

政变在井然有序的状态下实行了。由于法官们很少表示服从，盖有国王印玺命令将他们流放的信函便得到执行。大法官莫普乌面对法官们的抗拒，并不显得恐慌，也没有就此罢手：已经采取了各种预防措施。在最高法院停工的情况下，行政法院便在国务参事贝尔蒂埃·德·索维涅先生主持下，取而代之。新的法令将各级最高法院的职能缩减为单纯的审判法院，剥夺了它的任何政治职能。勒布伦先生起草的告示非常透彻，说明了权力分割的道理，过去那些圣明时代，实行的正是权力分割的做法①。进行强力打击的政府应该解释其政变的动机。他们必须说明他们所创建的秩序的必要性与合法性，需要证明使用暴力是有理由的，是为了民众的福祉。

在火枪手们执行任务期间，住在吕西安讷的人无法睡着，不过这一夜他们是在少有的平安中度过的。杜巴里伯爵夫人思维敏捷，言语有趣，喜欢说些讽刺话，高兴起来像个孩子，她鼓起大家的勇气，让大家相信国王的意志。元月20日中午，大法官莫普乌来向杜巴里伯爵夫人通报，这一举措取得全面成功，新的最高法院将顶着司法界的叫喊、王族和元老重臣的大声抗议，召开成立大会。杜巴里伯爵夫人对那些人的反对说了几句无伤大雅的挖苦话。第二天这些话就被人编成讽刺诗和民谣副歌传唱。其中有些很刻毒的是攻击大法官莫普乌的。但凡有胆量有魄力镇压反对派、使权力超脱种种抗议不满的国务家，一般都是这种命运。下面是在反对派中流传的攻击大法官莫普乌的一

---

① 大法官莫普乌的权力分割原则直到法国共和八年，也就是执政府时期才为制宪会议所采纳。——原注

首小诗。组成莫普乌（MAUPEOU）这个名字的七个字母被分别嵌在每句诗的前面：

　　（M）邪恶朋友，无良公民，
　　（A）热情作恶，冰冷为善的
　　（U）臭狗屎，自然的垃圾，
　　（P）你冒名欺诈，盛气凌人，
　　（E）天生是法律支持者的死敌。
　　（O）我们从这个家伙身上
　　（U）认出了出卖法国与国王的恶棍。

　　那些小册子就这样侮辱冒犯主持指挥行动的人，因为他终结了政治与司法方面的无政府状态，让自由的和至高无上的权力取得了胜利。反对派不仅对大法官一人发泄怒气，他们还冲着大法官的秘书勒布伦先生发起攻击，因为这个才华横溢、很有文学造诣的人起草了针对最高法院的那些法令通告。他们也编了一些刻毒的小诗嘲讽他，其刻毒的程度，丝毫不下于攻击大法官的小诗：

　　人们将绞死两个坏蛋：
　　一个金发，一个褐发；
　　可刽子手只有一根绞索：
　　那就留下金发吧，
　　因为他可以等待；
　　而且这也让刚刚赶来
　　看勒布伦受刑的百姓
　　过过戏瘾。

　　这些意外的反对并未阻止国王顾问圈子中止执行经过深思熟虑全面作出的决定。杜巴里伯爵夫人自告奋勇，愿意慢慢说服那些家族与血统上的君主亲王放弃他们的抗议。她对那些大人物，那些朝廷亲贵的情感与弱点是那样了解，她知道怎样为国王的特权着想来利用他们。她对元老重臣，对法官，对每一个愿意听她说话的人都反复表示："诸位先生，国王是不会改变态度的。"这番话引来德·尼韦莱公爵一句绝妙的奉承："夫人，您通过说这些话，真的让国王与您息息相关了。"杜巴里伯爵夫人已经为大法官争取了德·孔蒂亲王那一支里的德·拉马什伯爵的支持。她通过答应让德·奥尔良公爵与德·蒙特松夫人秘密结婚，而慢慢把他争取过来了。她通过自己的美丽和让步，征服了德·孔代亲王，甚至也征服了与律师关系那么好的德·孔蒂亲王。

公爵与元老重臣们起初态度有些固执，都对政变表示抗议。他们都希望得到民众的支持，或者希望国王一时软弱，向他们妥协。因为历史上这样的事情发生过多次，大家见惯不惊。接下来，有些人的心思变了：那些上层贵族、上层绅士受不了这么长久的受黜失宠；他们几乎所有人都由于封赏、津贴甚至娱乐而与王权紧紧相连，息息相关。因此路易十五宣称："他的意愿他做主，他想恩宠谁就恩宠谁；要想重新得到他的恩宠，头一个条件就是在新的最高法院占个席位。"当大家相信，正如杜巴里伯爵夫人所说，国王还是坚持原来的态度，绝不会改变，就有很多人表示了归顺。在政治上，人们要与一个强大的而且知道能维持下去的权力彻底决裂，总要经过长久思考：人们很少会让自己去扮演一个没有希望的反对派角色。

被解散的旧最高法院的法官们仍然被体面地流放。国王的敕令宣布将赎买他们的职位，泰拉神甫有可能作出这个安排。国王的财库也确实向最高法院的庭长和推事们报出了赎买的价格。如果他们拒绝这个安排，这些钱就会存到公证人那里，超过一年未领，这些钱就会拿去行善，打给医院。

多亏财政总监的精明能干，财务上的所有义务都一丝不苟地得到履行。当律师、检察官、最高法院和夏特莱宫①的执达吏看到路易十五

---

① 一家法院的所在地。——译注

岿然不动，而旧最高法院却遭到解散时，都后悔头脑一时糊涂，丢掉了一个报酬不低的职务，渐渐地就有些回心转意。宫殿恢复了使用，没有谁再想到旧最高法院。预先感到这样一个结果的光荣首先属于18世纪最引人注目的国务家、大法官莫普乌；杜巴里伯爵夫人则分享了这份荣誉：因为她说过这句话，国王是不会改变态度的。这句话被人记住了。

当时国王顾问圈子只有通过选择德·艾基庸公爵来完善自身。公爵已经被召到外交衙门。一个立场如此坚定态度如此鲜明的人，德·黎世留红衣主教的一个侄孙要拿长剑捍卫整个制度的发展，那是谁也无法阻止的。于是路易十五给德·艾基庸公爵任命了职务，好让国王顾问圈子更加一致，更加和谐。

十五 杜巴里伯爵夫人——诗人——艺术家
（1771—1772）

一场政变的成功，头一个结果，就是使策划或实行政变的人变得更有力量，更加强大，更受信任。因此，谁也不可能忘记，杜巴里伯爵夫人曾是解散最高法院这个举措的主谋，是这场政变的灵魂人物：她以沉稳平静的态度，有趣的议论或者解颐的嘲弄所具有的力量，让路易十五变得从未有过的坚强。杜巴里伯爵夫人这种强势地位，虽然从此以后无人否认，但是预先却被大臣、诗人和艺术家感觉到了。对于所有仰仗国王保护的人来说，杜巴里伯爵夫人就是当今王后。

德·索瓦瑟公爵一倒台，伏尔泰就转向了在吕西安讷升起的这颗新星，亲笔给杜巴里伯爵夫人写了一封言辞很是得体，仍旧充满睿智的书信：

"伯爵夫人，在我的退隐之地，《名人报》用上百个声音向我通报德·索瓦瑟公爵的倒台，和您的胜利：这个消息一点也不让我觉得意外，因为我一直认为，美人是战无不胜，不可抵抗的。不过，我该不该向您坦白呢？我不知道是不是应该庆幸您的成功。德·索瓦瑟公爵对我充满善意。只有他的保护才支持我顶住了众多敌人的攻击。在您这里，我这个老弱之身能够指望得到同样的支持吗？既然战争之神玛尔斯不在那里了，我祈求艺术女神帕拉丝的保护就是自然而然的事情！对于一个热烈景慕她的人，她会拒绝荫庇吗？夫人，请允许我利用一个机会，把我满怀崇敬的忠诚敬献在您脚下。我不敢告诉您所怀的希望，因为人家有可能在某些地方指责我不忠；不过我答应您，保证做到忠贞不渝，坚定不移，恒久不变。到我这把年纪，也该固定下来，不能再变了。请您放心，我只会忠于您，只会想着您；我要让阿尔卑斯山的每个回声呼唤您的大名。夫人，请屈尊接受卑微在下的敬意……国王侍从室侍从伏尔泰敬上"

杜巴里伯爵夫人知轻知重，明白善待伏尔泰这样一支笔杆子，这样一个大名流的重要性。尽管她知道路易十五对这个摧毁各种启示宗教的无神论者十分厌恶，还是回答伏尔泰说：

"先生，捧读有趣的大札，我几乎要为德·索瓦瑟公爵的失势下台感到伤心了。不过您也清楚，他和他的同伙落得今日的下场，完全是咎由自取；您为您那些倒霉的朋友感到惋惜，这说明您心地善良，心灵高尚。不过请您相信，并不是只有您那些旧日的朋友才承认、才看重您的盖世才华：给您以支持是一份让人免不了嫉妒的光荣。我纵然不是帕拉丝，也总会为自己能用微薄的影响力为您效劳而感到自豪。谢谢您对我的祝愿，以及您对我表示的厚爱。让阿尔卑斯山麓一遍遍回响我的名字，这是一份过于隆重的礼敬。不过请您坚信，您的大名倒是经常在凡尔赛各个沙龙里响起来。我要是抽得出时间，倒是愿意去平达山脉和帕纳斯山①的山麓，让您的大名在那片山岭间回响，因为它们是唯一有资格听到您的大名的山岭。尚此布达，谨颂大安……"

伏尔泰立刻打算全身心地投效德·莫普乌先生的事业——最高法院的改革，他这样做，或许是对最高法院那些机构有些哲学家的怨言，

---

① 都在希腊，是古希腊神话中众神，尤其是文艺神居住与活动的地方。——译注

或许是大法官对他有些承诺。应该指出，对于国王的特权，伏尔泰其实是一直崇拜有加的。于是在杜巴里伯爵夫人和大法官莫普乌的力邀之下，伏尔泰写出了《最高法院的历史》。在激情洋溢的冲动之下，伏尔泰这位哲学家一边为政变拍手叫好，一边将大法官莫普乌与传说中的所有英雄作比较：

> 我愿意相信传说
>
> 给我们讲述的那些奇事，
>
> 相信人们不断提起的
>
> 那些英雄，和他们的威望；
>
> 我愿意相信让守护特洛伊城的
>
> 帕拉丝女神复活的狄俄墨得斯①，
>
> 相信安德罗墨达的情人②的宏伟工程，
>
> 相信包围特洛伊城的战士；
>
> 尽管无人相信这些故事。
>
> 然而唯有莫普乌能够
>
> 从法律的迷宫取出王冠，
>
> 送回我们国王的宫殿。
>
> 这是我亲眼所见，
>
> 感到震撼的事情。
>
> 我承认古代英雄值得景仰，
>
> 可那毕竟是神话与传闻：
>
> 而眼前这个才是
>
> 千真万确的英雄。

---

① 希腊神话中的战神阿瑞斯之子，为神话中的一大英雄。——译注
② 安德罗墨达是希腊神话中的美女，她的情人即佩耳修斯，让情敌变成石头的英雄。——译注

关于解散最高法院的行动，伏尔泰就这样表达了自己的立场。他希望重见巴黎，重见宫廷，因为巴黎是唯一让他中意，让他觉得舒服的地方。不过他能够实现这个愿望吗？杜巴里伯爵夫人使出浑身解数，想抹去或者减轻路易十五对伏尔泰的不可消除的成见。作为权力的情妇，她想让路易十五变得对文人墨客，对艺术家友善一些。从这一点来看，她是在继续扮演德·蓬帕杜夫人的角色。多拉、布弗勒、圣-朗贝尔、玛尔蒙泰和年轻骑士帕尔尼笔下的诗歌，一直有着不信神的倾向，因为他们都拜倒在吕西安讷这个女神的脚下。杜巴里伯爵夫人虽然不像德·蓬帕杜夫人那样富有文人性情，但她喜欢听到别人用诗句和散文赞她如维纳斯或者赫柏①一样美丽：

赫柏、维纳斯，是啊，还有她：
都是更加完善的美人！
看看那圈精致的绉领下面
这颗那颗纽扣之间
如此轻盈姣好的腰身。
·············

杜巴里伯爵夫人完全拒绝与路易十五厌恶的百科全书派合作，因为在大法官莫普乌与最高法院的斗争中他们所给予的支持还是使他蒙受了种种放荡的罪名。当人们浏览可说在俄国女皇叶卡捷琳娜二世和普鲁士国王斐特烈的保护下出版的不信神的、唯物主义的邪恶读物的词汇时，都会生出一种痛苦的羞耻感。路易十五凭着自己的正直意识，搞不懂那位俄国女皇为什么要把狄德罗和达朗贝召到身边，也不明白普鲁士国王为什么要让亵渎宗教的家伙在波茨坦集合。不过他也承认，德·莫普乌先生在反对最高法院的斗争中，不可能不要百科全书派的支持。因此杜巴里伯爵夫人试着通过戏剧来拉近诗人们与国王的关系。

---

① 希腊神话中的青春女神。——译注

在索瓦齐经常演戏，杜巴里伯爵夫人观看着柯蕾（COLLE）那些放荡的节目，或者集市闹剧，开心得哈哈大笑。

巴索蒙在日记里写道："陛下带着一些臣僚，还有四个贵妇，驾临索瓦齐住了两日。四个贵妇是：杜巴里伯爵夫人，德·米尔普瓦元帅夫人，德·奥斯皮塔尔伯爵夫人，德·马札兰公爵夫人。王上动不动就觉得无聊乏味，杜巴里伯爵夫人想尽办法为他解闷消愁。她召来欧迪诺和他的儿童剧团，孩子们的表演精彩极了。他们演出了鲁加莱先生的小戏《再无孩子》，喜杂剧《小咖啡馆》，演的是街边小酒店里发生的可笑情节；这是个漂亮的德尼埃①；最后演的是《穿靴的猫》；甚至连烩肉块都搬上了戏台。杜巴里伯爵夫人开心极了，放开喉咙大笑；王上有几次也露出微笑。"

这种忧郁的微笑是国王心头留下的残忍标记，是肉欲主义给他的致命惩罚。大家都看得出这一点，而杜巴里伯爵夫人却在加倍努力，增添妩媚，想让他憔悴的嘴唇上重新浮现微笑。她搬演意大利喜剧院的戏剧，和法瓦尔、伏瓦兹农和玛蒙泰尔的作品，配上让-雅克·卢梭为在索瓦齐大受欢迎的戏剧《乡村占卜师》所写的那种热烈而感性的音乐，使之成为风行一时的戏剧。路易十五在吕西安讷吃宵夜时，杜巴里伯爵夫人的乐师们总是演奏这种曲子，路易十五每天也总要哼上几段。伯爵夫人与路易十五的首席内侍让-邦雅曼·德·拉波德②结下了诚挚的友谊。这人是个杰出的乐师，也是文人的保护人，还亲自创作了迷人的音乐《安纳特与吕班》。伏尔泰曾经赞美此人：

> 他用天生的所有才华，
> 给社会带来种种快乐；
> 他为自由而生，
> 却更爱他的主人。

---

① 17 世纪比利时的画家兼画商。——译注
② 生于 1734 年，创作了大量音乐作品与学术著作。——原注

德·拉波德先生借口给德·伏尔泰先生送歌剧《潘朵拉》的总谱，到了费尔纳，与伏尔泰这个任性的老头商量返回巴黎的事宜，条件只有一个，就是停止撰写那些过于尖刻地抨击宗教的文章。杜巴里伯爵夫人以她善良而纯朴的孩童般的快乐，请求德·拉波德先生代她拥吻年迈的诗人。德·拉波德先生从费尔纳带回一封有趣的书信，是伏尔泰写给杜巴里伯爵夫人的："夫人，听德·拉波德先生说，您叫他替您的两边面颊拥吻在下：

　　　　什么！给暮年的我两个亲吻
　　　　您屈尊送来的是什么通行证！
　　　　两个太多，可爱的爱捷丽①
　　　　一个就会让我快乐得咽气。

　　　　您无法阻止这份崇敬
　　　　有眼之人都会进这贡品。
　　　　凡人只能欣赏您的画像
　　　　神祇才可睹到真人。

　　"德·拉波德先生的《潘多拉》，我听过好几段，觉得它们有资格得到您的资助。保护真正的才华是唯一能够让您更加光彩照人的事情。夫人，请屈尊接受一个孤独老者的深深敬意，此刻老者的心只存感激，几无别的感情。"

　　因此，随着杜巴里伯爵夫人得到的恩宠越来越大，她便在国王身边充当起艺术家与诗人的保护人来。我再说一次，路易十五不喜欢那帮哲学家作家，却主动向那些使生活变得有趣的可爱诗人伸出手来，而杜巴里伯爵夫人帮助他养成了这种趣味。在索瓦齐，她安排人上演了多拉的《爱情骗局》，让人赏给剧本作者二百金币的酬劳。诗人匆匆

---

　　① 曾启示过罗马王努玛的仙女。——译注

96

致词表示感谢，完全表现了一个火枪手的忠诚，因为多拉曾经属于那支高贵的队伍。

什么，最受爱戴的君主
竟会屈尊抬爱拙文！
我的心越受感动，
我的嘴越是无法言声。

　　多拉是个歌功颂德、嘴巴甜蜜的诗人，与他同时深受杜巴里伯爵夫人关爱的诗人还有悲剧《加莱之围》的作者杜贝卢瓦；因为路易十五很是尊重杜贝卢瓦的民族主义才华，和那些让人想到君主体制下的英雄编年史的法国声音①。杜贝卢瓦得到大量封赏和津贴。多拉与杜贝卢瓦和让蒂依-贝纳尔、圣-朗贝尔一样，属于军队，由于这个身份，他们也就格外为国家自豪。在那么多背叛国家的文人中间有这么几个人，多少让人感到欣慰。

　　杜巴里伯爵夫人不像德·蓬帕杜女侯爵，本人就是个艺术家，但她却也同样热爱并慷慨大方地资助艺术。她早上的散步时间常常都用来探访艺术家。有一天她来到约瑟夫·韦尔纳家里，在那里开了一张五万利勿的钱票，在宫廷银行家德·勃容先生的钱庄兑现，用于购买两幅油画。这两件东西，是她表明了最最强烈的意愿，才说服人家出让的。凡·迪克与泰尼埃的作品在17世纪遭受冷落，无人问津，是她让它们成为风行一时的抢手货。她花费四千金路易买了查理一世的令人赞美的画像，挂在吕西安讷。有些人说她这是张挂先祖的画像（杜巴里家的人自称是斯图亚特家族的亲戚），有些人则说她这是安排的一个榜样，意在提醒路易十五，最高法院要是反叛得逞，他就会落得和

―――――――――

　　① 路易十五与法兰西喜剧院的布里札尔有很深情谊。此公是个正人君子，德才兼备的艺人，善演国王。因为他的角色，路易十五只称他为同志。——原注

查理一世一样的下场。杜巴里伯爵夫人最喜欢的画家是韦尔纳①、弗拉戈纳尔②、维央③、杜瓦央和格勒兹④。她为《摔破瓦罐的姑娘》充当模特。格勒兹笔下大部分年轻妇女的头像，也是依据她这个模特画的，所以它们略显千人一面。柯勒兹觉得她这个模特至臻至善，完美无缺。

除了卢浮宫那尊精美的大理石胸像，杜巴里伯爵夫人还留下了几幅画像；一幅美丽的椭圆画像向我们展示了她的五官：两道弯弯的秀眉下面是两只美丽动人的眼睛，一个精致而高挺的鼻子，一张透气而鲜润的嘴巴。画像下面有两句诗：

> 美惠神与爱神不停地围着她转，
> 艺术之神则轮流给她戴冠加冕。

德露埃⑤画的肖像还要引人注目：画面上的伯爵夫人穿着轻骑兵的军服，也就是缀着大纽扣的男式燕尾服。下面有段诗体的说明文字：

> 悦人是她颇为看重的功课；
> 每日都有更为实在的情趣；
> 感受他人痛苦胜过宫廷游戏，
> 她长得美丽是为了予人快乐。
>
> 这目光迷人的阿多尼斯是谁？
> 这媚我诱我的美人是谁？
> 那，是让所有人动情的爱神；
> 这，是香晕万民之心的花仙。

---

① 1714—1789，法国画家。——译注
② 1732—1806，法国画家。——译注
③ 1716—1809，法国画家。——译注
④ 1725—1805，法国画家。——译注
⑤ 1725—1805，法国画家。——译注

吕西安讷收集了各种各样最为漂亮的小玩意儿小摆设，衣服，梳妆用品，瓷娃娃，青铜雕像，还有珠宝首饰。那个名叫札慕儿的小黑人就是负责保管这些东西的管家。吕西安讷小屋只是一座小楼，但是布置得温馨高雅，又很方便实用，什么东西都在手边。书房既无知识宏富的收藏，也无卷帙浩繁的专著，只有一套供伯爵夫人消遣的闲书，和一些供路易十五翻阅浏览的科学或旅行书籍。有三个印刷商，迪多、克拉佩莱、勒鲁亚尔已经试着用版画与那样洁净的活字印刷了这些小出版物。他们很快就被安排在路易国王、王储或者德·阿图瓦伯爵的保护之下。用摩洛哥羊皮与小牛皮做精装书就是从杜巴里夫人，从吕西安讷书房开始的。有人做了一些饰有细密画的书，送到吕西安讷，以表达对杜巴里伯爵夫人的敬意，它们就成了搁架上精美的摆设。年轻的德农①送来了在赫尔居拉诺姆城和庞培城的废墟里找到的首饰②命令发掘两城废墟的就是德·艾基庸公爵先生。

不过吕西安讷最美的装饰，是接待路易十五的伯爵夫人本人。她常常穿着一件简单的便装，自然大方，清纯动人。国王从他最喜欢的椴树林里眺望塞纳河的美景，她就坐在君主脚上。伯爵夫人向国王呈上那些受她保护的穷艺术家的名单，请他施恩开赏；她不断要与路易十五的搏节、甚至俭省的观念作斗争。这种意识是路易十五这位君主的突出弱点。在伯爵夫人看来，艺术家们从未得到过足够的酬报。一个国王最最可爱的特权，就是给那些为他的朝代增光添彩的人予以报偿。

国王在吕西安讷的小楼里过得非常自在：花园里有个宽大的球场，可以打打老式网球，活动身体，健美体形；黎世留、苏比兹、克卢阿、奥斯皮塔尔、米尔普瓦、格拉蒙这些好手都陪着国王打球。

---

① 1747—1825，法国版画家、作家、外资官。——译注
② 两座意大利古城，公元79年被爆发的维苏威火山的岩浆掩埋，18世纪统治那不勒斯的波旁王族组织发掘了两城的废墟。——译注

十六　德·索瓦瑟公爵在尚特卢的社交圈子
（1772—1773）

　　路易十五朝代晚期最为奇特的插曲之一，就是德·索瓦瑟公爵即使失势下台之后，也采取的无限敌对的态度。在古老的君主制度的形式与实质下面，一个大臣，即使位高权重，一封盖有国王大印的敕书就可以把他打发走，叫他彻底被人遗忘。这种放逐是那样苦涩，那样全面，以至于没有一个人会去看望他，没有一个人敢于支持他，因为谁都怕遭受同样的惩罚。不过德·索瓦瑟公爵的情形却完全不同，他在尚特卢的美丽田庄里受到安慰、亲抚，甚至还有人奉承他，溜须拍马。受黜的大臣即使下了台，也和在台上威风凛凛全权在握时一样大受吹捧，这可是件新奇事儿。时尚要求臣子官僚在凡尔赛觐见国王之后，又赶到尚特卢去探望德·索瓦瑟公爵。

　　宫廷习惯的这种改变，能够归因于君主权威的衰落式微，或者归因于德·索瓦瑟公爵个人性格的强势，或他个人甚至哲学家势力的强大，或他结交广泛、关系众多，或者他创建培育的政治系统的强大吗？确实，德·索瓦瑟公爵不是个普通大臣：他雄踞高位，执掌全权长达十五年；路易十五欣赏他潇洒轻松的办事风格，尤其喜欢他事情办得漂亮；他是一个政治学派的头领，更加强势的是，他是一个活动范围遍及四方的小集团的灵魂。人们不能不承认，他的失势并不那么明显。盖有国王大印的敕书用词虽然严厉，国王却并未禁止朝臣去尚特卢探望；他也从未流露过对德·索瓦瑟公爵气愤的话。杜巴里伯爵夫人之所以冒昧就公爵先生的拥戴者说过一些讽刺挖苦话，之所以打听公爵最为细微的情况，了解失势的大臣说过的最微不足道的话，是因为她总是迫不及待地要去向他效劳。

在一个特殊的场合，她表现得对德·索瓦瑟公爵很是厚爱：尽管公爵已经下台，她却叫人把他的津贴提高到五万利勿①，在德·索瓦瑟公爵的阴谋团伙看来，这种慷慨没准显得笨拙，但是诗人们却对此赞誉有加。

> 看到您如此楚楚动人，
> 大家都寻思您是人是神；
> 不过有一点十分肯定：
> 凡人无福消受这种美貌。
> 尽管昔日某位先知国王
> 疯狂时在某处写下此话；
> 尽管某位诗人有言在先：
> 一个男人只会施加报复，
> 一个神祇却会予以原谅。

不久就遇到了给予德·索瓦瑟公爵新的补偿的问题，因为他同意辞去瑞士雇佣兵团的将军团长一职，把位子让给德·阿图瓦伯爵先生。在古代的君主制度下，有许多职务是不能罢免的，只能像产业一样在家庭内部传承，这也是一种令人赞赏的保管办法。德·索瓦瑟公爵先生通过杜巴里伯爵夫人的居中协调，拿到了 30 万利勿的现金，和 6 万利勿津贴。这笔津贴可转换为给他太太公爵夫人享用的 5 万年金。办成这事并不轻松顺利。我们甚至可以有根有据地补充，这是一个新的让步，因为路易十五得到报告，依靠被解散的最高法院，在德·索瓦瑟

---

① 可以转换 2.5 万利勿年金由其太太享用。路易十五很尊敬德·索瓦瑟公爵夫人。——原注

公爵身边集聚了一股颇具威胁性的反对势力。英国人的观念一直在酝酿，准备在一个首领身上形成具体的思想，这个人就是德·夏特尔公爵（德·奥尔良公爵之子）。此时德·夏特尔公爵还不敢直接进行对抗，只能安抚老旧的最高法院，并请求准予他到尚特卢探访。

以德·龚铎公爵、德·塞居尔侯爵、德·博沃亲王、德·卡斯特里侯爵、德·雅尔纳伯爵、德·利央库尔公爵为代表的贵族考虑请德·夏特尔公爵出面，向国王呈递他们的请求。

杜巴里伯爵夫人虽然劝说德·奥尔良公爵认可了政变，德·夏特尔公爵这个性格蛮横的年轻人却希望充当反对派的首领。杜巴里伯爵夫人以她素有的敏锐，提醒路易十五注意这方面的危险。通过几个朋友的居间活动，她拿到了德·夏特尔公爵写给德·索瓦瑟公爵，告知他准备到尚特卢登门拜访的书信。德·索瓦瑟公爵生怕这样一个举动会过于恶化他的处境，就赶快回复德·夏特尔公爵亲王殿下："大人：昨日奉读大札后，老夫头一个反应就是要向殿下表示，承蒙殿下如此抬爱，老夫深感荣幸，将铭记在心，永志不忘。起初老夫只是想到接待殿下大人来访的快乐，接下来才想到殿下此行必然引起轰动，想起老夫目下处境所要求的谨慎，这才担心大人对老夫的好意表示会在国王身上引出不良后果……"

德·索瓦瑟公爵先生巧妙地回避了德·夏特尔公爵的请求；因为尚特卢所做的每件事情，都被索瓦齐或者吕西安讷的国王顾问小圈子盯着。杜巴里伯爵夫人常常想知道德·索瓦瑟公爵对国王顾问小圈子的举措有什么看法，对按照时兴的做法，去过尚特卢又来拜见她的臣僚们也就不怎么责怪。在吕西安讷甚至发生过有趣的一幕：陆军衙门的国务秘书德·蒙泰纳侯爵刚刚采取一项措施，要对荣军修养院理事会实行改革，就在这时候，德·龚铎公爵从尚特卢赶来，杜巴里伯爵夫人想了解情况，就问他德·索瓦瑟公爵怎么看待这个改革：

"我没法告诉夫人。"德·龚铎公爵回答说。

"可是我很想知道。"

"我要是说出来，会对夫人失敬。"公爵再三表示。

"别怕，但说无妨。我不会怪罪的。"伯爵夫人以倔强而专横的意志坚持道。

"您真想听，夫人？"

"是啊。"

"那好，我就说了！他说，这件事情……他根本就不看好。"

伯爵夫人一听此话，就像孩子一样大笑起来。这时国王走进来，问伯爵夫人什么事这样开心。

"陛下，您知道德·索瓦瑟公爵对荣军修养院理事会改革怎么看吗，德·蒙泰纳侯爵先生做的改革？"

"他怎么看呢，伯爵夫人？"

"他说，他根本就不看好。"

"那么您呢，伯爵夫人，您怎么看呢？"

"我，……我也不看好。"

"如此看来，我们三个的看法一样。"路易十五笑着回答。

这番有趣的讨论表明，对去尚特卢探望德·索瓦瑟公爵的人，伯爵夫人并不气愤，甚至也不憎恶。这也证明，当德·索瓦瑟公爵家的人失势受黜，不再值得担心之后，路易十五对他们还生出一点怜悯与爱意。这是因为，流亡中的这几个人的确风趣可爱。公爵先生尽管相貌丑陋，派头很俗，却得到所有人的爱戴；公爵夫人出身于克鲁札-杜莎泰尔，属于那个富可敌国、是笔者曾提到的艺术资助人的金融世家；作为一个才智非同寻常，心地非常善良的女人，她喜欢文人墨客，总是以无法形容的快乐来领受他们的恭维。在她身边，贝雅特里丝·德·索瓦瑟-斯丹维尔，也就是德·格拉蒙公爵夫人，是18世纪那些光彩夺目、出类拔萃的优秀女人之一；她先是在雷米尔蒙修道院当修女，后来嫁给自称是下那伐尔的比达什有主权亲王[①]的德·格拉蒙公爵。对

---

① 除非是家族世袭或者血统的亲王，亲王这个衔头在贵族纹章上的位置并不高，并不意味着是一种法国爵位，因此大革命时期的德·塔列朗先生虽是亲王，但爵衔是德·塔列朗公爵。——原注

于兄长德·索瓦瑟公爵的思想，她具有很大的影响力。我在前面说过，那些攻击谩骂的小册子并没有放过这位才智非凡、心灵高尚的女人，因为她以高度的热情、绝对的忠诚参与了兄长的宏大事业，分享了他的成功与失势。是啊，德·格拉蒙公爵夫人一度曾希望征服路易十五的心，并且投入与年轻的杜巴里伯爵夫人的竞争，可惜这份追求是一个真正的错误。德·格拉蒙公爵夫人生于 1730 年，当时已不年轻，也不漂亮了；她是广有才智，是需要认真施展的才智，可是对于一个已届暮年的国王来说，施展这种才智是很累人的事情。这位国王喜欢的是体格年轻的美女，他更喜欢的是青春年少的灵魂之神普绪喀，而不是地位高贵的天后朱诺，也不是智慧女神密涅瓦。与兄嫂一同被流放到尚特卢之后，德·格拉蒙公爵夫人不止一次因为口无遮拦，直言惹祸而连累了兄长。德·索瓦瑟公爵夫人有多么审慎小心、说话多有分寸，这位小姑气愤时就有多么放肆、冒失。

> 今日我在道德、公正、
> 美丽和温馨之上，
> 建起我的幸福，
> 而您就是我的奠基人。

伏尔泰在诗中这样说道。但是随着大法官德·莫普乌先生即位，诗人迅即改变了对德·索瓦瑟一家人的看法。于是德·索瓦瑟公爵先生略显刻薄和讥讽，让人在尚特卢城堡顶一面风信旗上画上伏尔泰的面相。不过，伏尔泰的忘恩负义只是一个例外；德·索瓦瑟公爵文学圈子里的人，在他失势的时候几乎都对他保持忠诚。布弗勒①在尚特卢写了他的精彩故事《阿莉娜》②，当时公爵十分关注法国人在印度与英

---

① 1738—1815，法国诗人、作家。——译注
② 1773 年在意大利剧场演出。——原注

104

国人的斗争；尚弗尔①和拉哈普②是走得非常勤的常客；路利埃尔③在尚特卢撰写了他的《俄罗斯回忆录》，这是他奉外交衙门之命写作的东西，手稿交给了已经下台的德·索瓦瑟公爵，好像他还是这个衙门的长官：路利埃尔是个心地善良的才子，在德·索瓦瑟公爵得势失势期间，都完全属于他那个系统。在旧制度时期，外交事务是由一些很有教养，能够珍惜所取得的地位、所得到的帮助的人来经办的。没有一定经历的人，出生于一种偶然机运的人，把一切都交给命运之风来安排。

不过在尚特卢最招人喜欢、最受敬重的学者，要算让-雅克·巴尔泰勒米神甫，他对德·索瓦瑟公爵夫人一片忠心，在她身边生活了四十年，全身心地沉湎在他的圣牌学研究里面。他是皇家图书馆的圣牌总管。公爵夫人的趣味严肃正经，兴致勃勃地跟着巴尔泰勒米神甫做这方面的研究；因为在尚特卢，巴尔泰勒米神甫为他的重要著作《阿纳夏尔西斯的旅行》④准备材料。这部著作于1787年出版，被题献给德·索瓦瑟公爵夫人。德·索瓦瑟公爵给巴尔泰勒米神甫设了一些年金津贴和一些高贵的报偿。他甚至答应让他做瑞士雇佣兵团的秘书长，就像让蒂依-贝纳尔⑤曾经做过龙骑兵秘书一样，因为德·索瓦瑟公爵是瑞士雇佣兵团的将军团长。旧制度下面存在着成千上万这种奖励重大功勋的闲职；有人说这是流弊，好像不需要用这些名目来奖赏特殊人才似的。正常的秩序体现在薪酬里面，职位只能用来安排可悲的庸才：水平，就是瞎扯淡。

德·索瓦瑟公爵先生正是通过极端的照顾与超群的才智，把一些很有知识、才华横溢、热情充沛的年轻才俊拢在身边，这些人留下痕

---

① 1740—1794，法国诗人、记者与伦理家。——译注
② 1739—1803，出生于瑞士的法国作家、批评家。——译注
③ 1735—1791，法国作家、历史学家。——译注
④ 阿缪夏尔西斯是公元前6世纪的哲学家，有时被列为古代七贤。他没有留下文字著作，只有口头流传下来的思想。——译注
⑤ 1708—1775，法国诗人，剧作家。——译注

迹的范围，一直扩展到法国革命的外交领域。他们中间有个叫弗朗索瓦·巴尔泰勒米的小伙子，是巴尔泰勒米神甫的侄子，其时已经是外交部的一秘，是德·布雷德依男爵伦敦使馆的随员①；还有个玛丽·勒布朗·奥特利弗，是个出类拔萃的学生，13岁还在学校时就恭维德·索瓦瑟公爵夫人，他后来也被外派到摩尔达维亚和瓦拉奇使馆任职②；弗朗索瓦·巴尔贝·德·玛尔布瓦，由德·卡斯特里公爵介绍到外交衙门，作为一个学习外语的学生，其时他还差不多是个孩子；雨格-贝纳尔·玛莱，第戎一个医生的儿子，也被征召到外交界，这个心地善良的才子在帝国时期当了国务秘书，被册封为德·巴沙诺公爵。尚特卢这班人后来对欧洲事务都有重要的影响力：在法国的公共乱局之后，这班聚集在德·塔列朗先生身边的人还保留了旧日的宽容与善良；而在大革命的机运中成长起来的孩子，他们过的是新式生活，旧日的风气日渐丧失。

　　这样我们就看到了一个在君主制度历史上从未产生过的样板，一个大臣在受黜时仍然保留了和在位时一样的显赫势力。因此，盖有国王大印的敕令也有一些益处：它在一个大臣倒台之后，让他远离政治中心，无法与凡尔赛以及凡尔赛骚动着的各种阴谋接触。国王期望通过改变内阁来建立一个新的系统，可一个失势的大臣拥有太多的秘密，绝不能让它们落到新系统的敌人手上。而杜巴里伯爵夫人听任德·索瓦瑟公爵的死党自由活动，而且是那样有才智，有活动能力的死党，实乃大错特错。这个小集团带着敌意和仇恨，给大多数在伦敦和荷兰炮制，被用来给路易十五的轶闻史输送养料的拙劣小册子提供了启示。有人认为名为《有装甲防护的报人》③在伦敦出版的可恶小册子就是德·索瓦瑟小集团授意写的。小册子的作者是逃亡难民泰韦诺

---

① 他后来做到了驻瑞士大使，共和国时期是执政府的成员。——原注
② 大革命时期任外交部档案馆馆长，是德·塔列朗先生信任的作家之一。——原注
③ 又名《法国宫廷轶事》，1772年于伦敦出版。福吉埃-坦维尔就是根据这本小册子起草指控杜巴里伯爵夫人的诉状。有人也根据这个小册子编写杜巴里伯爵夫人的绯闻。——原注

（THEVENOT），后来此人以德·莫朗德骑士之名为公众所知。当一个小集团或者一个政党想推翻一个碍事政权的时候，没有什么可恶的事情想不出来或者做不出来，因为这是地地道道的战争。于是诬蔑诽谤就这样和真理一样传到后世；它们遇到哲学家派的一些作家和一些痴迷的傻瓜，那些作家一遍又一遍复制它们，而那些傻瓜则相信它们。

　　德·莫朗德骑士的小册子就和将它出版的人一样邪恶。我们将读到一些诙谐、灵巧、完全符合时代精神的小诗；德·索瓦瑟公爵的小集团却让人认为它们出自于宠姬的大伯让·杜巴里伯爵之手，好像他对这位嫂子有什么怨忿，要撕碎她来一泄心中之恨似的！让·杜巴里伯爵是个很精明的人，如果不是日子过得过于贫穷，他是不会去诋毁这个弟媳——他的财富源泉的。就像奥比涅对待德·曼特侬夫人，他也会有一些脾气不好、写诗骂人的日子；不过有两个聪明贤惠的妹妹，杜巴里家的两个小姐出面打圆场，那些阴云很快就过去了。而让·杜巴里伯爵仍旧是杜巴里伯爵夫人最好的顾问，不论她是鸿运当头还是处在逆境。对这个那么慷慨大方地伸手帮助所有亲人的弟媳，他怎么可能做出可耻的讽刺呢？

　　　　坏女人，
　　　　你的高傲来自哪里？
　　　　亲王妃，
　　　　你的尊贵来自哪里？
　　　　等你过足婊子日子
　　　　年老
　　　　色衰时
　　　　公众会记起你。
　　　　坏女人，
　　　　你的高傲来自哪里？
　　　　亲王妃，

你的尊贵来自哪里？

当你为父亲纪玛尔

做弥撒

被 ROMSON 偷走油脂

归入你那堆肥肉，

你没有这样高傲，

但你那样更好。

低下你高傲的头吧

至少在我眼前。

听我的，回自己家，

避免更大的灾祸。

允许爱你的人

仍送木屐给你穿。

　　那个小册子不可能是让·杜巴里伯爵写的。它只可能出自于尚
特卢那些高贵而聪明的闲人之手。他们因为德·索瓦瑟公爵的下台
失势，而迁恨于那位引导君主国度各项事务正常开展的女人，此番
重提她的平民出身，意在报仇雪恨。当一颗政坛新星冉冉升起，上
流社会小集团最不能宽恕的，就是他的卑微出身。他们想方设法在
历史上搜罗爬抉，还要编造成百上千个故事来诋毁被当头鸿运推上
如此高位的可怜女子。不过从这个小册子本身似乎也能得出一个结
论：杜巴里伯爵夫人兰心蕙质、冰清玉洁，举手投足都有大家风
范，其高雅气质与优美风韵，令古老贵族家庭出来的人相形见绌，
自觉难以望其项背。

　　杜巴里伯爵夫人的特点，尤其是心地极其善良，即使是对德·索
瓦瑟公爵这些使用种种办法攻击诬蔑她的人，她都宽大为怀，不与计
较。有好几次路易十五被德·索瓦瑟公爵周围蠢蠢欲动、被那些伤害
人的阴谋激怒，下决心要把德·索瓦瑟公爵流放到更远的地方，甚至
把他投进国家监狱。在这样的场合，出面为敌人说话的却是杜巴里伯

爵夫人。她好言好语劝路易十五息怒，又插科打诨说笑话让他开颜。是啊，她喜欢讥讽嘲笑德·索瓦瑟公爵与他妹妹，但她绝不想迫害他们。这是我们要还给杜巴里伯爵夫人的一个公道。她从不想动用或者滥用权力来迫害追究最最无情的敌人。

十七　杜巴里一家（1773）

　　杜巴里伯爵夫人的权力达到了顶点，敌人激烈反对也好，嘲弄挖苦也好，似乎没有别的结果，只能让它更加巩固。路易十五对这个年轻女子越来越言听计从；再说，她已经成了国王新政的代言人：这种信用是如此巨大，以至于伯爵夫人如果不是触犯了王储夫人的话，本可以在时装、戏剧和情趣方面来与王储夫人殿下一争短长。杜巴里伯爵夫人是对王储夫人表示了极大的忠诚，可是她又不幸惹王储夫人嫌厌。路易十五夸赞杜巴里伯爵夫人头脑聪明，说话做事都很得体，而对王储夫人，他尤其有些抱怨，认为她有些话未经思考，因为国王更擅长大刀阔斧，处理国事，而不善于礼敬妇女，与婆婆妈妈周旋。

　　在杜巴里家的婚姻嫁娶方面，杜巴里伯爵夫人的影响力尤其表现得淋漓尽致。阿道尔夫子爵在轻骑兵团当了十八年的军官，看到身边挤满了条件特别好的婚姻对象。国王为他选择了德·图尔依小姐。小姐的父母说不上多么有钱，但她却是罗安-苏比兹与孔代等亲王的姻亲。所有的难题迎刃而解，连国王本人也为小姐赠送了嫁妆。从此杜巴里家成了宫里姻亲关系最为显赫的家庭。在古老的君主制度下面，这是一种势力。

　　在促使德·索瓦瑟公爵先生辞掉瑞士雇佣兵团将军团长职务的谈判进行之后，杜巴里伯爵夫人作出全部努力，想方设法让人把这个职务授予年轻的德·阿图瓦伯爵①，而年轻伯爵也充满感激之情，慷慨大

---

① 1757—1836，路易十五之孙，路易十六与路易十八之弟，1824—1830 担任法国国王。——译注

方地把瑞士卫队的上尉军衔授予了德·阿吉库尔伯爵①。此公是杜巴里伯爵夫人的姻弟，一个出类拔萃的骁勇军官。德·阿图瓦伯爵深得祖父路易十五的欢心。这个卓越的年轻人在杜巴里伯爵夫人的盛情支持中发现了她对自己在赌博、女人和骑马三方面的荒唐嗜好的宽容。德·普罗旺斯伯爵先生以一些更为正经的由头接近杜巴里伯爵夫人。王子殿下不喜欢王储夫人，便轻易地找出一个对路易十五的精神具有强大影响力，并对他向往的政府具有支配力的女人来与之唱对台戏。

从所有这些角度来看，杜巴里伯爵夫人已经达到了权力的最高峰。路易十五已经习惯在吕西安讷主持召开国王顾问圈子的会议。杜巴里伯爵夫人已经有了一种沙龙女主人的高贵气派，一些让她引人注目的端庄举止，这是她与那些地位最高的贵妇，如德·卢森堡元帅夫人，德·米尔普瓦元帅夫人，德·艾基庸公爵夫人经常来往中学习与养成的。在国王身边，她每晚都见到一些最为有礼的绅士。尤其是德·苏比兹亲王。这是个心地善良，灵魂高贵，为人正直，性格豪爽的朋友。作为布列塔尼一个有主权的君王，罗安家族的这个成员为了在富丽的苏比兹公馆体面地生活，不惜花费巨额财产。他的府邸那些优雅的列柱，至今仍为世人所赞美。不幸的是，这些古老宫殿在法国大革命中不是沦为仓库、兵营，就是被改造成监狱。现在，在苏比兹府，人们留下了一个君主政体由兴盛到灭亡的各种羊皮纸文书，一个被粉碎的王权的各种印玺，被1789年8月4日的造反铲除的贵族家徽、纹章！谁完好无损地保留了纹章上的铭言，家族的徽印？谁没有在他的盾形纹章上端和柱形尖顶头盔上记下几件反叛事？骑士比武大会上的纹章使者啊，你们砸碎这一枚枚颜色暗淡失去光泽的盾形牌牌吧！昔日的绅士，你们只是一些行将就木的老朽！你们也唱着你们检阅死人的歌曲。那些死人，是在那个著名夜晚，被攻占巴士底狱的战鼓震醒的。

---

① 即使在杜巴里伯爵夫人失势之后，德·阿图瓦伯爵也为德·阿吉库尔伯爵保留了瑞士卫队上尉一职。了解年老后颇具骑士风度的查理十世国王的人都知道，他是多么喜欢和尊重对路易十五的回忆。——原注

在那个夜晚，你们的父辈放弃了他们的贵族衔头！

杜巴里伯爵夫人心地善良，见到不幸的人都要迎上去问候。她跪倒在路易十五膝前，祈求他赦免一个被诱骗的穷姑娘，一个逃兵，或者一个轻率的家庭。为了重提路易十五的一个大恩大德，在他驾临康皮埃涅兵营时，有人写了《逃兵》这出歌剧，歌词开头是：

国王经过，战鼓在原野敲响。

在剧场里，按照时兴的做法，杜巴里伯爵夫人摆出一副保护人的样子，鼓励初登戏台的新手，支持所有开创新题材的努力。她向年纪很轻的罗库尔小姐伸出手，她给吉玛尔小姐许多恩惠，甚至亲自去为她的安坦大道的新公馆（掌管抒情诗和音乐舞蹈的缪斯之一泰尔普西索尔的神庙）剪彩开馆。演员多贝瓦尔债台高筑，不堪压力，写信给杜巴里伯爵夫人求援，夫人便摆出女主人的架势，强迫每个朝廷大员拿出五个路易，直到凑够两千路易为止。多贝瓦尔写信感谢说：

"伯爵夫人，我欠了您多大的情，又怎样来感谢您？承蒙资助，身受大恩，我觉得夫人给了我少有的厚爱，支持一个有才男子，这种做法在法国从无先例。九位缪斯已经把她们的花环给您戴在头上。该让艺术家和文人墨客来更加隆重地歌颂赞美您。一个普通艺人都能让您屈尊为他做些事情，那么天才对一个如此尽责的守护神还有什么不能指望呢？绘画界、雕塑界和版画界已经在争抢向惊艳的欧洲传达您美丽面容的光荣了。我们的文学元老、诗歌与哲学之王费尔纳老人已经在屈膝躬身，向您表达帕纳斯山（古希腊神话中文艺女神住在帕纳斯山）和画廊派（即哲学上的斯多噶派）的敬意。显然他的榜样鼓励了因为敬爱而口拙舌笨的人。于是响起了一片颂扬您的歌声，于是从可敬的女侯爵（就是艺术家与哲学家们还在哀泣的德·蓬帕杜夫人）手上落下的艺术与哲学权杖，就传到了您手上，使您变成了他们的另一个智慧女神密涅瓦。"

以上就是多贝瓦尔写给杜巴里伯爵夫人那封略显浮夸的信，而伏尔泰则仍然拜倒在杜巴里伯爵夫人膝下。在德·索瓦瑟公爵那帮人看来，他变得越来越健忘。他在一种极度兴奋的状态下给杜巴里伯爵夫人写信；有一个标记需要留意，就是在他的信中，他不再使用"伯爵夫人"这个称呼，而是简短地称呼夫人，在信纸上端留下大块空白，就和他写给法国和英国王后那些信一样。

夫人，

几个月前，德·黎世留元帅先生给我写信，说他收到了好几块产自费尔纳工场的怀表，想作为礼物送给德·阿图瓦伯爵夫人身边的人。后来，他又写信告诉我，说夫人好意负责为他致送这些礼物。因此，夫人，我也怀着敬意，大胆向夫人呈献一块试制怀表。我在我的领地开设了移民工场，这就是那个工场生产的东西。我是亲眼看着塞里和杜弗尔两位先生制作这块表的。它虽然镶嵌了钻石，但是那两位先生只要1000利勿，您听了这个价格保准感到惊讶。夫人，法国的所有技艺与艺术都得到您的保护，我斗胆希望，我们的这些努力也会得到您的保护。我安置手工艺匠，为国王陛下征得600臣民，把一个贫穷小村庄改变为一个小城市，如果我们的工作有幸让您快乐，那我就会认为，我得到了充分的酬报。

夫人，我荣幸地向您呈献的这只怀表，并不是那种可以可悲地复制的品种，不过即使您愿意复制，而且还嵌上红宝石，您也会惊叹于它的造价：它要比巴黎的市价便宜三分之一。如果我能够庆幸费尔纳终于出产了值得您关注与保护的物品，那就是我晚年的莫大慰藉。夫人，请接受我崇高的敬礼。……

这封签署了国王侍从室侍卫伏尔泰之名的书信，和《亨利亚德》题献给英国王后的献词一样，语气十分恭敬。伏尔泰以自己敏锐而深入的直觉，预感到杜巴里伯爵夫人的命运。路易十五带着杜巴里伯爵夫人到处巡幸，检阅军队，出席家庭的宴会。当德·图尔侬小姐与阿道尔夫·杜巴里伯爵结婚时，两个新人有幸与国王一家一起共进晚餐。但是这个莫大的恩惠却伤害了王储先生，令他情绪恶化到几乎失礼的地步，忘记了机智风趣的绅士在这种场合应该表达的恭维。

对杜巴里伯爵夫人这种前所未有的恩宠最后还是受到了严格的审查，甚至在由德·拉沃基庸公爵为代表的宗教派别也对此进行了质疑。这个派别知道唯有杜巴里伯爵夫人一人能够支持路易十五及其国王顾问圈子坚守作出的决定，摧毁最高法院派。它也知道，唯有杜巴里伯爵夫人能够促使路易十五作出决定，阻止反基督教人士所取得的些微进展；也只有杜巴里伯爵夫人能够支持路易十五采取措施，抵抗由经济学派推动的摧毁各个修会的计划。卢梭的《爱弥儿》和拉夏洛代先生①的教育方案已经让他们忍无可忍了。冉森派是些无用的家伙，根本不是那帮家伙的对手，只有耶稣会能够复兴公共教育。没有人支持保护，路易十五能够克服自身弱点，作出果断决定吗？

只有耶稣会能够通过大规模的办法，通过对权力原则的认可，通过他们的值得重视的教育，使公众教育稍稍恢复秩序和一致。这种观念一旦形成并且决定下来，宗教派大概就想到要通过一场秘密结婚，来使路易十五与杜巴里伯爵夫人的关系合法化，就像当年路易十四与德·曼特农夫人所做的那样。中止一段丑闻的需要解释了这样做的目的，剩下的事就是粉碎门户不对、地位不等这个障碍了。而天主教教义这个很讲平等的法规不同意夫妻双方的义务有高下之分。它不审查其中一方是否头戴王冠，另一方是否普通臣民；在教会前的结合使天主教会教理里的一切变得神圣。为了中止一段丑闻，社会地位的悬

---

① 1701—1783，布列塔尼最高法院的检察长，反耶稣会的政治家，与布列塔尼总督德·艾基庸公爵打过官司。——译注

差不能成为障碍。"先结婚吧,"罗马教廷说,"国王们,卑贱的情女们,玛德莱娜像个贞洁寡妇一样懊悔;只要丑闻中止,对所有人来说,宽恕就是财富。"

我再说一遍,耶稣会就是这样来安排路易十四与斯卡隆寡妇,即后来被封为德·曼特农女侯爵①的女人的婚事的。然而可怜的德·奥比涅小姐②在私生活中就没有遭受过诽谤诬蔑?我再说一遍,尼侬·德·朗克洛③就没有受过半点猜疑?当年斯卡隆夫人不曾像德·沃伯尼埃小姐一样被人胡乱写过?她们俩不都被一些丑恶的回忆录中伤过?在身份方面,纪尧姆·杜巴里伯爵要比诗人斯卡隆地位高贵,让伯爵要比恶劣臣民奥比涅高贵。在做姐姐的看来,自称路易十四小舅子的奥比涅是个真正的坏蛋、害人虫。而杜巴里伯爵家通过阿道尔夫伯爵与德·图尔依小姐的婚姻,与苏比兹家、孔代家结成了亲戚。因此,耶稣会在考虑为国王安排一场秘密婚姻以结束一种尴尬处境的时候,压根儿也没有想过这件事有些怪异或做不成。

杜巴里伯爵夫人对路易十五的思想具有强大的影响力,这点人们能够否认吗?这是一个能让君主政体回归秩序,把教育交回耶稣会手里,恢复传统教育观念的人。如果这样做了,人们一时之间会有些议论,但接下来一切会复归平静。当一个君主娶了一个地位低于他的女人时,头一天会有诽谤诬蔑,第二天会有请愿,以后就没事了。再过几天,人们会喜欢上最初准备打破的东西。

王族成员与平民女子结婚本是常有的事。德·奥尔良公爵秘密娶下德·蒙泰松夫人不就是个榜样?杜巴里伯爵夫人还亲自促成这段婚姻④路易十五承认他的处境确实引发议论;他也想让民众住口,因为他

---

① 1635—1719,法国女名人,起先嫁给诗人斯卡龙为妻,后来成为寡妇,又秘密嫁给法国国王路易十四。——译注

② 德·曼特农女侯爵在娘家时姓奥比涅。——译注

③ 1620—1705,法国宫妓,才女。与德·曼特农女侯爵友好。——译注

④ 据说德·奥尔良公爵祈求杜巴里伯爵夫人支持,准予他娶下德·蒙泰松夫人。杜巴里伯爵夫人说:"先娶了再说,胖老爹。您知道,你们的结合对我也有好处哩。"——原注

是个天主教徒：新近教士们的讲道唤醒了他童年的虔诚。

从一些真实可靠的文件得知，1773 年 9 月，德·贝尔尼红衣主教被派往罗马，负责向教廷探询，是否有可能按照报告书里详述的符合教规的理由，撤销德·沃伯吉埃小姐与纪尧姆·杜巴里伯爵的婚约。这是一件大事情，罗马显得十分为难，因为在形式上无能为力，不过在罗马看来，这似乎并不会影响婚事。杜巴里伯爵夫人与先生的婚约一旦撤销，路易十五就可以与她同居了。

假如天主给予路易十五的寿命和路易十四[①]的一样长，这样一场婚姻会带来什么情况？也许会带来一种系统的长期而有力的镇压，会给法国大革命造成更大的困难。解散最高法院这个行动证明，一个意志坚强的政府能够多么坚定而自信地执行自己的方针。在这场秘密婚姻之后，路易十五将册封杜巴里伯爵夫人为罗克洛尔女公爵[②]，还要给她宫廷所有的礼遇。谁知道呢？路易十五也许会由此变得更加年轻，在治国理政方面会变得更加积极，更有力量。

---

① 路易十四在世 77 年，在位 72 年。——译注
② 真正的罗克洛尔家族已经后继无人。德·罗克洛尔元帅于 1734 年逝世，只留下两个女儿，一个是罗安-夏博公爵夫人，一个是洛林的彭斯王妃。——原注

十八　德·莫普乌先生——泰莱神甫——
德·艾基庸公爵——欧洲的政治格局（1773）

　　在杜巴里伯爵夫人指导下执掌政权的三个重要大臣要求对他们本人来一番特别的研究。迄今为止，人们对大法官莫普乌、泰莱神甫和德·艾基庸公爵做了极为轻率的评价，把这几个大臣描述为低三下四、荒唐可笑的马屁精，是弄臣一类人物，只会奉承讨好杜巴里伯爵夫人，每天不是忙着逗弄她的虎皮鹦鹉，就是侍弄她的猴子，要不就是对她十分喜爱的小黑孩札慕儿龇牙咧嘴做鬼脸。德·索瓦瑟公爵的小集团就这样对一些充满积极性和主动性，使王国避免了一场最高法院革命的国务活动家实施了报复。自从 1771 年政变以来，路易十五的政体得到了良好的发展，政出一门，威信大增。通过敕令完全实现的方案是司法机构的所有政治权力被全部取缔，它们只能从事 1667 年敕令所规定的审理裁判讼争业务。从此司法审理不再暂停中止，当事人不用给法官"送礼"也能得到公正。敕令还宣布将总督的行政权力与最高法院的司法权力分开，因为这两种权力经常混在一起，在好些省份行政权力甚至被吞进了司法权力。大法官莫普乌的过人之处，在于其一种将坚定的个性、极为聪明的调解精神和讨人喜欢的礼貌融合在一起的人格。前来承认新举措合法性的反对派受到热情欢迎，对于他们的过去既往不咎，杜巴里伯爵夫人并且立即把他们带去觐见国王。大法官的额头上从未出现过愁云，有的只是牵挂与担忧，因为他必须让国王对他的工作生出信心，有时还得力撑危局。当事情关系到将一种压制性体制坚持到底的时候，他的性格优势就显现出来了。为了让胆怯的人放心，不能在一个流溢出冲动与生命的圣所张挂黑色的挂毯；否则，怯懦的人会生出恐惧，会心生犹豫，裹足不前。如果你想带动他们，就要让他们放心。从这个角度来说，大法官莫普乌和杜巴里伯爵夫人算是极其聪慧极其明白的人。杜巴里伯爵夫人性格风趣，喜欢开些小玩笑，但是她始终支持大法官。一如路易十五，她对所有的黑袍贵族深恶痛绝，因为那些人在参政行政的时候，虽然对国王陛下表现出万分尊敬，却削弱了君主政体的统一。

在吕西安讷，莫普乌带来轻松的外表，和亲和的、善讲轶事的、让最弱势的人也觉得温馨的机趣。由于他清楚杜巴里伯爵夫人的能力，她在国王顾问圈子里能作出什么行为，他就分享了一个年轻女人所有的轻松。他殷勤体贴，办事用心，和杜巴里伯爵夫人一起知难而进，不管困难有多大，都视若等闲。他有可能逗弄杜巴里伯爵夫人的虎皮鹦鹉，就像德·黎世留红衣主教①逗弄他的小猫；他也可能拿走上司的假发，就像玛札兰②在开心的日子学那不勒斯滑稽小丑波利西奈所做的那样。快活放松的外表，常常有助于严肃的思考，就像用象牙小刀在严肃的书页里裁切。消遣促人思想。思考重要事情，要么需要绝对的清静，要么需要被激情搅动的缤纷世界。惊雷炸响与静寂无声能制造出同样的效果。

大法官莫普乌完全达到了目的：时间刚过一年，反对他的人就改变了立场，前进路上的障碍也被一一清除。血统上的王公贵族，王国元老，都向他表示归顺与折服。新的司法机构在正常地履行职责，公平正义完全免费，各省总督的权力不再遭受掣肘，其行政管理行为受到尊重。昔日的最高法院法官辞去了职务，办好了交接手续；最好的律师，诸如热尔比耶、兰盖、凯雅尔、加缪·德·圣-皮埃尔重新捡起了辩护生涯。那些检察官，或者比他们地位低下的人，仍然在抵御诱

---

① 1585—1642，法国古代重要政治家，路易十三的重臣。——译注
② 1602—1661，法国古代重要政治家，路易十三和王后摄政时期的重臣。——译注

惑，但不久就会夹着文件包来到法院大厦。他们只有一份担心：1667年敕令为简化程序所规定的决定性改革。大法官莫普乌威胁要采取这项措施，以降低诉讼费用。对于莫普乌组建的新的最高法院，有人写诗作了如下诬蔑：

> 刽子手郑重其事地说：
> 当我看见那群害虫
> 被人组合成最高法院，
> 凭面相我也要绞死他们；
> 可按那个不合规则的
> 国王顾问圈子的一道法令，
> 我甚至不能凭良心
> 绞死那个大法官。

　　路易十五注意到杜巴里伯爵夫人在领导解散最高法院这场重大行动时所表现的素质，她思想正确，立场坚定，手段灵活，不由得对她的性格生出了很高的敬意。她对大法官的支持与帮助比什么人都大。国王顾问圈子各个成员的姿态被那些民谣和讽刺诗概略地形容为路易十五面前的一只晴雨表。据说杜巴里伯爵夫人在其中被形容为"持续的晴天"，德·艾基庸公爵是"晴热天气"（25度），陆军大臣德·蒙泰纳侯爵是"温和天气"，泰莱神甫是"很干燥的天气"，贝尔丹先生是"多云"，德·拉维里利埃尔公爵是"解冻"，大法官莫普乌是"雷雨"。人们试着用这种诙谐语言来给御前会议各位大臣的态度与表现下定义。

　　坚决主张对最高法院采取镇压政策，后来在最高法院改组上又出了大力的一个政治人物是财政总监——坚强不屈的国库看守人泰莱神甫。此时的他面临一项刻不容缓的任务，就是要纠正挥霍国帑的积弊，大力压缩经费，使收支保持平衡。然而，当一个人搅动了如此多的利益，搅黄了那么多已经成就的好事，就不免遭受同代人的严厉评判，就是历史常常也要对他进行严格审查。财政总监把他最为敏锐的注意力放在国王滥封采邑、滥赏财物上面，在他主持推进的改革里，对于血统上的王公贵族、元老重臣，以及宫廷里享受高薪厚禄的人，他并不政策放宽，格外照顾。一如处置最高法院问题时那样，许多王公贵族表示反对，泰莱神甫便趁机让那些庄园把占有的财产退回来，或者让占有者把该欠的现金缴清。这样一来，好些津贴年金不是额度缩减，就是完全取消，享受王国这份优待的人发现自己被财政总监的新举措深深地伤害了。

泰莱神甫受英国的财政观念的影响很深，把公债利息降低了一半；他还改变了养老储金会的借贷体系，终身年金被固定为最高百分之十。这个利息规定下来后，年金享受人去世后利益就归国家享受了①。收税人的结欠受到严格的追究。印度公司被宣布欠了国家3000万利勿。泰莱神甫扣下该公司的所有证券，使得它只好出让其私产洛里安港、法兰西岛和波旁岛，来向国王抵付欠款。土地租约于1772年到期，带来一亿零五百万到一亿三千五百万收入。财政总监还以不可改变的决心，废除了造成千万种恶习流弊的赌台管理员制度。在这件事情上，他给自己招来了许多报怨与说不清理由的抗议。戏院的女人，因为是靠土地租金为生，一如毛虫靠树叶为生，没有得到他的照顾。

借助这些开源节流、增收减支的办法，泰莱神甫终于在1773年做到了收支平衡，把收回最高法院法官职务的费用结清了。可是一时间各种非议诽谤都冲他而来。大凡大刀阔斧想解决一种纠集着各种利益的棘手问题的人，总是免不了遭人非议。

有人说泰莱神甫整顿财务，积攒银钱，主要不是为了国家，而是为了取悦杜巴里伯爵夫人，博取她的欢心，这完全是不实之词，是对杜巴里伯爵夫人的虚伪指控，因为她是有史以来最不看重钱财的宠姬。她的田庄地产在什么地方？她的城堡在什么地方？她的金钱来源在什么地方？她从路易十五手上只得过一栋普通小房子，或者凡尔赛的一

---

① 养老储金会原来的规则是享受人去世后，其份额由健在的会员共享。——译注

120

个公馆，还有吕西安讷周围的 16 阿尔邦①土地。她喜欢钻石，珠宝首饰，但那是为了装饰打扮自己，而不是为了积财。路易十五把这些东西作为寻常礼物送给她，每天还给她几千路易维持家里的开销，以及娱乐消遣。但是她没有让国库为她花过一文钱。一切都是从路易十五的个人账户开支，是拿票据从宫廷银行家德·博容先生那里兑得的现金。有人算了账，在杜巴里伯爵夫人受宠的六年时间里，这些馈赠总计达到 600 万利勿，一年 100 万。不过这些钱她又拿出一些赠给了诗人、画家、音乐家，就好像是帮国家给他们付酬。伯爵夫人很大方，常常向不乱花钱的国王伸手，逼他拿钱酬劳那些艺术家。路易十五像巴黎一个地道的业主那样，小心地看管着自己的积蓄，而杜巴里伯爵夫人却签署票据，在德·博容先生那里兑取现金。她自己的财产，她也照样慷慨施舍，以至于路易十五驾崩之时，她的个人负债达到 160 万利勿。

在这些私人的财务关系上，财政总监并没有和德·博容先生搅和在一起。尽管只存在几张由杜巴里伯爵夫人奉国王之命签署的支领现金票据。在重订土地租约的时候，按惯例对国王，对杜巴里伯爵夫人和财政总监本人有一笔小小的准备金。财政总监是个很会花钱的主，尽管别人介绍他是个心地强硬冷漠的吝啬鬼。泰莱神甫是最为杰出的油画、雕塑和珍本图书收藏家之一。他让人在原野圣母院街建起罗马别墅外形的公馆后，就在里面摆设了大量从希腊和意大利收来的古代雕像。这种对裸体塑像的嗜好被那些攻击他的小册子利用了。人家指责财政总监有些玩世不恭的嗜好，因为 18 世纪的人善于编造这些不实之词。再说，那个世纪本也是个十分下流的世纪。杜巴里伯爵夫人有几次拿泰莱神甫的吝啬开玩笑，让路易十五开心，因为泰莱神甫一贯反对节庆的大吃大喝，铺张浪费，反对不必要的开支。不过杜巴里伯爵夫人对这个在政变后的危机中平衡了公共收支的大臣极为尊重，小心谨慎，避免伤害和弱化了他的权力。

---

① 法国古代土地面积单位，相当于 0.2 到 0.5 公顷。——译注

国王最忠诚的仆人，伯爵夫人最信任的人，是最晚进入国王顾问圈子的德·艾基庸公爵，但他不久就把外交衙门和陆军衙门的文件包合并到一起。德·艾基庸公爵夫人成了杜巴里伯爵夫人最忠实的陪伴，不论杜巴里伯爵夫人走运还是倒霉，她都不离不弃，保持了让人欣慰同时也不可或缺的友谊。德·艾基庸公爵记得，在布列塔尼内乱期间，最高法院那些失去理智的法官比造反派还要疯狂，一个劲地追究他这个为国王效力的堂堂省督，记得德·索瓦瑟公爵本人为了收买民心、博取民望，竟然翻脸不认人，听任人家无情地指控德·黎世留红衣主教的侄孙，在那种时候，是杜巴里伯爵夫人以坚强的性格，不屈不挠的意愿，明确的观念，甚至以她的小小的气愤，支持德·艾基庸公爵抗击敌人的罪恶计划。因此公爵与伯爵夫人参与大法官莫普乌的政变，就是在捍卫同一个事业，保护同一个权力的理念。

　　对于这个在杜巴里伯爵夫人一手支持下结为一体的三大臣联合体，德·索瓦瑟公爵小集团无力与之抗衡，就援引对外行为与实绩来攻击德·艾基庸公爵；德·索瓦瑟公爵先生觉得自己在这方面很强。确实，他曾经花了15年时间来研究欧洲，法国与欧洲各国订立的重要条约，几乎都是出自他手：他办事有这么高的水平，德·艾基庸公爵怎么可能取代他呢？德·索瓦瑟坚定地认为他是不可取代的，因为他对自己，对自己一贯正确的感觉走到了极端。他认为他办外交到了法国不可缺少他的地步。在这里我要补充一句，德·索瓦瑟公爵在主持外交衙门工作的后期，为了保持解决战和问题的主导地位，竟不惜把法国与英国的关系推到了决裂的地步。

　　德·艾基庸公爵在入主外交衙门之后，表现得比平时更为和平：国王顾问圈子的想法是首先必须恢复国王的权力，整顿财政，平衡收支，然后才谈得上投入一场大的战争。大法官莫普乌负责在国内采取镇压政策。泰莱神甫则要做好平衡财政的工作。等这两个前提条件完成之后，法国才可能对欧洲列强开展更加大胆，或者更加高傲的外交。内政安定是对外交往的最大力量。

　　我们可以从法国大使德·韦尔日纳对瑞典国王居斯塔夫-阿道尔夫

提供协助这件事情上，看出德·艾基庸公爵的外交政策的具体倾向。路易十五曾劝居斯塔夫三世解散国民会议，就像他本人解散最高法院那样。在这一点上，杜巴里伯爵夫人与瑞典国王保持通信联系。她写信给瑞典国王，祝贺他登基，并且预祝他的强有力的解决方案取得成功。居斯塔夫三世回信说："只要强大的法国国王不抛弃本人，本人就坚信能够取得成功。夫人，我乐于相信您会让法国国王保持对我的支持，也乐于相信您永远不会怀疑我对您的真诚敬爱。"

居斯塔夫三世于是采取了强力政策。他号召他的近卫部队对参议院采取了果断行动。瑞典王国恢复了与法国的最为亲密的盟友关系。这是由居斯塔夫三世、法国驻瑞典大使德·韦尔日纳先生和德·艾基庸公爵共同商定而得到的结果。无论在战时还是和平时期，法国都可以信赖瑞典，这就是瑞典国王居斯塔夫三世告知杜巴里伯爵夫人的这次恢复一种强力政策的基本考虑。

同样，由于德·艾基庸公爵入主外交衙门，1756 年与奥地利签订的条约也不可能不遭受修订。路易十五当年是违心地忍受了德·索瓦瑟公爵与奥地利结盟引致的有点过于绝对的后果。路易十五纵然不喜欢普鲁士国王，但也不愿意完全放弃黎世留制订的古老政策的传统；他期望深入了解维也纳发生的事情。玛丽-安托瓦纳特女大公与法兰西王储的大婚让维也纳生出无限希望。在去职下台之前，德·索瓦瑟公爵先生指定德·布雷特依男爵担任驻维也纳大使，此人算不上十分卓越，但是办事积极，很有活动能力，而且对 1756 年的联盟很是忠诚。但是德·艾基庸公爵并不认可这个人选。他没有尊重王储夫人的意见，指定斯特拉斯堡的副长官路易·德·罗安亲王担任驻维也纳大使。这位亲王和罗安家的人一样，性格有点肤浅，但却是一个了不起的高级教士。他带了一个随员叫乔热尔神甫。此人是耶稣会的修道士，是 18 世纪最聪明的头脑之一，也是一个认真的观察家。他察知了奥地利对于 1756 年联盟的真实意图，后来及时提醒了法国宫廷。

路易·德·罗安得到这个职务，要感谢杜巴里伯爵夫人，不过这一来就深深地伤害了王储夫人。在维也纳他很细心地观察了内阁的严峻形势，不久他的报告就在路易十五的脑海里留下了深刻印象。有一份报告是在吕西安讷吃晚餐时读到的，给杜巴里伯爵夫人提供了一些珍贵的细节，使她深入了解了维也纳内阁对于当时最重大的问题——波兰起义的看法。报告上有这样一句话："皇后陛下被波兰人民的不幸深深打动；她很爱他们：这就是她打算尽可能多占一些波兰国土的原因。"这种嘲讽稍许揭露了维也纳内阁的意向，流露了对第一次瓜分波兰，或至少被奥地利、俄罗斯和普鲁士三个强国称作收复失地的预感。那些所谓失地，是三个世纪以来波兰人从信奉东正教的斯拉夫过流浪生活的斯拉夫人那里征服的领土。

从版图上说，法国显然不可能单独来支持波兰人，至少没有普鲁士和奥地利的支持协助，它是无法派兵去支持那个国家的，因为怎样把部队派进一个四面八方都被围着的国家呢？普鲁士国王没有别的目的，就是要扩大本国的疆土，他预先就要求凡尔赛政府完全放弃1756年与奥地利的联盟，而且，作为交换，他也并没有答应提供协助，只是表示有这种可能。因此，法国专门派路易·德·罗安亲王到维也纳，换下德·布雷特依男爵，目的就是争取奥地利的支持和协助，以便在波兰打一场抗击普鲁士与俄罗斯的战争。路易·德·罗安亲王尽管在维也纳受到奥国皇后兼女王的冷淡接待，却在那里大肆铺张，展示了布列塔尼的著名家族的盛大排场。一如布依庸家族和吉兹家族，这个家族也声称自己是享有独立主权的君王。再说，这种奢华排场也是由法国的国王和杜巴里伯爵夫人授意摆出的。因为必须探听到可靠情报，摸清皇后兼女王陛下的真实意图，为此法国大使应该把奥地利和匈牙利那些有钱有势的大贵族，如利希腾斯坦家族，埃斯特哈齐家族的人拢在身边。依靠这种交际手段，路易·德·罗安亲王希望了解很多情况。在维也纳，乔热尔神甫施展了一种过于活跃的本事，以至于多少沾上了一点搞阴谋之嫌，不过他还是成功地搜集到了有关波兰事件的情报。

驻维也纳大使将充分了解到的有关波兰的情报写成快报，发给国王和杜巴里伯爵夫人。奥地利的皇后兼女王从她这一边，也给女儿法国的王储夫人写信，揭露德·罗安亲王在维也纳的轻浮行为，说此人在夜里像古人那样纵酒行乐，又热衷于赌博，一掷千金，把纯良而平和的维也纳居民都带坏了。皇后兼女王陛下带着这样的先入之见，认为路易·德·罗安亲王凭着雄厚的实力，无度的挥霍，自然是打探情报最多的大使，于是想方设法捕风捉影，空穴来风，往法国宫廷发送一些虚假消息，来断送这位亲王的前程，1735年德·黎世留公爵在维也纳当大使时，奥国人就编排过同样的消息，制造过同样的传闻。这些书信都是写给法国的王储夫人的。这位王妃不敢要求国王将路易·德·罗安亲王召回，因为德·艾基庸公爵与杜巴里伯爵夫人非常重视可靠的情报，绝不肯牺牲他们的探子。法国大使在身边摆设的这个盛大奢华排场大概掩藏了一个情报系统；情报从四面八方传过来，有人甚至提到一场戴着假面的会晤。在这场会晤中，花费十万利勿，三个强国瓜分波兰的秘密条约就事先传到法国大使手上，然后又由他送回了法国宫廷。

于是凡尔赛政府以1756年的条约为借口，要求执行为应对奥地利帝国辖下诸邦变得强大而订立的秘密条款。补偿在于将荷兰让与法国，这样一来，法国的疆域就一直扩展到了埃斯科河。在与奥地利帝国彻底决裂之前，法国大概与英国政府做过交涉，英国政府宣布，在波兰问题上绝对不表示立场。英国的欧洲政策把普鲁士看做自己的盟友，希望普鲁士变得强大。此外，伦敦政府绝不容许法国取得比利时作为赔偿，如果事情真到了这一步，它就会发动战争，并且同意各种可能的瓜分波兰的方案。

这就是当时的外部政治所处的严峻状态，如果法国的政权恢复正常，财政恢复平衡，这种状态也许会导致一场战争。不过，难道就不需要保持谨慎了？难道在一个已经衰老的国王领导下办事，就和在他身强力壮时一样？难道法国人有能力与奥地利、普鲁士、俄罗斯开战，同时还有可能与英国人进行一场海上战争？在疯狂地投入与盟国的危险战争之前，必须严肃地思考这些非同小可的问题。德·艾基庸公爵和杜巴里伯爵夫人力促国王提出执行1756年条约秘密条款的要求，否则就有可能与奥地利彻底闹翻，对于这样一个十分严重的后果，大家应该尽量避免。总之，人家愿意按照 1756 年条约的规定，把一直到安特卫普的荷兰让与法国吗？

　　这就是王储夫人与杜巴里伯爵夫人两套政治体制分道扬镳的现实原因，虽说一开始她们两人十分友善。有人揣测她们失和是因为争风卖俏，是因为音乐上的歧见，对莫扎特与格雷特里①的不同看法，是因为小客厅里的嚼舌头挑是非，在 18 世纪，这始终是非常严重的事情。这些原因想必都对两个年轻女人的性格产生了影响。不过两人分手的真实原因却要高尚一些：问题在于由德·艾基庸公爵开创的一套体制。要是国王路易十五在世的时日久一点，即使是手持武器，也会要求执行 1756 年条约的。德·艾基庸公爵的体制让人预感到与普鲁士的靠拢，丹麦与瑞典倒是乐见其成。这些情况王储夫人都知道，她不惜一切代价，希望通过杜巴里伯爵夫人的失势，避免法国与奥地利的决裂。

---

　　① 1741—1813，作曲家，先是列日公国臣民，后成为法国人。——译注

十九 杜巴里伯爵夫人最受宠幸时期（1773—1774）

杜巴里伯爵夫人在恩宠达到顶点之后，渴望得到一个正式的身份衔头。德·贝尔尼红衣主教还在罗马，为撤销她与纪尧姆·杜巴里伯爵的婚姻继续奔走活动。在他的推动之下，整架政治机器都开动起来了。王公贵族对大法官莫普乌的最高法院表示了顺从。德·奥尔良公爵通过他与德·蒙特松夫人的婚姻，在皇族与平民女子结婚方面给路易十五作出了榜样。一个年轻公主，一个圣女，教会里可敬的玛丽-黛莱丝·德·圣-奥古斯丁①接受了耶稣会的观点："首先是要考虑拯救路易十五，让丑闻停止传播：既然不能让他与情妇分手，那就让他娶情妇做妻子。"路易十五对女儿路易丝夫人无限疼爱和尊敬。路易丝夫人曾经说过，她"之所以出家做加尔默罗会的修女，就是为了拯救自己，拯救她最亲爱的父亲的灵魂"。

杜巴里伯爵夫人这个如此崇高的命运被这样安排、接受之后，年轻的普罗旺斯伯爵因为做人认真，就与杜巴里伯爵夫人直接商谈起家族的利益，而讨人喜欢的德·阿图瓦伯爵则利用这个好说话的中间人，为自己干下的某些年轻人的傻事买了单。杜巴里伯爵夫人给他出了些主意。有次他这位王孙殿下到吕西安讷参观受了启发，回来后就按照杜巴里伯爵夫人的主意，建造了人们称之为"小玩意儿"的令人愉悦的雅居。

---

① 1737—1787，路易十五的幼女，又名法兰西的路易丝夫人，或者路易丝公主。——译注

127

杜巴里伯爵夫人与人交往，态度是那么温馨、那么善良、那么坦诚，因此拥有众多朋友，其中最诚实、最正直、最有骑士风度的，要算德·柯赛-布里萨克伯爵。此人是那个高尚而智慧的贵族，时任巴黎总督的德·布里萨克伯爵的儿子。王储夫人从维也纳嫁到法国来的时候，那位总督出城迎接，对未来的王后说了这句殷勤话："夫人，这儿有十万个深深爱着您的人哩。"

可是王储夫人家里却收容了反对杜巴里伯爵夫人最为激烈的人，而且这种精神，她也与丈夫王储大人分享。王储大人性格虽然老实，有时却粗暴到迹近无礼的地步。当年轻的阿道尔夫·杜巴里伯爵夫人（未嫁时叫德·图尔农小姐）被带来觐见他时，王储大人甚至都不转过头来看娇媚的新娘一眼，只顾在一眼窗户的玻璃上敲着指头，就像在弹奏羽管键琴。杜巴里伯爵夫人深受伤害，就把这件事告诉了国王，但并未把话说得很难听。路易十五有段时间想予以惩罚，但是杜巴里伯爵夫人十分大度，不同意他这样做。甚至她一有机会，就会明确地表示她对王储大人的极大敬意。有一次在凡尔赛宫的小套房晚餐，杜巴里伯爵夫人坐在国王右边，有人通报王储大人来了，伯爵夫人马上站起来，深深地施了一礼，把右边这个位子让给他坐。当王储夫人认为自己受到冒犯时，伯爵夫人给她写了好多信，表示对她的尊敬与服从。在路易·德·罗安亲王的快报事件中，她甚至采取了主动；她赶快声称这种文件的内容始终是秘密，只有国王才有权指定人阅读，否则稍有不慎，就会泄露秘密，在国王顾问圈子以外传播快报内容。

王储夫人派的政治发言人，先要排除德·索瓦瑟公爵先生，尽管王储夫人一再坚持，家族的文件还是把他永远排除在王储大人的顾问班子之外，人们可以指望德·莫尔帕伯爵让-弗雷德里克·费利坡来充当这一角色。这是个聪明的廷臣，喜欢玩文字游戏，写讽刺短诗。他二十五岁就当了路易十五的大臣，因为写了一些攻击德·蓬帕杜女侯爵的诗句，遭受贬黜。路易十五个人还是喜欢他的，只把他放逐到离凡尔赛两个钟头路程的蓬查特兰那个美丽地方。在蓬查特兰这种让人钦佩的孤独之中，德·莫尔帕先生收集各种传说、民歌、轶闻，汇编成一个集子，供自己欣赏。在巴黎，在凡尔赛，存在着一群无所事事的人，一些喜欢玩智力与文字游戏的绅士，尽管这些游戏有时很平庸，很无趣。比如，口才很好的德·洛拉盖公爵，他自称哲学家，想象自己给一个堕入风尘的姑娘赎了身，又给她大量好处，由此写了一本书，名叫《杜托诺伯爵夫人》，意在反讽杜巴里伯爵夫人①；这是个多么诙谐的游戏！其实这个德·洛拉盖伯爵是个非常可笑之人，是被整个那一代人喜爱、追捧的男人之一②。索菲·阿尔诺③的平庸情人是18世纪攻击杜巴里伯爵夫人最为起劲的小册子作者之一。

　　然而杜巴里伯爵夫人始终宽大为怀，总是笑容满面，从不要求发一封盖有国王大印的敕令，将那些恶意中伤她的作家投入大牢，或者流放外地。国王经常提醒她注意："伯爵夫人，您真是善良！这会败坏您的名声，丑化您的形象的。不把那些蹩脚作家镇压下去，您不知道他们胆子大到什么地步，会干出什么坏事。"这是出版了《有装甲防护的报人》和《让娜·沃伯尼埃小姐传》的年代。作者泰韦诺以莫朗德这个笔名出了大名，他恐吓说要把《杜巴里伯爵夫人回忆录》扔到世上。有人建议国王的顾问圈子派警察到英国去，在伦敦闹市将莫朗德绑架回来。杜巴里伯爵夫人采纳了一个十分睿智的代理人博玛舍的建议，更愿意通过谈判来解决问题。于是达成了一笔交易，莫朗德获得五百几尼现金，还有两百英镑的年金，由王室的账户支付。这样，莫朗德就毫无羞耻，大声要求用一笔钱，一笔年金来购买他的沉默，撕毁所谓的《回忆录》。人家撰写杜巴里伯爵夫人的历史，图的就是这些可耻的交易。笔者倒要问上一句，那些撰写故国历史和同代人传记的政治避难者，今日有谁会相信他们的胡编乱造？

　　杜巴里伯爵夫人的性格没有德·蓬帕杜女侯爵那么深沉，她之所以投入脑力劳动，图的主要是消遣，是它们给她带来的快乐。吕西安

---

　　① 法语托诺 TONNEAU 为木桶，BARIL 指一桶之量，也有桶的意思。——译注

　　② 他其实是德·布兰卡公爵，出身于维拉尔-布兰卡家族；他离开军旅，投身于文人生涯，写些小诗小文，玩些文字游戏编些蹩脚剧本。——原注

　　③ 1740—1802，法国18世纪著名女演员。——译注

讷的书柜就是明证。它是用粉红与乌黑的木材打造的，上面镶嵌了象牙，里面容放了不超过五百本的书籍，都是用摩洛哥羊皮精装的版本，黄色烫金，用18世纪那种秀美精致的活字印刷，章头篇末带头饰与尾花，中间插着雷弗拉戈纳尔、维央、多瓦延、柯勒兹和德鲁埃等大师的插图，有人发现其中有两个版本的《一千零一夜》，全部小牛皮精装，压着金线的小克雷毕庸的《故事集》，德·布弗勒骑士①的《作品集》。后者是在洛林宫廷里深受喜爱的作家，是德·布弗勒夫人②讨人喜欢的儿子。伏瓦兹农神甫在玩输抵押物游戏时曾对德·布弗勒夫人说：

有一天，不知干什么好，
普绪喀的年轻丈夫，
RIS、JENS和他们母亲
就玩输抵押物的游戏；
爱神差点丢了抵押物，
大家就让他久久寻觅，
因为这是让才子佳丽
聚会游乐的好东西。

天国的全体居民
都以为那孩子遇到难题：
他们说：他有点灵气
会作出认真的选择。
可是爱神暗自高兴
跑遍人类的所有住地，
把眼光投向您，夫人，

① 1738—1815，法国诗人。——译注
② 1711—1787，法国贵妇，路易十五的岳父的正式情妇。——译注

于是大家都拍手叫好。

安逸而富足的社会，里面就过着这样的生活！德·布弗勒骑士这个全身披满光荣的骁勇军官，刚刚出版了迷人的故事《阿莉娜》。那个年轻姑娘从鲜花盛开的塞纳河畔，戴着她的冠冕式发饰，珍珠钻石，一直来到印度加尔各答，坐上了王妃的宝座，成为牵系着帝国一些人命运的女主人，却总是走神发愣，想象自己戴着牧羊女帽子，穿着村姑的粗布衣裳，回到魂牵梦绕的田野。杜巴里伯爵夫人的一生，不多少与之相似吗？那些故事书，没有一本不提到，在东方的神仙世界，爱情的高尚与强大，直到法瓦尔撰写的《罗克塞拉娜》，那个长着小小朝天鼻，黑色丹凤眼的女子心血来潮，让她绸缎做的小骡子一甩蹄子，就强使善男信女们接受了法律①。

圣-朗贝尔把他第一批以英雄名义写的诗歌体书信集《季节》题献给杜巴里伯爵夫人。这些诗歌是乡村快乐，"乡野爱情"的美妙教程。当时人们只谈论居住在乡村的幸福：生命的一部分是在城堡度过的。主要是外省的绅士性格把没来充塞城市，给它们增加负担、并在工场腐烂的乡村劳动者留在那些宁静而高贵的避难所周围。充当土地奴隶的人比充当机器奴隶的人要强。圣-朗贝尔是个经济学家，形象悦人，得到路易十五和杜巴里伯爵夫人的厚待；作为骑兵团聪明和勇敢的军官，他在吕西安讷受到接待，国王让他讲述从两个哲学家手里争夺情妇的经过。那两个女人，一个是从伏尔泰手里夺来的杜夏特莱夫人②，一个是从卢梭手里夺来的德·乌德托夫人。因为那些百科全书派的迂腐家伙都是些傻瓜，是些无趣的情郎，是像那些自命不凡的学院派一样的放荡家伙③。当然，一个肉欲主义的生命享受物质的可悲快乐，是没有什么可以作为借口的。不过，对于杜巴里伯爵夫人，人们可以说

---

① 是杜巴里伯爵夫人让法瓦尔生出灵感，创作了《罗克塞拉娜》。——原注
② 1706—1749，法国数学家与物理学家，翻译过牛顿的著作。是伏尔泰的情妇。——译注
③ 亦有自由思想派的意思。——译注

的，是她对霍尔巴赫、纳容和狄德罗之流的沉重的卑劣的文学，从来就不喜欢，她那轻灵而高雅的性格天生就不是接受那些蔑视宗教的垃圾、那些鸡鸣狗盗之徒的无神论的。她虽然向布弗勒、伏瓦兹农、柯雷、伏尔泰伸出手去，甚至因为卢梭有趣的《乡村占卜师》而对他有好感，但始终对达朗贝、马布利、老米拉波这些百科全书派的迂腐家伙深感厌恶。

二十　路易十五患病、逝世（1773—1774）

　　到 1773 年年末，国王路易十五本就很明显的忧郁变得越发严重。只有肺病引起的一阵阵低烧，才使他那蜡黄带灰的脸色稍稍染上一点红晕。国王总是在奔波、巡行，好像他不能在同一个地方驻停。只有杜巴里伯爵夫人通过其俏皮话，其充满青春活力的真诚的欢笑，才能给这个厌倦的心灵带去一点消遣。死亡的图像在他身边出现得日益频密，死亡的警告也一再响起：国王儿时的朋友德·夏韦兰侯爵在杜巴里伯爵夫人的晚餐席上猝死。请大家想象一下，在索瓦齐宫的晚宴上，在国王对他说出下面这番话的时候，一个充满活力的绅士瘫倒在死神怀里："夏韦兰，您怎么啦？脸色这么苍白，哪里不舒服吗？"这次如此迅速的死亡给予路易十五以沉重的打击，让他产生了痛苦的预感。

　　医生们，尤其是说话不会转弯的拉马蒂尼埃尔不断提醒国王，说他正在加速衰老。其实这是一些笨拙的劝告，不但没有抑制或减轻国王的痛苦，反而通过加重他的精神负担，加快了他的死亡。而在医生们背后响起的，还是教会的声音，它对人们并不努力掩饰的混乱提出了适当严厉的批评。1774 年德·塞纳斯主教在封斋期做的布道，在整个宫廷留下了深刻印象，国王似乎特别用心地听了他的讲道。教会一直在暗中促使路易十五与杜巴里伯爵夫人秘密结婚，以中止一件影响巨大的丑事。这是它的权利，也是它的义务：既然不能斩断国王暮年雄心再起结下的情缘，那让它成为合法的关系不是更好的事情吗？笔者要再说一遍，这样的事情，从前路易十四为德·曼特农夫人做过，近年德·奥尔良公爵也为德·蒙特松夫人做过。

　　路易十五的虔诚是一种很深的私密感情，不会为任何事情而动摇。他圣洁的爱女路易丝夫人为他本人，为他的获救，为他的皈依而热烈地向天主祷告；国王本人也深深地表达了对教会信条的敬重。他跪在礼拜堂未设跪垫的冰冷的石板地上做祷告。每次下乡碰到教士给病人送临终圣餐，他都要走下四轮马车，像查理五世那样①，陪送圣体②走上一段路。显然，虔诚补赎了路易十五的某些弱点与不足，迟早有一天，天主教的思想观念会以绝对方式在他的头脑里占据主导地位。

　　国王处于这种境况，而他周围则布着一些阴谋，甚至几乎全部是阴谋。好些举事的密谋正在策划之中。从德·萨尔蒂纳先生的文件里可以得知一点：当时他们侦破查获了好些针对路易十五的暗杀计划。警方开始进行了一些调查，但是没法结案，因为事情尚不足以得到证实。在诉讼案和镇压行动里，荒谬的声音也许要多过确凿的证据。人们从各个方面呼唤政治改革，以粉碎大法官莫普乌费了老劲发展起来的体制。国王曾经宣布，他永远不会抛弃那些理念，永远不会离开他的内阁。

　　因此，许多被警察的文件牵扯的人支持关于路易十五死亡真正原因的含糊传说就并不奇怪了。事实是这样的：1774年5月5日，路易十五希望到特里亚农宫与通常那些陪客一起吃饭。他们是德·苏比兹亲王，德·艾基庸公爵，德·艾延公爵，德·杜拉公爵，德·米尔普瓦夫人，德·福尔卡吉耶夫人，德·弗拉马朗夫人和杜巴里伯爵夫人。席上的气氛非常快活；主客逸兴不浅，频频举杯，灵思飞扬，妙语连珠，吃到凌晨两点方才散席。国王照例回自己的寝宫，躺到床上已是天亮时分了。

　　杜巴里伯爵夫人一觉醒来很不愉快，因为有人通报国王感到痛苦。杜巴里伯爵夫人马上冲进国王的寝宫，发现他躺在床上，脑袋沉重，

---

　　① 1500—1558，西班牙国王，西罗马帝国皇帝。——译注
　　② 给临终病人服用的祝圣过的面包与葡萄酒。——译注

一身疼痛。被唤来的御医拉马蒂尼埃尔和包尔德宣布"必须把国王送往凡尔赛"。这个建议主要是出于政治方面的考虑，而不是为君主的健康着想。为什么要让路易十五遭受路途劳顿的折磨？难道特里亚农的房间不如凡尔赛的舒适？拉马蒂尼埃尔是德·索瓦瑟公爵的死党，这样做目的是将路易十五与杜巴里伯爵夫人分开：一旦到了凡尔赛，就回到了礼仪和规定之中，回到了由国王家庭来当家做主的体系里。御医们的头一批报告还没有证实路易十五确实患有重病，仅仅是回到凡尔赛之后才宣布"国王患了天花"。于是有人立即编造出了一种十分下流的传说。那是一个荒淫时代的表达，是一些党派针对伤害与压制他们的人所进行的攻击与诽谤。据说，一个笨拙的仆人选了个身带病毒的年轻姑娘，将能够毁坏最俊美面孔的天花传染给了路易十五①。我们如果拒绝接受这个说法，又怕接受别的说法，比如有人就说过太子先生是被人毒杀的，甚至还列出了罪犯的姓名；他们也同样可以编造出国王的死亡。他们可以说这场怪异的、像染上瘟疫的死亡是由那些反对党一手制造的。因为那些党派可以从害死路易十五，粉碎大法官莫普乌的整个政治体系，使最高法院派东山再起，重掌政柄中获益。严肃的正史绝不能采用诽谤性文章的观点，路易十五染上天花，是因为这种病在当时是一种广泛流行的传染病。难道还需要从想象的鹿苑②借来什么传说吗？

　　路易十五一回到凡尔赛，就被强行与他的私人顾问班子和朋友的影响力隔离。当国王让人召来杜巴里伯爵夫人时，宫里的人都认为她的权力将被褫夺。在这场短暂的几乎像诀别一样的面晤中，杜巴里伯爵夫人表现得十分勇敢。尽管这种疾病对靓丽的面孔更具传染性，她还是走近国王，触摸他的眼睛和面颊安慰他。路易十五握着她的手，亲吻她的额头，还把自己的画像送给她做纪念，好像从此再也见不到

---

　　① 法语"天花"为 PETIT VEROLE，词义为"小梅毒"，所以该传说的意思是路易十五是被妓女传染了此病。——译注

　　② 鹿苑是路易十五的前任情妇德·蓬帕杜女侯爵建造的一处邸所，有个时期在里面安排了一些姑娘供路易十五淫乐。——译注

她了。杜巴里伯爵夫人泪流满面，默默地回到自己的套房。不久，德·艾基庸公爵来到这里，带来了路易十五的命令：为证明他的忠诚，国王请他帮个忙，送杜巴里伯爵夫人去德·黎世留红衣主教的别墅，现在属于他德·艾基庸公爵的鲁埃城堡①当时那里是一座富丽堂皇的庄园，如今已被分割成若干部分。这是向德·艾基庸公爵表达的某种敬意；因为杜巴里伯爵夫人拿来对付最高法院并获得胜利的，不正是德·黎世留红衣主教的体制？

德·艾基庸公爵夫人受托陪伴女友杜巴里伯爵夫人。她给伯爵夫人写信说："伯爵夫人，我应该感谢国王交给我这样一个苦差。您为我们家做了这么多事，以至于在这个不幸的时刻，我除了友谊，还应该向您表示感激！事厄见人心，您让我更了解了您的为人！我从一个欠情的人变成了您的朋友。不过我们不要泄气：一切都还有改变的可能。我明早七点来接您。如果您愿意，就坐我的马车好了。鲁埃城堡就由您，由您的家庭使用。伯爵夫人，我是您的忠诚朋友。"

因此，路易十五临终的最后两天，杜巴里伯爵夫人是在鲁埃度过的。路易十五从此就完全属于宗教和家庭了。不过杜巴里伯爵夫人随时都收到德·艾基庸公爵派人送来的路易十五的病情报告。有人从各个方面给杜巴里伯爵夫人描述她处境的危险。如果国王去世，她会落个什么结局？王储夫人将成为王后，她会记着杜巴里伯爵夫人与她的对立关系。老最高法院的主张会再度起作用。德·索瓦瑟公爵那一派、国王的几个女儿、血统的王公贵族、王国的元老重臣都会再度起来反对她。他们难道不会起诉她犯有大罪？面对这些恐惧，让·杜巴里伯爵拿起外交护照去了瑞士，以便让风暴平息。瑞典和丹麦的大使以他们君主的名义，向杜巴里伯爵夫人提供避难所。可是杜巴里伯爵夫人回答说："只有接到新国王的命令，她才会走出法国；她虔诚地等待着决定她个人命运的命令到来。"

路易十五于 5 月 6 日上午 9 点去世。5 月 7 日，德·拉维里利埃尔

---

① 德·黎世留红衣主教是路易十三的宰相，可见这座城堡有些年头了。——译注

公爵就给杜巴里伯爵夫人送来了国王亲笔书写并盖有大印的书信："杜巴里伯爵夫人，出于我个人所知的旨在维护我的王国安定的理由，以及出于保护您所知悉的国家秘密的需要，我给您写这封信，请即刻前往贵妇桥修道院，不得延误。您只带一个女仆，跟随我们的一个警官阿蒙先生走。您不要为这个举措感到不快。时间不会很久。本举措没有别的目的，杜巴里伯爵夫人，只是祈求天主，让他把您置于神圣而尊贵的看护之下。路易。"再下面一点，写着"菲利坡"几个字。

这封盖有国王大印的信措辞并不严厉，虽然德·拉维里利埃尔公爵送交时满面愁云。新王甚至屈尊解释流放的理由，并且声称这只是权宜之计，不会放逐长久。在与守候在前厅的警官走出城堡之前，杜巴里伯爵夫人交给他一封盖了封口印的信，请他转交新王后玛丽-安托瓦纳特。

"夫人，您登上宝座，开始母仪天下，我则已经向您祈求恩惠了。我受的对待太过苛刻。陛下的命令，只可能把我与家人，与我的姑嫂侄女分开。求您帮我说说情，让国王允许我携带家人前往他指定的退养之地。我迫不及待地服从陛下的命令，马上就动身。……杜巴里伯爵夫人"

伯爵夫人把这封信交给了负责送她前往贵妇桥修道院的警官。她坐着一辆简陋的小马车动身了。家里的女仆争着要跟她走，她只带了热纳维埃芙一个人。一路上很是忧伤，但是伯爵夫人显得既无奈又非常坚强。一天之内，尊贵的地位，奢华的生活，就成了过眼云烟！多大的变化啊！然而，过于动荡的生活，常常让人心神疲惫，人们也就乐得生出退隐下来，图个清静的想法。这是繁忙之后的休息；这是住过宫殿之后，在圣殿下面找到的安憩；这是光彩亮丽的梳妆打扮之后，长久罩着的面纱。始建于加洛林时代①的贵妇桥修道院位于摩镇主教管

---

① 公元751年至987年的加洛林王朝。——译注

区，至今仍如中世纪，被抛在一座森林里面。出生高贵的修女们从德·拉维里利埃尔先生的一封信里得到通知，得知杜巴里伯爵夫人要来，都想看看这个下台的强势女人，便跑来迎接她，看到一个如此美丽的人却又十分低调，都感到惊讶。对于杜巴里伯爵夫人来说，修道院的习惯并不陌生；她还是沃伯尼埃小姐的时候，就开始了修道院的生活，她喜欢这里让人快乐的友谊；她在那些修女脸上看到了一种如此单纯的幸福，如此深沉的平和，以至于一时之间她真想把一生都用来过这种修女生活。在贵妇桥修道院，杜巴里伯爵夫人也许被人看做在圣西尔时的德·曼特农夫人。不久，通过王后格外开恩的命令，她在这里接待了自己的家人，两个姑嫂，侄女，还有几个朋友。她也获得了延请主持吕西安讷修建工程的建筑师勒杜装修自己小楼的许可。勒杜来修道院看她，一如她权势煊赫的日子，其态度恭谨可嘉。艺术家们还是重感情的。为了感谢修道院长帮了这么多忙，杜巴里伯爵夫人对她，对她那些修女同伴极尽殷勤体贴；她给修道院带来一股温馨的快乐气氛，以至于让人怀念这里夜晚的恳挚长谈。伯爵夫人一如平日，心地善良，性格风趣，没有半点虚伪，也没有丝毫放纵。没有一个女人能够和她一样，在最为清苦的生活里寻找快乐。

二十一　路易十六登基——杜巴里伯爵夫人失宠
（1774—1787）

在新的宫廷一切都变了！王后坚持要召回德·索瓦瑟公爵，但是年轻正直的路易十六顶住了她的要求，不过他还没有在这么高的位置治国的思想准备，更谈不上经验，也就无法看出已故国王的三个重臣，大法官莫普乌、德·艾基庸公爵和泰莱神甫，完全能够复兴君主政体，在德·黎世留红衣主教提出的统一条件下振兴法国。再说，当时的法国流行着各种思潮看法，就是最优秀的人才也常常为其蒙蔽、裹胁。新国王无法主宰公众的思想。人们要求他拿出新东西，真正与路易十五的系统背道而驰的东西。可是他第一个选择的大臣德·莫尔帕先生，那么自负，那么浅薄，却是个满足于随大流的角色。因此，旧最高法院的法官们又被召了回来，随之而来又开始了民众的骚乱，路易十五那么巧妙地重组与粉碎的法律机构又开始抗命，又发出抱怨。

以杜巴里伯爵夫人为核心的政权垮台后成立的新宫廷就是这样。她在台上时，那些小册子作者对她攻击犹嫌不够，她下台后流亡修道院了，他们还对她穷追猛打。当时冒出了一些可恶的诗句，是那些受人雇佣，参与攻击诬蔑的诗人写的。那些诗句影射居住在贵妇桥修道院的杜巴里伯爵夫人的生活与流亡：

　　天使在布里的小房间哭着说：
　　桥成了我生命的新纪元；

作为一个僧侣与曼侬·吉卢的女儿，
我出生在甘蓝桥的一个角落；
可那座桥刚刚瞥见我的魅力，
新桥就见到了我最初的武器；
我在交易桥开始卖笑生涯，
贵族、市民、仆人，任谁都行；
点燃激情的放荡艺术
在皇家桥把权杖交到我手；
一个重大事件把我送到贵妇桥，
我生怕命运在这里终结。

　　这首如此平庸的讽刺诗用意很狠，却连一个预言都算不上；因为
杜巴里伯爵夫人不久就获准走出贵妇桥修道院，回她自己在夏特尔附
近的圣-弗兰小庄园。她把凡尔赛那座小府邸卖给了德·普罗旺斯子
爵，用所得的钱买下这块产业。在圣-弗兰，她接待了被放逐到纪延纳
的失势朋友德·艾基庸公爵夫妇，尤其是德·柯赛-布里萨克公爵。从
此，无论健在还是去世，她与这位公爵都维系着一种如此温馨如此和
平的友情。

　　蒂莫雷翁·埃居尔·柯赛·德·布里萨克伯爵是个正人君子，早
在几年以前就体面而无私地对杜巴里伯爵夫人产生了仰慕之情。他一
得知杜巴里伯爵夫人遭受流放的消息，就乔装改扮赶来看望她，甚至
潜入了修道院。在圣-弗兰，在杜巴里伯爵夫人善于以个人魅力和以房
屋的舒适来美化的乡村生活里，他成了夫人最为忠诚的伴侣。然而无
聊还是在杜巴里伯爵夫人身边造成极大的空虚，她不断想念自己在吕
西安讷的小屋。当她通过德·布里萨克公爵得知稍做活动便可结束这
种流亡生活时，便写信给德·莫尔帕伯爵：

　　"伯爵先生，先王去世以后，有人给我送来一封盖有国王大印
的信函，为的是防止泄露国家秘密。我生性健忘，即使知道一些

140

国家秘密，也很快就忘掉了。只有三件事我铭记在心，没齿不忘。一件是先王的大恩大德，一件是我对王储夫人所犯的过错，再一件是当今王后娘娘的既往不咎，宽大为怀。我没做什么坏事，我敢开这个口；我为国家出了力气；然而我没有因此索取一分权利一个衔头。我一心想要获得您的青睐；您有足够的智慧，不会把我看成一个可怕人物，您有足够的绅士气质，不会拒绝让一个女人幸福。我希望到吕西安讷居住，希望上几次巴黎，请求您批准我这些小小的要求。伯爵先生，我向您保证，我不是个危险女人，即使是最最公正的严厉措施，也应有个期限。"

杜巴里伯爵夫人写信求助于王后玛丽-安托瓦纳特的宽宏大量，求助于德·莫尔帕先生的殷勤体贴，并非没有效果。在二十四小时之内，她收到了一个有利于她的期望的答复："伯爵夫人，读到您的来信，我很高兴。是啊，您的流亡生活应该有个期限。您的温顺，您的珍贵品质，还有您在失势时保持的克制，这些，都使您有权得到庄严的赦免；为您争取这种赦免是我的责任。您现在可以住到吕西安讷去了，也可以自由出入巴黎。您对我持有良好看法，请接受我的感谢。伯爵夫人，做您最卑微最驯服的仆人是我的荣幸。德·莫尔帕伯爵。"

旧时的绅士精神就是这样，随和，殷勤，热心助人。杜巴里伯爵夫人重回吕西安讷，再度见到她的小猎场，她喜爱的树木，与已故国王一同栽种的花草，她陈设雅致的套房，挂着由弗拉戈纳尔、韦尔纳、多瓦延签名的精美油画、摆设着中国瓷器、鸟笼、印度屏风、轿子的客厅，没人说得出她有多么高兴。她在那里见到了她的西班牙种猎犬，她的宠物鹦鹉和吕西安讷的黑人小管家札慕儿。不过她也看出札慕儿的性情发生了很大变化，对她失去了原有的尊重。在一些亚洲民族，忠诚拗不过命运，宿命论驱使人们趋炎附势，主人若是从幸福与权力的顶峰跌落，就会受到仆人的抛弃。既然杜巴里伯爵夫人不再是王后，那他札慕儿就要去向在同一个风暴中升起来的新命运致敬。

对于吕西安讷和卢韦西埃纳的居民来说，年轻善良的伯爵夫人的到来是一个盛大节日，因为她是穷人的保护人，是当地的快乐，是乡民眼中的仙女。她并不富有；她没有预见到自己会遭受灾厄，性格又大方无私，不但没有积下财富，甚至还欠下一百五十万法郎债务。唯一值点钱的东西就是她的钻戒。她希望路易十六和王后继续给她发放全额，或者部分津贴，要不，就买下她最贵重的钻戒。因此，她继续做她的施舍，继续过她的节庆，继续办她的盛宴，适度而让人开心地挥霍着她的钱财。没有一个朋友抛弃她：德·艾基庸公爵，德·布里萨克公爵，德·黎世留元帅，德·苏比兹亲王经常来到吕西安讷，好像要在此唤回逝去的时光。

　　大家不怎么说话，要说，也是悄悄地说。大家在虚假的表象下叹息这个创新政体断送了王国的寿命和王冠的威信。德·米罗梅尼尔①这个轻浮虚荣的人郑重其事地召唤最高法院，德·莫尔帕伯爵则把权力交到圣-日耳曼伯爵②、图尔戈③和马勒泽尔布④那些令人无法忍受的搅动思想观念、能力平平但野心勃勃的革新者手里。随着他们的权力而到来的，是暴乱，抗拒，血流成河。已故国王的朋友眼睁睁地看着恐怖事件一步步迫近。在这种预见得到的危险之中，杜巴里伯爵夫人承诺忠于王后玛丽-安托瓦纳特，因为她已经在战战兢兢地注视着旨在搞垮断送王后的阴谋。

　　在吕西安讷的小屋，杜巴里伯爵夫人荣幸地接待了许多宾客，其中就有约瑟夫二世⑤。一如当年彼得一世⑥探望德·曼特农夫人，这位皇帝也前来探望杜巴里伯爵夫人。不过不同的是，彼得一世对德·曼特农夫人始终冷漠，近乎无礼，而约瑟夫二世却殷勤体贴，他挽着杜巴里伯爵夫人的手臂，走遍了吕西安讷小花园的每个角落。杜巴里伯

---

① 1723—1796，法国贵族，曾任路易十六朝的大臣。——译注
② 1690? —1784，法国贵族，冒险家。——译注
③ 1727—1781，法国政治家，经济学家。——译注
④ 1721—1794，法国法官，国务活动家。——译注
⑤ 1741—1790，日耳曼皇帝，1765—1790 在位。——译注
⑥ 1672—1725，俄国沙皇，1682—1725 在位。——译注

爵夫人每天操心的事，就是让人不断重复她对王后玛丽-安托瓦纳特的忠诚。当伯爵夫人感谢一个做皇帝的人前来探望她给她带来的荣幸时，约瑟夫二世回答说："夫人，美丽才是永远的王后。"杜巴里伯爵夫人在吕西安讷的小花园里漫步的时候，常常会忧伤地坐在已故国王钟爱的椴树下面；眼睛里潸潸流出大颗泪水。有几次她甚至穿着丧服。朋友们劝她出门旅行散散心：她到自己的圣-韦兰小庄园小住一段时间，这个坐落于奥尔良省腹地的美丽花园草木繁盛，一派意大利风格。接下来她又去了纪延纳，到德·艾基庸公爵家小住。与杜巴里家有联系的图卢兹贵族都高兴地前来看望她。

唉！在凡尔赛一切都在继续动摇。国王路易十六时而软弱，时而强硬，既希望获得好处，又希望猎取民望，态度就从节节抵抗转到最为可悲的让步。国王虽然是个诚信君子，坦荡好人，身边的人、整个宫廷却比路易十五时还要腐败，更会耍阴谋玩诡计。连贵族也不成其为贵族了。王公贵胄不惜为一些女戏子而倾家荡产；在长野跑马场，这些女戏子骑着套上金鞍的骏马，披着象牙串成的大贝壳，来观看比赛。人变得慷慨豪爽，挥金如土，却不尊贵。英国人与美国人的思维方式侵入一切。几个心怀大志，或者着迷于启蒙理论的绅士，诸如拉法耶特①、利央库尔、蒙莫朗西等，开始酝酿共和宪法，而由内克②与克拉维埃尔③先生领导的日内瓦银行则把巴赛尔、纳沙特尔等地的生意人投到巴黎，这种清教徒投机家将取代优雅的包税人。人们谈论的只是内克太太的沙龙了。这是一个女文人。她为伏尔泰立了一尊塑像，希望借此出名。而作为回报，伏尔泰为她题写了一些有趣的诗句。

杜巴里伯爵夫人从此一心只挂记着王后玛丽-安托瓦纳特。在英国，荷兰，出版了一些恶毒攻击可敬的王后的小册子，其疯狂的架势，与当年攻击杜巴里伯爵夫人的小册子并无两样。那些作家连王后的美

---

① 1757—1834，法国大革命的著名活动家。——译注
② 1732—1804，瑞士金融家、路易十六的大臣。——译注
③ 1735—1793，日内瓦银行家，政治活动家。——译注

丽与贞德也不放过。博马舍①被委派去伦敦与那些可怜写手谈判，当年他也曾被派去与攻击国王宠姬的作者交涉。在可悲的项链案件②中，知道那些钻石底细的杜巴里伯爵夫人挺身而出，在巴黎最高法院调查委员会面前，为王后大声作证。她素来与路易·德·罗安亲王交情不错，可是为了王后的名誉，她牺牲了这份友谊。她毅然捍卫王后的举动感动了玛丽-安托瓦纳特，从此她知道杜巴里伯爵夫人的忠诚可以指望。

这是杜巴里伯爵夫人与德·柯赛-布里萨克伯爵关系最好的时期。他们开启了这种和善良温馨的友情一样互相尊重和令人喜欢的通信联系，除了他们两人鱼来雁往之外，德·布里萨克公爵的女儿德·莫尔特玛夫人也加入进来。伯爵夫人珍惜这种来往，尤其是她已经失去了所有朋友，她的和已故国王的朋友：德·黎世留公爵、德·苏比兹亲王、大法官莫普乌。他们死得恰是时候，正是一个自我断送的政权显现出新趋向的时候。当杜巴里伯爵夫人到了回首往事的年纪以后，有多少次会为自己曾经支持了大法官莫普乌的坚强政体而感到庆幸！在听到最高法院的传闻、街头暴乱的喧闹，和司法界那些叫嚣的时候，有多少次她的记忆中会浮现出查理一世的肖像？那是画家范狄克的作品，她把它送给了路易十五。不过当现时如此快速又如此不可避免地行走时，回到过去又有何益？历史已经触及了1789年的法国革命和全国三级会议。

---

① 1732—1799，法国作家，政治活动家。——译注

② 路易十五生前曾订制一副项链欲作为礼物送给杜巴里伯爵夫人，但是没等到交货就去世了。德·拉莫特夫人打着王后玛丽-安托瓦纳特的名义购下这串项链。德·罗安亲王从此案中被骗走一笔巨款。——译注

二十二　杜巴里伯爵夫人对王后的忠诚——
吕西安讷小屋遭劫（1788—1792）

随着由国王主持的显贵会议和全国三级会议的召开，挟带着腥风血雨的风暴在天边酝酿。准备实施民主暴力的狂热分子、傻瓜和阴谋家们在他们的作品上大步行走，却并不确切知道会产生什么影响。让·杜巴里伯爵本人成了明显的最高法院分子，被任命为图卢兹国民卫队的上校，不过这支队伍的军服是他出钱置办的，因为他占据了一个深为市民所喜爱的崇高职位。一如所有绅士，他略微喜欢花钱，有些不满，也有些革新精神，于是一头扎进了汹涌澎湃的革命大潮。最初的动乱，贵族是一大主力。许多绅士以为回到了投石党运动①的年代，另一些人则认为爆发了一种英国式的革命。只有民众不愿意发生这种运动：他们敬爱天主和国王。在很大程度上是贵族驱使民众走进革命，因为他们败坏了民众的信仰。当民众不由自主地走进革命以后，他们就愿意留下来成为主宰，而且他们也这样做了，因为这是他们的权利；贵族们让民众认识了自己的权利，活该他们倒霉：民众的行动很合逻辑；人家既然把权力交到他们手上，他们使用权力，保管权力，也就是天经地义的事情。

在这种闹哄哄的大人的组织里，尤其让人无法忍受的，还不是政治大会本身，因为它是一个合法的立宪的权力，而是那些临时拼凑的

---

　①　1648—1653 在法国爆发的政治动乱。巴黎最高法院因为提出要限制君主权力，是动乱最初的主力之一。——译注

市镇政府，1789 年之后在乡村区镇成立的闹闹嚷嚷的俱乐部。任何稍微高一点大一点的权力都尊重自己，也尊重他人，可是谁能够为那些穿木鞋的小独裁者，那些戴红色无檐帽的小酒店老板、看门人、学校老师、俱乐部的报分员的行为负责？那些人仇恨上流社会的一切。凡是保持了优雅风度和白嫩纤手的人，都是他们仇恨的目标。因此，在卢韦西埃纳也成立了一家俱乐部。杜巴里伯爵夫人在那个地方做了很多善事：收养孤儿，设立济贫院，发放退休津贴，施舍穷人，给工人提供工作。那家俱乐部的核心人物就是杜巴里伯爵夫人的仆人：膳食总管、园丁。而这个由跑腿仆人组成的反叛团体的头头就是札慕儿，饱受杜巴里伯爵夫人恩惠的小黑人。他当时自称是富兰克林①和马拉②的朋友。札慕儿成了卢韦西埃纳和凡尔赛区俱乐部的主要鼓动者之一。人们曾多次说，最该做的事情，就是瓜分土地。而札慕儿几乎知道女主人的所有秘密。对于头领们来说，这个能够把杜巴里伯爵夫人身体与财产都交给委员会的小鬼头，是让人多么钦佩的诱惑！

这期间杜巴里伯爵夫人在吕西安讷深居简出，谨言慎行，保持最明显的低调，好让人家把她忘记。可是却爆发了有关杜巴里伯爵夫人的一大新闻：在那个偷盗与抢劫的年代，1791 年 1 月 14 日，巴黎的屋墙上贴满了告示，上面写着这样的话：

"2000 路易补偿。1 月 10 日夜里，杜巴里夫人位于玛尔利附近的吕西安讷城堡被盗走以下财物。此处列出珠宝盒所藏珠宝：宝石，白钻与黑钻，海藻，细珍珠，祖母绿，红宝石，蓝宝石。"好像是魔棒一点，印度加尔各答宝库的门就打开了，里面的珍宝哗哗地流出来。

这些钻石是真的被盗走了，还是有人编造出一次盗窃情节以便为它们安排一个高贵而秘密的去处？过了几天，英国报纸宣称，盗走杜巴里伯爵夫人珠宝盒的窃贼在伦敦一家小酒馆被捕获。

---

① 1707—1790，美国政治家，《独立宣言》签名者之一。——译注
② 1743—1793，法国大革命时期的政治家。——译注

以此为由，杜巴里伯爵夫人立即致函吕西安讷市镇会议，申请一份去外国的护照；市镇会议毫不迟疑就予以批准。杜巴里伯爵夫人还从荷兰银行家范德纳耶父子那里取得了无限额的信用证。那家银行当时设在维维安纳街，好久以来就与杜巴里伯爵夫人有生意来往。范德纳耶父子是伯爵夫人贴现银行股票的保管人，又受托为她变卖若干钻石，因此对伯爵夫人非常忠诚。从这对父子与杜巴里伯爵夫人的来往信件还可以看出，他们曾力图以最低价把她的钻石放在荷兰保管。"镶钻耳环，犹太人只出 6 万利勿；戒指，2.5 万利勿；琢磨过的钻石，1.8 万；其余的拢共 15 万。"

杜巴里伯爵夫人于 1791 年 4 月 4 日到达伦敦，持有的是合法的法国护照；范德纳耶父子两位先生给他们有业务联系的银行开具的是没有限额的信用证："杜巴里伯爵夫人可以信任。她要求的数额，您都可以予以满足。"从革命法庭宣读的一些文件可以得知，杜巴里伯爵夫人只是为了帮助被公安委员会称作流亡贵族的人发动叛乱才去伦敦的。公安委员会通过间谍获取情报，他们得知伯爵夫人出手豪爽大方，把她从路易十五那里获得的钱财都拿了出来，用于营救王后的事业。在伦敦，她见到了最高层领导人。皮特先生[1]亲自对她做了一次公开探访；这真是极不慎重的举动！杜巴里伯爵夫人以她素有的轻率冒失四处奔走，直面危险，却似乎全然不知危险为何物。她关心一些与她的归返无足轻重的事情：她甚至写信给吕西安讷的管家，要他"九月份熬果酱时，小心火候，不要像往年那样熬煳了"。

1791 年 12 月，杜巴里伯爵夫人回到吕西安讷。当时革命似乎暂停了一段时间，或者更确切地说，在政治形式上暂停了一段时间。立宪党人拉法耶特、诺阿依、利央库尔、奈尔保纳以为 1791 年的宪法能够自我启动，独自运转。对三月田园街请愿者的暴力镇压暂时压制了无政府主义。当人们给国王安排一支立宪派的卫队时，杜巴里伯爵夫人的朋友德·柯赛-布里萨克公爵被任命为上校。从这时起，他就成了最

---

① 1759—1806，英国十八世纪政治家，曾任首相。——译注

邪恶、最阴险的小集团，刚刚遭受狂热的山岳派①吉隆德党②检举揭发的目标；只有雅各宾党人③还有逻辑头脑，能够对国家进行管理。根据布里索④的报告，德·布里萨克公爵遭到逮捕。

这个消息很快就传播开了；德·布里萨克公爵高贵而温柔的女儿德·莫尔特玛公爵夫人写信给杜巴里伯爵夫人：

> 德·莫尔特玛夫人荣幸地向杜巴里伯爵夫人表示一百万个问候，并且请她告诉她父亲的消息。如果她不是害怕打扰杜巴里伯爵夫人，她本会更早往吕西安讷写信的。她请杜巴里伯爵夫人接受她的崇高敬礼。

德·莫尔特玛夫人有理由为德·布里萨克公爵先生担忧。在一个选定的时刻，他被吉隆德党人指定为送交奥尔良高等法庭审判的受难者之一。囚徒们挤坐在几辆马车上，从凡尔赛开始上路。在奥朗日里他们受到一伙强盗的袭击，德·布里萨克独自进行了英勇的自卫。这个身穿囚服的老军官从一个行刺者手里夺过一把大刀，抢得团团转，砍死砍伤好几个强徒才倒下。如果1789年被处决的人都表现出这种决心，马拉、卡米依·代斯穆兰、塞尔让、帕尼斯领导的那些土匪强徒会吓得躲进地窖里。只有在正人君子面对恐怖引颈待戮时，那些无政府主义分子才敢恣意妄为。

德·布里萨克公爵对于自己的死亡早有预感，他在被杀前几天给杜巴里伯爵夫人写信说："今早收到了最为温馨的来信。是长期以来一直让人魂牵梦绕的人寄来的。我为此谢谢您。是啊，我在生命的最后时刻想着的就是您。我呻吟，我颤栗；永别了，亲爱的心肝宝贝。"

这封用亨利四世的笔调写的信才寄出几天，就发生了极为残忍的

---

① 法国大革命时期的一支政治力量。——译注
② 法国大革命时期的一支政治力量。——译注
③ 法国大革命时期的一支政治力量。——译注
④ 1754—1793，法国政治作家，吉隆德党人的首领。——译注

一幕。9月4日，有人听见吕西安讷城堡周围响起一片杂乱的人声。一些贫民用一根梭镖顶着一颗人头，上面写着"这是布里萨克"的字样。这些疯狂得失去理智的人把头颅扔在城堡的挂衣间里，对杜巴里伯爵夫人大声吼道："这是你情人的头颅。"不过这只是一个残忍的恐吓：这并不是德·布里萨克公爵的头颅。贫民们演出这幕假戏，为的只是要刺穿一个可怜妇女的心。杜巴里伯爵夫人极其痛苦，在写给德·莫尔特玛夫人的信里，她吐露说："夫人，对于您刚失去亲人的痛苦，谁也没有我这样感受至深。希望您不要看轻我没有更早地写信来安慰您、与您一起流泪的原因。我怕增加您的痛苦，不想对您提起此事。世事不公已经达到顶点！一个本该那么辉煌的命运！可落得什么结局呀，伟大的天主！夫人，您可怜父亲的最后一个愿望，就是让我像亲姐妹一样爱您。这个愿望正合我的心意，我不可能不把它实现。杜巴里"

两个深陷痛苦的女人互吐苦水，倾诉哀伤，使她们友情更为亲密。杜巴里伯爵夫人虽然比过去谨慎一些了，但还是下决心去伦敦作一次新的旅行，借口还是从前那个，寻找偷盗她钻石的窃贼，其实大概是去继续她与国王家庭先前开始的秘密谈判。不过，她一切都按规定办，让人确信她作为公民所具有的爱国情怀，向凡尔赛区政府申请了护照。她保证不满一个月就回。护照经过了外交部长，"平头褐发"的签证，然后转给国民公会各委员会会签，已取得其最大的合法性。杜巴里伯爵夫人于 1792 年 12 月 14 日离开巴黎。其时正是国王路易十六受审期间。吉隆德党人把路易十六交给山岳派，以便让一个没有能力的政权再苟延残喘几个月。注意力被吸引到那方面的人不大关心杜巴里伯爵夫人此次出行。不过在英国安插了很多间谍的公安委员会却对杜巴里伯爵夫人在伦敦起居住行的所有细节了解得一清二楚。在那里她以王后的名义会见了德·卡洛纳先生①，还见了洛林家族的各个君主，罗安家族的人，以及英国政府的一些大臣。1793 年 1 月 25 日，在发生了恐

---

① 1734—1802，法国政治家，1783 年到 1787 年任财政总监，因所主张的改革遇到特权阶级反对，被迫辞职。——译注

怖的 21 日灾难之后，她身着丧服在伦敦出席了为法国国王路易十六举行的安魂仪式。伯爵夫人又一次回忆起她在出示范狄克的杰作查理一世画像时对路易十五说的预言。

在公开表现了如此明显的保皇派倾向之后，杜巴里伯爵夫人还急着回到法国，因为她说，她已经在吕西安讷市镇会议作了保证。她这个冒失的决定，除了极为轻率或者极为忠诚之外，再也没有别的解释。因为鉴于法国当时所处的那种特殊与恐怖状况，她还守信重诺，看重荣誉，真是大错特错。皮特先生这位伟人曾向杜巴里伯爵夫人预言雷古律①的命运。可是杜巴里伯爵夫人急着回国，要重见她的吕西安讷，重见她那迷人的小树林；要重见五月的吕西安讷，那座阿尔米德②的宫殿，那俯临塞纳河、繁花盛开芳香四溢的山冈。

---

① 公元前 3 世纪古罗马的将军，以爱国著称。他因战败被俘，被迦太基人派回罗马商谈和约，他劝阻同胞接受赎回战俘的条件，回迦太基后被折磨至死。此处当是暗指杜巴里伯爵夫人回国的命运。——译注

② 意大利诗人塔索《被解放的耶路撒冷》里的伊斯兰教女魔法师，因为爱上了信奉异教的十字军将士雷诺而出名。此处当指杜巴里伯爵夫人因为爱乡而返回敌对的法国。——译注

二十三　札慕儿——杜巴里伯爵夫人被捕——
杜巴里伯爵夫人受审，在革命断头台上丧命
（1792—1793）

从吕西安讷发来的消息让杜巴里伯爵夫人心里发冷；她希望亲临现场，结束这种暴力状态。可鄙的札慕儿一如阿拉伯故事里的那些心肠歹毒的黑人阉奴，霸占了城堡的房间；管家、餐厨长这些俱乐部里的铁杆革命党人，则把那些土地分给了自己。这些尊贵的公民个个都想永远占有吕西安讷那些附属建筑。杜巴里伯爵夫人性格极其轻率，不可能将法国这种非常简单的利益局势研究透彻。那些霸占了流亡前贵族的财产的人，此时没有别的心思，一心想的就是将前贵族斩尽杀绝，好成为那些财产的永久主人。18 世纪疑心过重，不可能相信那些传播什么旧时主人的阴魂回到城堡地下的德国传说。革命就像德国诗人席勒笔下的那帮强盗，一齐高唱着：

人死不复生，阴魂不会回。

吕西安讷和卢韦西埃纳的老实居民和温良的耕读人家带着感激的心情欢迎他们的恩人杜巴里伯爵夫人回来，但是那些占据了城堡的俱乐部成员却不是这样。他们的头目是一个平庸的，像革命时期法庭的发言人一样可怕的文人：他名叫格莱夫，在文件上签字时和札慕儿一样，签的是"富兰克林和马拉的朋友"。这些俱乐部成员与黑恶势力串

通，向公安委员会的特派员埃隆报告，说吕西安讷城堡藏有大量财富，说杜巴里伯爵夫人与亲王们与流亡贵族暗中勾结，图谋不轨。格莱夫并且为此给国民公会写了一份诉状。杜巴里伯爵夫人为自己辩护，说她的护照经过了公安委员会的审查，并且由"平头褐发"签发。国民公会将她的问题立案，下令进行调查，因为情况如果属实，就马上要绳之以法。

1793 年 7 月 3 日，公安委员会还是根据格莱夫和卢韦西埃纳俱乐部的是乌兰德、大卫、瓦迪耶、帕尼、约各、拉维孔特里等人，执行逮捕令的任务就交给了埃隆，搜索流亡贵族和财产、珠宝首饰的任务则交给他的朋友，住在城堡里的文人格莱夫。杜巴里伯爵夫人被匆匆唤醒，直接从吕西安讷押解到圣-佩拉吉监狱。这还不是死刑；圣-佩拉吉只是一座关押嫌疑犯的监狱。在那个自由的年代，巴黎有六千多嫌疑犯掌握在那些一再声称要拆毁巴士底国家监狱的人手里！当时的监狱成了那些亲密朋友圈子的居留所；他们在里面演戏、唱歌。人的身份等级和社会地位在里面得到维系。就像是布列塔尼城堡里那种夜晚的聊天，大家坐在那张大桌子周围，女人们一边绣花，一边听着古老的传说。

在那段时间，吕西安讷始终处在札慕儿、格莱夫、厨房领班萨拉纳夫、园丁弗尔蒙的支配之下，他们在路易十五喜欢的可以坐收整个塞纳河谷景观的小客厅里组成了一个俱乐部。在暴君路易十五这间沙龙里，吹着习习的晚风，文人格莱夫坐在长沙发上，一边啜饮着醇美的阿依葡萄酒，一边写着什么爱国文章。根据他的揭发，公安委员会逮捕了范德纳耶父子两个荷兰银行家。他们的罪行是为在伦敦的杜巴里伯爵夫人提供巨款，其实这种普通而常见的银行业务，被他们用来作为侵吞占有巨额财产的借口。范德纳耶父子拥有巨额财富，而眼下正是对旧制度的阔佬进行选择性掠夺的时代。以阿莱为榜样的日内瓦加尔文派投机家那帮冷漠家伙对旧制度下有钱人的迫害也是一样。他们为革命购买国家财产提供担保，教堂里的圣瓶，大师们的油画，城堡富有艺术价值的木构件。他们在吕西安讷到处搜索，寻找珠宝首饰、贵重银器和艺术品：在这场洗劫中，什么也没有放过。公安委员会的探子总是有理由来没收那些金银艺术品：古老的徽章、封建时代的纪念品、贵族头衔证书。总之，革命党人把旧制度的饰品塞进口袋，据为己有。塞尔让①的玛瑙和家具寄存库的失窃事件，现在谁不记得？

很快，杜巴里伯爵夫人就被传到公安委员会，就人家指控她的事实，经受了第一次讯问。在此笔者应该提请读者注意伯爵夫人的回答：

"您叫什么名字？出生在什么地方？从事什么职业？"

"我名叫让娜·沃伯尼埃，出生在沃库勒尔，现年42岁，是纪尧姆·杜巴里的分居的妻子。"

"您是什么时候上宫廷的？"

"我是1769年进宫觐见的，在宫里一直待到1774年。然后我就不再在宫里露面了。"

"您花费的是哪个户头的钱？您收到的款子是从什么地方拨付的？"

"我花的是国王路易十五的钱，是国王的银行家勃容打来的款子。"

"您与末代国王是什么关系？"

"没有别的来往，只有清偿债务的关系。我把我在凡尔赛的庄园卖给了国王。我还欠了50万法郎债。我本来希望用那些被盗的珠宝首饰偿清债务。"

"您去了几次伦敦？"

"去了好几次，跟踪我被盗的钻石案件。头一次1791年2月17日动身，一直住到3月2日；第二次1792年4月4日动身，住到14日，第三次1792年11月，一直待到1793年3月9日，三次去，都是持合法护照，得到政府委员会的批准。"

"在伦敦见了什么人？"

"都是我在巴黎与凡尔赛的朋友，德·卡洛纳先生，德·普阿和

---

① 1751—1847，法国大革命的积极分子，曾参加多个行动，包括1792年9月16—17日闯入杜伊特里宫、抢劫家具寄存库等。时人指控他将受害人财物，包括一颗著名的玛瑙在内据为己有。——译注

德·罗安两位亲王。"

"您的钱是从什么地方来的?"

"范德纳耶父子两位先生给我开了一张信用证,从他们银行在伦敦的关系行借钱。"

讯问完成以后,公安委员会的一纸逮捕令命令将前杜巴里伯爵夫人带到革命法庭受审。杜巴里伯爵夫人被一个悲惨的偶然事件带到巴黎裁判所附属监狱。在那个断头台的前厅里,她发现自己被关在玛丽-安托瓦纳特待过的同一间牢房里。真是离奇的死亡游戏!从前在凡尔赛的花园里和走廊里,这两个风华绝代、光彩照人的女人,身边围着大群廷臣,不时地竞争斗狠,互不买账,现在却先后住进了同一间牢房。照看她们是同一个名叫理查德的女人,那是个优秀的家庭主妇,是为断头台服务的女仆,她的性格是那样沉稳,每天早上都在大车到来之前不久煮好奶油咖啡,也不管来的是中央菜市场运送蔬菜的大车,还是拉犯人的囚车。

福吉埃-坦维尔写好了指控杜巴里伯爵夫人的起诉书,对王后玛丽-安托瓦纳特的起诉书也是他写的。他对这两个女人毫不怜惜,用上了对古代梅莎琳①和阿格里里皮娜②的形容语,因为福吉埃-坦维尔是阿拉斯演讲学校培养出来的出色的文科学生。在法国大革命期间,我们说不清对布鲁图斯、卡西乌斯、珊贝那些古罗马政治人物的研习揣摩究竟杀了多少人。福吉埃-坦维尔搜集了杜巴里伯爵夫人人生最得意时期在荷兰与伦敦出版的所有小册子,从中剔出于他有用的垃圾,来指控杜巴里伯爵夫人,一如他对王后玛丽-安托瓦纳特所做的那样,他还扔出他的炸雷,指控暴君路易十五及其"宫妓"的放荡行为:革命党人是那么贞洁、那么纯洁!

---

① 25—48,古罗马皇帝克劳德的第五个妻子,生活放荡,有政治野心,被克劳德指使人谋杀。——译注

② 古罗马贵妇,先后嫁予执政多密修斯和皇帝克劳德为妻。她与前夫多密修斯生的儿子尼禄当上皇帝之后,派人将其谋杀。——译注

在共和二年霜月 17 日①，天气阴沉、寒冷。杜巴里伯爵夫人面对革命法庭的法官，坐在长条木椅上，听候审判。在她身边，坐着荷兰银行家范德纳耶父子，一个年纪虽然几乎老迈，但是目光坦然、平静，好像准备结清最后一笔现金来往账目，另一个年纪虽轻，但因为具有良知，而显得沉稳自信，准备顺从命运的安排。一般而言，旧制度下的银行家与包税人，上流社会幸运与富裕的家伙，死的时候都能保持有教养者的尊严。杜巴里伯爵夫人穿着丧服，头发变成了灰白色；上面插着一些玫瑰花，由一根丝带扎着。玫瑰已经枯萎，花粉尽失，花瓣一片片掉下来，落在她瘦削的肩头。

由杜马主持的这个革命法庭，法官中间坐着雅各宾党人德尼塞、大卫、夏尔·布拉维（自称沃尔夫的书记员）；在被审者中间坐着特兰夏尔、普里厄、拜利翁、梅西埃、托庇诺－勒勃伦、洛姆、桑布克、维拉特和帕延。福吉埃-坦维尔在这些恐怖和兴奋得狂热的人面前，宣读他那份离奇乏味的公诉书。杜巴里伯爵夫人被再次审问，她的回答也和头次一样，不过声息更为虚弱。伯爵夫人回答之后，可耻的小黑人出面了。那个卑鄙的畜生，德·孔蒂亲王与杜巴里伯爵夫人的教子札慕儿出来作旁证了。在揭发女主人之后，他还说了这段话："我名叫路易·札慕儿，现年 31 岁，出生于孟加拉，现受雇于凡尔赛救国委员会，居住在凡尔赛法政街。从六岁起被前杜巴里伯爵夫人收养。我曾经劝说她将部分财产交给国家。可是她不但不听，反而继续接待一些贵族。而且，由于我经常与一些善良的爱国者，富兰克林和马拉的朋友来往，她竟敢对我说，限我三日之内离家。"

杜巴里伯爵夫人凛然不可侵犯地回答说："说我接待一些贵族，这是不实之词。至于此人声称的所谓劝说，我从不曾从他嘴里听到过。关于勒令他搬出去一事，倒确有其事，事由也与他所述一致。"伯爵夫人轻蔑地看了札慕儿一眼。

---

① 霜月法国大革命时制订的共和历第三月，相当于公历 11 月 21—22 日至 12 月 20—21 日。共和二年霜月 17 日即 1793 年 12 月 7 日。——译注

这时文人格莱夫从证人席上站起来，从他不急不慢、十分做作的话里听得出，他已经搜查了吕西安讷，从中查获了一些镌有路易十五、摄政王和安娜·德·奥地利①的头像的金银器物。

"我认为，而且大家也可以从她进宫的事实来判断，被告拥有数额巨大的财富，18万利勿年金，还有价值几百万利勿的钻石。"

"这位先生说得不对。"杜巴里伯爵夫人立即反驳，"我只有一些债务在身。而且，自从我的首饰被盗以来，我就只剩了一些不值钱的东西。"

"不过我曾看见女公民在伦敦，"另一个证人，公安委员会的探子，大众作家布拉什说，"路易十六被处死的那几天，我曾看见被告穿着丧服，在伦敦探访赫宁亲王、卡洛纳，甚至共和国的敌人皮特首相。"

"1月21日我是穿的黑色连衣裙，因为我在外旅行时从不穿别的颜色的衣裙。我在伦敦探访的人都是我的朋友。我和他们在一起从不谈论政治。"

法庭指定的辩护人索沃-拉加德说了几句话，为杜巴里伯爵夫人作了尽可能简短的辩护。庭长杜巴就匆匆忙忙地用下面这番概述结束了法庭辩论："被审判的公民们，不久以前，你们曾揭发了暴君妻子的谋反活动，而这一次，你们得揭发暴君前任之宫妓的阴谋。你们面前就是这个以荒淫无耻、出卖色相出名的拉依丝②。不过你们现在要做的不再是揭发她先前的罪行；你们的注意力不应该盯在那方面；你们应该断定这个出身于民众的梅莎琳③是否阴谋反对民众的主权与自由，是否与共和国的敌人勾结串通、沆瀣一气。"

说了这番开场白以后，这位庭长大人就通过那些密探的证词与提交给公安委员会的书信，确认杜巴里宫妓将她的部分钻石用来为玛丽-安托瓦纳特王后服务，并且阴谋将暴君及其伴侣营救出狱。

---

① 1601—1666，奥地利女大公、法国王后，路易十三的妻子。——译注
② 古代希腊有几个著名妓女都叫拉依丝。——译注
③ 15—48，罗马皇帝克劳德之妻，因生活放荡而出名。——译注

陪审员们只审议了五分钟，对罪行的认定就取得了一致意见，于是庭长用这番话宣布休庭："根据陪审团大声宣布的意见，法庭宣布，家住吕西安讷的前宫妓让娜·沃伯尼埃，杜巴里之妻，已被证实为一个以推翻共和国为目的的阴谋活动的始作俑者或者同谋；现判决其死刑，并没收其财产上缴共和国；根据公诉人的意见，判决将于24小时之内在革命广场执行，并且在共和国的所有乡镇张贴布告。"

迄至此时，杜巴里伯爵夫人尚未意识到她的危险；听到最后的判决，她的脸刷地白了，两条大腿簌簌发抖，法庭只好派人把她架回监狱。有人指责她这种软弱。一个养尊处优、长期受温馨情感滋润，过惯了快乐日子的女人，没有殉道者那种刚强的灵魂！只有坚信天堂的传说或者后代昌盛的人，才可能无视断送台，冷眼看着那大铡刀落下，身首分离的可怕一刻。在那最后的时刻，对于未做临终圣事，没有思想准备的人来说，各种疑问汇集心头！在不信宗教的人看来，死亡为何物，是永远的黑暗，还是耀眼的光明？是天堂还是地狱？是虚无还是新生？而且，一把大屠刀，像宰杀牲口一样带来的死亡，又是什么样的死亡！难道一个纤弱女子，一个温和缠绵的女子，在遭受酷刑的时刻，连感受一下滚烫的高烧、深度的恐惧都不行吗？与杜巴里伯爵夫人一同被判刑的范德纳耶父子两位先生极其沉着，但是他们的情绪没法让杜巴里伯爵夫人镇定下来。他们没有发出一声求饶的表示。他们看得很清楚，人家是图谋他们的财产。他们带着尊严接受了判决，就像在路途上被强盗抢劫杀害的旅客。

在那个恐怖年代，根本就没有请求赦免，或者缓刑、上诉一说，判决一经宣布，剩下的就是刽子手的事了。人家甚至根本不等24小时的期限，因为福吉埃是这样急于把事情了结！被判刑的人暂时由法院的书记室带到监狱，而公诉人福吉埃-坦维尔公民则扳着指头计算被判刑者数目，好再度征用大车：一个，两个，三个……而且他在干这种屠夫活的同时还要开一些血腥的粗鄙的玩笑。不久，监狱门上就响起大门锤沉重的撞击声，辚辚的大车声指示着行刑车队经过的路线，人群的呼叫从远处通报惨烈的场景。

那一天，共和二年霜月 8 日①，有三辆大车载着 18 名受害人来到刑场。杜巴里伯爵夫人在第二辆车上蹲着。两个银行家范德纳耶父子，一个旺岱省的保皇党人，一个高级军官，还有一个流亡贵族的代表。范德纳耶父子高昂着头颅，面容平静；旺岱省的保皇党人在送灵魂去见天主；高级军官气愤得翘起胡须，朝那群看热闹的贱民吐唾沫；流亡贵族的代表试着发表演说。接下来，可怜的杜巴里伯爵夫人泪流满面，恹恹无力，发出几声悲切的呻吟，面对群众祈求，似乎是期盼饶她一命。这时持枪荷弹的人便策马快走。按照福吉埃-坦维尔的命令，当受害人"引起群众议论"的时候，他们就得这样做。

凄伤的大车经过穆纳街，朝圣-奥诺雷街驶去。当它们到达王宫附近的塞尔让栅栏时，几个穿着贝尔坦夫人服装店时装的漂亮女工走到阳台上。她们看到伯爵夫人，脸上现出的怜悯表情是那样明显，以至于围着大车的大群悍妇冲进商店，要惩罚那些年轻女工：她们竟敢对从前的一个伙伴表示如此自然的同情！

可怜的杜巴里伯爵夫人的呻吟与抽泣撕心裂肺，惨不忍闻。她一脸苍白，披头散发，蹲在要命的大车上，似乎跪在聚集在她周围、为断头刑而疯狂的悍妇们面前。此刻她的全部心思全部祈愿就是活着，活下去！在被带上断头台以后，她还在大声叫喊："行行好，行行好！刽子手先生，再等一会儿！"她周围的一切都安静下来。刽子手们以屠宰场刀手的冷静，一把揪住她；她五花大绑，被扔在血淋淋的台板上；可能过一会儿，刽子手就把她的头颅拿给那群野蛮看客过目；那些看客不愧是将人的野蛮暴烈本性奉若神明的 18 世纪哲学家们的好学生。就这样，当不幸的伯爵夫人把头搁在断头机上时，小黑人札慕儿、虚情假意的诗人格莱夫、密探布拉什在昌西安讷的客厅里举杯相庆，极度兴奋；他们共进一席非常快活，非常文雅的晚餐，他们唱歌，拿那

---

① 作者有误，应为公历 1793 年 12 月 8 日，共和二年霜月 18 日。前面提到法庭审判是在霜月 17 日，行刑日显然只可能为 18 日。——译注

颗落在装红蛋篓子里的漂亮头颅来做填词游戏①。

杜巴里伯爵夫人被处死之后，吕西安讷城堡被拿出来拍卖；那座小楼三钱不值两钱地卖了出去，成了一个革命幸运儿的逍遥宫。那些精美家具则失散零落，有时是被盗，不过最终还是落到闯入巴黎的那些旧货商手里，被他们收去卖了钱。有人在维也纳、伦敦、彼得堡淘到了吕西安讷的挂毯、油画和木构件。玛尔利附近的居民还能出示一些残存的珍贵物件，他们把那些东西当做被人取走了托座的古代首饰，珍藏在他们的小屋里。命中注定应该败落的东西，就让它们败落吧，对于想象来说，它们比笨拙的修复更有意义。既然不能再造就德·米尔普瓦元帅夫人，德·黎世留家族，德·苏比兹亲王，德·艾基庸公爵夫人，那就不必重建一座旧制度的王家小楼了。有人就像在化装舞会上一样改装旧房屋。在那种舞会上，一些新贵想再现旧制度那些美丽的公爵夫人和侯爵夫人，因为那是想表现绅士精神的当代幸运儿在家里举行的假面舞会；一些想模仿凡尔赛和玛尔利的四组舞的优雅的私生子。必须让新一代人拿定主意。对这代人的其他长处，我不表示怀疑。但是他们缺乏明辨是非，分清善恶这个长处。财富、衔头、土地和金钱，这一切他们都从旧制度袭取，但是旧制度的美丽人型、高贵气派、可敬举止，他们却没法拿来。天主安排他们在什么阶层出身，他们就带着那个阶层不可磨灭的印记。

杜巴里伯爵夫人被处决三个月之后，在图卢兹的卡皮托勒广场搭起了另一个断头台。人们看见一个老者迈着坚定的步伐登上那里。他有着一张轮廓分明的脸庞。他就是让·杜巴里伯爵，纪尧姆伯爵的兄弟，从前是图卢兹最有名望的人之一。路易十五去世后，让伯爵从强加给自己的流亡中归来，投入到最高法院的运动中，有一段时间人们言必谈杜巴里伯爵，他已经成了朗格多克的乡亲们引以为荣的人物。我曾经讲述，他当选为图卢兹国民自卫队的上校之后，自己出钱，给手下的所有官兵置办了制服。不久，他睁开了眼睛，看清了眼前的世

----

① 装红蛋的篓子系当时的时髦词汇，指断头台上装头颅的篓子。——译注

159

界，他看到国王被逮捕，王后受侮辱。让·杜巴里伯爵便大声抗议这种可悲的凌辱权力的做法。在图卢兹民众委员会面前受审的时候，让·杜巴里伯爵不屑于回答法官的审讯，他说，他不愿意用残存的生命来与这样的敌人辩论。这个被那些小册子描绘成堕落之人的绅士，是最不怕死、视死如归的大丈夫之一。

图卢兹人保留着对让·杜巴里伯爵的回忆，认为他是一个最为优雅的古董油画收藏家。他对穷人做了许多善事。他失去了唯一的儿子阿道尔夫，年轻的德·图尔农伯爵夫人的配偶。阿道尔夫是在英国的一次决斗中丧命的。杜巴里伯爵夫人分居的丈夫纪尧姆伯爵虽然一度受到恐怖威胁，但还是作为一个有尊严的绅士活了下来。杜巴里伯爵夫人被处死之后，他又娶了妻子，留下一个儿子。这个勇敢的上校胸怀圣-路易和荣誉骑士团的使命，为祖国效力。艾力·杜巴里伯爵又是首任德·阿吉库尔伯爵，相继担任勃斯军团的上尉，皇家科西嘉军团的上校，王后军团的中校，德·阿图瓦伯爵先生的瑞士百人卫队统领，于1830年逝世，时年90，只留下一个女儿，嫁给了德·纳博尔·拉哈伯爵为妻。

非常喜欢她们的嫂嫂杜巴里伯爵夫人去世后，伊莎贝尔·杜巴里与费朗索瓦芝·杜巴里两位小姐还未出嫁，仍在图卢兹生活，从事慈善事业，直到王朝复辟时期开始①。她们每次回忆往事，往往都成了对路易十五的回忆。这位国王的善良与恩惠，在朋友中间留下了难以磨灭的回忆！

---

① 1814年拿破仑垮台之后，路易十六的大弟路易十八上台；1824年路易十八去世之后，由小弟查理十世继位，1830年下台。这段时期史称王朝复辟时期。——译注

民间版《杜巴里伯爵夫人的故事》

一

　　1746 年，在圣母玛丽亚主保瞻礼日的次日，在圣女贞德的故乡，法国洛林省一个小乡村里，诞生了一个婴儿。从母亲这边来说，孩子是圣女贞德的曾曾曾外侄孙女。从父亲戈玛尔·德·沃伯尼埃，一个税所职员这边来说，孩子属于时刻渴望享受宫廷的荣华富贵、眼睛失落在凡尔赛那些富丽奢华、金碧辉煌的景象中的外省小贵族。

　　玛丽-让娜·德·沃伯尼埃出生于 1746 年 8 月 19 日，这个时刻，是不是一个艰难时刻，因为此时的法国需要来自上面的支持，以继续她的远祖圣女贞德的伟大事业呢？孩子的复名，一个取自圣母玛丽亚（玛丽），一个取自远祖圣女贞德（让娜），这是不是说明，她将像远祖让娜保护奥尔良免遭英国人入侵那样，保护巴黎免遭哲学家们和大革命的破坏呢？这一点我们就不去探讨了。她被大富豪、慈善家比亚尔·德·蒙梭先生托到洗礼池接受洗礼①。在洗礼当天午餐时，大家举杯为圣女贞德和德·蓬帕杜夫人干杯。参加仪式的来宾没有料到，他们的碰杯声竟然一直传到了国王路易十五的耳边。

　　让娜非常漂亮；她也喜欢打扮。她希望让别人快乐，也希望让自己快乐。在遇到那些人、百科全书派之前，她的奉承者就是镜子。

　　德·沃伯尼埃小姐由教父安排进一家市民膳宿公寓。公寓坐落在圣-保罗狮子街。在那里，有人给她讲授弗勒里的《教理讲授》。

---

①　意即成为蒙梭先生的教女。——译注

从那里出来，她进了圣-洛尔修道院，差不多学会了绘画的技能；接下来，年满十六岁之后，行为已经放荡的她被人安排进一个时装鞋帽女商人家。那女人住在圣-奥洛雷街，以西岱岛①的方式管理着她的生意。让娜·沃伯尼埃在店里名叫朗松小姐。朗松小姐很快成为店里的红角，那些售货小姐并不为她们的恩宠讨价还价。"恩客多得不计其数，"讲述这些丑恶艳遇的诚实的历史学家说，"这家时装店给德·沃伯尼埃小姐带来了各种身份地位的情人。"其实，这话说得过头了；她要是整天都干那种事，还有什么时间销售帽子？

年满十八岁以后，这位售货小姐已经是个与众多男人有私情的女子了：厨师尼柯拉·马通，德·奥比松伯爵和几个火枪手。然后，她进了德·拉加德夫人家当陪伴小姐。德·拉加德夫人有钱，亡夫曾是个包税人，于是她广结善缘，广交朋友，座中来客多是没有文凭的文人学士，因此可以说她是个民间科学院的女主人。德·拉加德夫人有两个儿子，两人都迷上了母亲的陪伴女而不能自拔，这样一来，就只好请朗松-沃伯尼埃小姐离开她这个新的庇护所了。

双门街给容易失足的姑娘打开了一道门。过于出名的古尔丹夫人就是在那里召集她的会议。她的家朝圣-索韦街也开了一道门。朗松小姐又一次改名换姓：她成了这座后宫天天出场的女宿客之一。在这座后宫里，在苏丹们中间，商人、法官与教士与总督侯爵混在一起。人群里也不缺少产业界的骑士。让·杜巴里伯爵就是其中一个，或者差不多算是其中一个。这个肆无忌惮、海淫海盗的家伙，这个老奸巨猾的野心家，寡廉鲜耻的放荡公子梦想在上层得到一个职位。在他看来，让娜-沃伯尼埃-朗松-朗日就是一份最最别致的请求书。他没有看错。"让娜·德·沃伯尼埃天生就是个做宫妓的材料。她特别渴望得到美好的东西，漂亮的床上用品，富丽的布料，崭新的首饰等等。她的弱点

①　西岱岛是希腊的一个岛屿，是希腊神话中美神阿弗洛狄特的居住地。是爱情之乡。爱神丘庇特被称为西岱岛之子。西岱岛的方式，描以为指爱情方式。——译注

164

是偏离了让人爱上艺术的高尚感觉，当她通过向她那个时代的第一流
艺术家求取雕像、油画，品尝第一流烹饪大师调制的美味，能够在某
种程度上使自己变得纯洁的时候，她就表现了这种高尚感觉。"雷
翁·戈兹兰说，而且切中肯綮。

二

　　君主制度距离垮台还有一步路要走。它之所以修建鹿苑①，是因为当时君主政体还没有堕落到去巴黎下妓院的地步。现在，它要由杜巴里伯爵夫人挽着，下到妓院里去了。

　　杜巴里伯爵夫人的诨名叫后宫朗日，是曼农·莱斯柯②的姐妹。她不去吕西安讷闭门思过，而是去凡尔赛在黄金的漩涡里断送自己。国王的豪华四轮马车难道比风尘女子的大车更值得乘坐？

　　当美人离开外省，来到巴黎，她就找到了自己的归宿。人们授予她城市的权利，她在城里快乐得心花怒放，就像被人们对照温室的娇嫩草木。让娜·沃伯尼埃平生头一次觉得是在自己家里，她觉得自己将要统治在大街小巷奔波，已经欢迎自己到来的路人。

　　她同时学会了时装与爱情。古尔丹的商店让她制作一顶帽子，作为报酬，告诉她怎样使用这顶帽子。

　　可是她被召唤去实践别的命运。

　　有一天她在杜伊勒利王宫花园散步，一个疯子——疯子都有第二种视力——求她将来当了王后，开恩让他做她的朋友。她寻思：这人是疯子。然而她这时想到了德·蓬帕杜夫人，脸一红——这是唯一的一次——就转过脸来遥望凡尔赛宫。

---

　　①　凡尔赛一处僻静的私邸。德·蓬帕杜女侯爵将之改建为别馆，蓄养一些姑娘，供路易十五淫乐。——译注
　　②　18世纪作家普莱沃神甫的著名长篇小说。小说主人公曼农·莱斯柯是个淫荡女子。——译注

不过对于她这样一个全巴黎闻名的姑娘来说，凡尔赛宫是一个出乎意料的海岸。一个做遍所有臣僚情妇的女人，国王难道愿意做她的情郎？谁知道呢？国王乏味了嘛。他不会去找个诗人，来把她比作维纳斯？

　　　　让娜啊，你的美丽
　　　　诱惑、娱乐所有男人，
　　　　公爵夫人脸红没用
　　　　王妃发怒也没用；
　　　　人人都知道维纳斯
　　　　诞生于海的波涛。

　　这个诗人，这还不是伏尔泰，但已经是布弗勒了。

三

1768 年，让·杜巴里伯爵在一张法老的桌子上放上未来命运的赌注，竟然一把赢了。他的赌博对手是勒贝尔，这个没有公文包的大臣负责为大卫王——日渐衰老的路易十五——的炽烈情欲引荐阿比萨格①于是勒贝尔就领着阿比萨格去见大卫王。当夜，一颗新太阳就在凡尔赛冉冉升起。

当时国王刚刚失去王后，还在丧期；他立即穿上了粉红色的丧服。他不能在宫里接纳继承德·蓬帕杜夫人名号的女人，因为让娜·沃伯尼埃当时还未婚配。不过这个难题很快就解决了：1768 年 9 月 1 日，纪尧姆·杜巴里，让·杜巴里伯爵的弟弟，在圣-洛朗教堂挂名娶了几乎是王后的让娜·沃伯尼埃小姐，奥特依的公证人勒坡起草了对放荡的司卡班们②极为有利的婚约，因为司卡班保证让古尔丹的前合伙人使用杜巴里伯爵夫人的合法头衔。

德·格拉蒙公爵夫人与其兄长德·索瓦瑟公爵密谋反对这位在竞争中胜出的美女，可是没用。《新闻在手》那些手抄的地下报纸抗议这位在"好人家"学到一些东西的女君主，没有用。街头歌手在每个十字路口翻来覆去地唱《美丽的波旁女人》那些粗鲁的骂人的副歌，没有用。伏尔泰本人从流亡地发出那篇言辞犀利的檄文《各自为政的地

---

① 《圣经》里的美女。——译注
② 法国剧作家莫里哀的喜剧《司卡班的诡计》中的人物，是个机灵的仆人，常为主人做出头人。——译注

方》，没有用。杜巴里伯爵夫人有德·艾基庸公爵、德·黎世留元帅和路易十五，或者，如她自己说过的，整个法国为她撑腰。她不久就让国王的几个女儿在家里接待她，她也有权用国王为几个爱女取的美丽的乳名"洛克""希弗"和"格莱依"来称呼维多利亚、阿黛拉依德和索菲。最后，1770 年 4 月 22 日，德·贝亚纳夫人，一个年老的诉讼人，一个官司和债主一样多的女人，一个严格意义上的德·潘拜什夫人[①]，在打赢官司、结清请人写诉状的费用之后，竟大胆把迄今为止只在凡尔赛的卧室里充王的女人领进国王的客厅。同一天，职员戈玛尔的女儿被德·奥尔良主教、德·苏比兹亲王、德·圣-弗洛朗丹先生，德·特雷姆依公爵、德·杜拉公爵、德·艾基庸公爵、德·艾延公爵、德·黎世留公爵等法国最大的贵族的私人套房接待。在他们之后，地位比他们还高的血统君主，德·孔蒂亲王的儿子德·拉马什伯爵也接待了她。只有德·索瓦瑟公爵与众不同，始终保持尊严，没有巴结她。

---

① 法国小说人物，一个装腔作势、颐指气使的女人。——译注

四

　　除了德·索瓦瑟先生，整个宫廷似乎都成了杜巴里伯爵夫人的人。为了给她提供住所，路易十五买下了吕西安讷独立门院的小楼。那座房子坐落在一个鲜花盛开的山坡上，视野极为开阔，是一个世纪之前由著名建筑师曼萨尔为路易十五被认为婚生的儿子修建的。不久前因为里面张挂着绘画大师华托充满肉感的杰作，陈设着阿尔格兰①衣袂飘飘的大理石雕像而价值倍增，时至今日，这座小楼仍然张挂着德鲁埃绘制的肖像，摆设着帕约雕塑的胸像。众多高雅的艺术家在那里留下了为他们那个时代美丽而不幸的形象代言人所绘的肖像。

　　莱翁·戈兹兰说："德鲁埃绘的杜巴里伯爵夫人肖像是件不容置疑的杰作。樊迪克没有几件作品能胜过它。额头平展开阔，身体婀娜多姿，穿着一件薄纱裙袍，胸口微微敞开，露出里面的花边襟饰和丰满的胸部。如果要把这幅肖像与什么美丽物事做比较，以增添赏画的快乐，我们可以说它让人想起一只羽毛丰满的小鸟，一朵含苞欲放的鲜花，一只曲项滑水的天鹅，一朵孤挺傲立的百合。这些都是高洁、卓越、温柔多情的生物。"

　　杜巴里伯爵夫人最明智的敌人，不久就为自己辩护，说在这首为尚特卢（CHANTRLOUP）而写，为巴黎全城百姓所传唱的副歌里，没有指责她的意思：

------

　　① 1710—1795，法国著名雕塑家。——译注

在国王陛下的后宫里

谁是最受宠爱的佳丽?

是模样最标致的那个,

最合主子心意的那个。

这是她唯一的衔头,

也是她真正的价值。

伏尔泰后悔未经思考,就对图拉真①的爱妃进行攻击。1769 年 4 月 28 日,他写信给杜巴里伯爵夫人说:"夫人,除了对您这个性别的一般性敬意,我还对接近我们君主,并且得到他信任的所有人表示一种特别的敬意。在这一点上,我不但表现出是个忠实臣民,而且更是个殷勤的法国人。我尊敬神祇,在她对我友好时是这样,在她脾气不好时也是这样。"他在信末的签名是"国王常任侍从伏尔泰"。

下面这些诗句,他就不需要签名了。

夫人,德·拉波德先生对我说,您吩咐他代为拥抱我,亲吻我两颊:

什么?! 暮年得到两个亲吻!

您屈尊赏赐的是什么护照!

敬爱的爱捷丽,一个已经太多,

因为才一贴面我就会乐死!②

他把您的肖像拿给我看了。夫人,您不要生气,我斗胆还给您的肖像两个亲吻:

---

① 古罗马帝国皇帝。此处指路易十五。——译注

② 爱捷丽是古罗马神话中的仙女,曾经启示过罗马王努玛。后来爱捷丽亦指政治家的女顾问,或者启发艺术家灵感的女人。——译注

您不能阻止这份微薄的贡品，

有眼之人都会这么表示敬意：

凡人只能敬爱您的画像，

您本人却是为神祇而生。

也许伏尔泰是在读了国王写给德·索瓦瑟公爵的信之后才写的下面这封信。国王写那封信，是因为德·索瓦瑟公爵不肯承认同居的王后。

"爱卿，您的效力给我引来的不满，迫使我要将您放逐到尚特卢。您立刻就到那里去吧，不要超过二十四小时。如果不是对德·索瓦瑟夫人特别尊重，我本可以把您送到更远的地方。爱卿，借此机会，我祈求天主保佑看护您。路易"

这次放逐，是杜巴里伯爵夫人犯下的唯一过错。对于任何一个敌人，她都不会关闭巴士底国家监狱的大门。她不止一次把羽毛笔塞进路易十五手里，要他签署一道赦免令。

"夫人，"警察总监对她说，"我发现了一个坏蛋，在到处散播攻击您的谣曲。该拿他怎么办呢？"

"判处他唱那些谣曲，给他一些面包。"

可是她犯了一个错误，不该让人发给德莫朗德骑士一笔津贴，以购买他的沉默。

五

　　然而国王寻找一个女人——这个避开哲学家的灯笼走夜路的狄奥热纳①——找到了让娜·沃伯尼埃。他本以为只会爱她一夜，却爱了她整整一天。"这还不够，"让娜·沃伯尼埃对国王说，"您会在光天化日之下爱我。我到底缺少了什么，就不能在宫里被人爱慕？我必须有个家徽？那玩意儿我有很多，因为我被纹章书里提到的所有大家望族的人爱过。"

　　让娜·沃伯尼埃曾请求情郎让·杜巴里子爵给她一个子爵夫人的头衔。"好哇，"让·杜巴里子爵叫起来，"我给您一个伯爵夫人的头衔：我兄弟该结婚了。他是个放荡男人，你是个放荡女人，多么匹配的婚姻！"

　　于是这对绝配受到众人的祝福。没过几天，还很新鲜的伯爵夫人就被一个老牌伯爵夫人——德·贝亚纳伯爵夫人领着，介绍给宫廷。伏尔泰王爷曾通过一篇讽刺性作品《各自为政》对此表示不满。德·索瓦瑟表示抗议，法兰西表示抗议，但是整个凡尔赛宫廷都疯狂地拜倒在伯爵夫人脚下。

　　就连国王的几个女儿也都急忙忙地向伯爵夫人献殷勤，允许她称呼她们的小名：洛克、希弗和格莱依。国王嫉妒这分亲和的随意，也

---

　　①　狄奥热纳是公元前4世纪的希腊哲学家，崇尚简朴生活，其著名行为就是白天打着灯笼满城走，说要找一个男人。——译注

想给自己取个小名。酒神的女祭司①以为通过国王就把整个法兰西拥入怀里，就管国王叫"法兰西"，好像一个女人雇佣了一个灰色火枪手②。

啊，美好的时光！杜巴里伯爵夫人与路易像智者，躲在小套房里过起了小日子。她把巧克力掰开与他分了吃，他则磨碎他的咖啡煮了给她喝。王位为科学院词典贡献了一个新动词。

杜巴里夫人常对国王说："我在你家爱得你发狂。"而国王则把吕西安讷城堡赏给情妇，为的是能够与她唱同一首歌。好一对风月场上的罗密欧与朱丽叶！

杜巴里伯爵夫人用一种难以形容的高雅，扔出她下层社会的回答。她只是微睁星眸，即使是在疯狂快活之后。国王被这种对比弄得心醉神迷。这是一个全新的世界。于是有人对他说："啊！陛下，看得出，您不曾去过古尔丹夫人家。"

杜巴里伯爵夫人得到了诗人与艺术家的谅解。她两手拿钱，发给恩赏。她作为真正的王后来赏赐她的画家与雕塑家。德鲁埃给她绘的肖像是那么鲜活那么亮丽，那么温柔那么撩人，那是多么难得的杰作！帕约的胸像那么逼真地表现了宫妓，而且是国王的宫妓的高贵风韵，是多么神奇的精品！阿勒格兰雕塑的那个黛安娜和那个维纳斯多么栩栩如生，她们就是不穿衣服的杜巴里伯爵夫人！我甚至要说，杜巴里伯爵夫人一而再地宽衣解带，给阿勒格兰雕塑那个维纳斯和那个黛安娜做模特，全巴黎人都要感谢她，因为那两座雕像今日成了法国的艺术珍品。去卢浮宫看看那脱得太光的雕像吧，因为它比大理石雕像还要亮堂，那就是杜巴里伯爵夫人。

杜巴里伯爵夫人的美丽自有一股独特的韵味，自有引人入胜的魅力，因为她既有金发美女的特点，又是褐发美女的气质。——眉毛与睫毛是黑色的，眼睛却是蓝色的；一头浅褐色的，蓬蓬松松，鬈曲不顺的秀发；两块线条理想，白里透红，总是被两三颗美人痣点缀得格

---

① 指放荡的女人。——译注
② 火枪手分灰黑两个等级，以马披的颜色分类。——译注

外生动的面颊；一只正如《诗集》所言，"由爱神一手塑造的"下巴；一只小巧精致的鼻子，两只富于表情的鼻孔；一副天真幼稚的神气，一种让人心醉的眼神。乍一望去，这既是纯洁的维纳斯，又是狂野的维纳斯，既是一个埃贝①，又是酒神巴克斯的女祭司。

国王和宠姬的快活几乎只被用纸牌算命的女人打扰。路易十五和伯爵夫人并不相信那些哲学家的预言，但是他们相信神意。有一天从索瓦齐宫回来，路易十五在豪华四轮马车的坐垫上发现一张字条，有人在上面抄录了艾莫尼乌斯修士的预言。那位学者只读日月星辰这部大书，从中获取信息：

"希德里克②从图林根一回来，就被戴上了法兰西的王冠。他娶了巴琪娜，图林根国王的妻子，所以未能早当国王。是巴琪娜本人来找到他的。新婚初夜，国王还没有上床，王后就请国王从宫殿窗户看看外面花园，再告诉她看见了什么。希德里克抬眼一看，立即吓坏了，告诉王后说看见了一些老虎狮子。巴琪娜让他再看一次。这次这位君主只看到一些熊与狼。到第三次看，则只看到一些正在撕咬打斗的猫狗。这时巴琪娜说：您看到的景象，我来做番解释：头一回看到的，是您的继任者，他们擅长于勇武力量；第二回看到的，是另一个种族，其中有一些征服者将开疆辟土，让您的王国在几个世纪中不断扩大；第三次看到的，显示了您的王国的末日，它将沉迷于欢乐，臣民们将失去和睦；因为那些小动物争斗，意味着民众解除了对君主的恐惧之后，会把君主们戮杀，然后发动战争，自相残杀。"

读过这段预言，路易十五把纸条递给杜巴里伯爵夫人。伯爵夫人快活地说："我们之后，是世界末日哩。"

路易十五笑起来。

---

① 希腊神话中的青春之神，是主神宙斯的女儿。——译注
② 公元 457 或 458 年至 481 年的法国国王。——译注

六

1774 年狂欢节之后，勃韦神甫在凡尔赛作圣体瞻礼布道时，竟然在盛怒之下，大胆地指责："今年狂欢节是最后一个狂欢节，陛下，还有 40 天，尼尼微①就会遭受毁灭。"

路易十五脸一下白了。"天主是这样讲的吗?"他抬眼望向祭坛，嘟嘟囔囔地问道。

次日，他带着众多随从出去狩猎：从昨天开始，他就怕起了一人独处，寂静无声。"这是坟墓，我不愿意在这里睡。"他对杜巴里伯爵夫人说。

在狩猎时，德·黎世留公爵让路易十五开心了一刻。"没关系，"他突然说，好像强调缄默苦修的天主教西多会特拉普派的号召一直传到了他这里，"40 天到头的时候，我会安静的。"

路易十五就在第 40 天辞世。

杜巴里伯爵夫人既不怕天主也不怕魔鬼，但是她相信比利时列日城出版的历书。她几乎只读这本书——忠实于她旧日的习惯——而1774 年的列日历书在 4 月份的预言一栏是这样说的：

一个最受娇宠的女人扮演最后的角色。

于是杜巴里伯爵夫人不断重复说："40 天到头的时候我会安静的。"

---

① 古代亚述帝国的重镇之一，在底格里斯河东岸，今日伊拉克北部城市摩苏尔附近。公元前 11 世纪即成为亚述帝国的宫邸所在地。公元前 612 年伊朗高原强国米底和新崛起的新巴比伦王国联合围攻尼尼微，并成功攻陷尼尼微。此处描指凡尔赛。——译注

第 37 天，国王以符合她身份的体面方式把她赶走了。

杜巴里伯爵夫人默默地流泪，作为一个长期忘记祷告的女人，祈求天主保佑。

路易十五没有忘记他的祷告。不过他散了 20 万利勿给穷人，并且吩咐在圣热纳维埃夫教堂举行祈祷大会。最高法院让人打开圣人遗骸盒，众法官一齐庄严地跪在神奇的遗骸前。

在所有这些虔诚祈祷的人里面，最不严肃的要算圣热纳维埃夫教堂的本堂神甫：当国王驾崩之时，有人对他说"喂，还是说一说您这个圣热纳维埃夫教堂的奇迹吧！"——"您有什么事情要抱怨呢?"他快活地大声说，"国王不是死了吗?"

在生命的最后时刻，下到国王心坎的不是天主，而是他的情妇。"你们告诉伯爵夫人，叫她来看我。"——"陛下，您知道她已经动身了!"——"哦! 她动身了! 那我们也该动身了。"于是他就走了。

路易十五的结局遭到一些人的诅咒。有人甚至攻击他的葬礼。"不过，"一个老兵说了句公道话，"丰特诺大胜仗可是他亲自指挥打的呀。"

这是路易十五获得的最有说服力的悼词。

路易十五去世的时候，人们呼喊：国王驾崩，国王万岁! 而路易十六赴死之前，人民喊的是："国王死了，共和国万岁!"

巴黎全城一片粉红来给国王戴孝①。由索菲·阿尔诺②为国王和他的情妇致悼词。这篇具有神圣说服力的杰作，只有最后一句话被人记住了："这下我们成了失去父母的孤儿。"

---

① 路易十五的情妇德·蓬帕杜夫人最喜欢粉红色。有人甚至称粉红为蓬帕杜红。——译注
② 1740—1802，18 世纪法国著名女演员。——译注

七

如果杜巴里伯爵夫人生前是损害君主政体的七大祸害之一,那么她的死倒是忠诚于君主政体的。在被放逐到贵妇桥修道院以后,她又回到了吕西安讷,在那里,柯赛-布里萨克公爵几乎像路易十五一样安慰她;可是杜巴里伯爵夫人喜爱路易十五,是因为他是国王;她真正的家园,是凡尔赛;她真正的光明,是宫廷的太阳。

一如另一个放荡女人德·蒙特斯庞夫人①,不过气派更高傲,杜巴里伯爵夫人在忧伤苦闷的日子去特里亚农城堡的曲径回廊,朝那孤寂的园林投去爱情的一瞥。

然而她在吕西安讷却是快乐的。我曾把她比做曼侬·莱斯柯,我也认为她是戈珊夫人②的姐妹。这三个人在大把挥霍爱情之后,都在痛苦中结束生命。

是啊,杜巴里伯爵夫人也有她走运的时刻。在所有的宫妓中间,也有堕入爱河的宫妓。国王的情妇有一天回到了吕西安讷,尽管人已是西下夕阳,样子却显得年轻。她爱上了德·布里萨克公爵。那一天,她的传奇大书里有多少册页,她想把它们撕去,扔进忘川!

"伯爵夫人,您为什么哭泣。"情郎问她。

"朋友,我哭,是因为我爱您;我跟您说,我哭,还因为我幸福。"

---

① 1640—1709,法国国王路易十四的情妇。——译注
② 1711—1767,18 世纪法国著名女演员,出身寒微,与伏尔泰甚笃,曾出演《扎伊尔》一角。——译注

杜巴里伯爵夫人回答道。

她说得对，幸福是没有明天的节日。

对杜巴里伯爵夫人来说，她的幸福的明天，革命就来敲吕西安讷城堡的大门了。"来者是何人？"——"我是正义，要把你引荐给天主。"

王后，真正的王后，对她，对所有人都很好。玛丽-安托瓦纳特记得国王的宠姬曾经也不坏。她为杜巴里伯爵夫人偿清了欠债，又给了她足够多的钱，供她两手挥霍。吕西安讷成了凡尔赛的回声。外国君主和巴黎的哲学家们来她的柱廊下聊天，密涅瓦①拜访不知羞耻的维纳斯。可是智慧却没有在吕西安讷站住脚跟。

这些抬举奉承并不仅仅来自巴黎和费尔纳，沃库勒村农妇的高傲与缺乏理性，完全是它们造成的。奥地利皇后兼女王玛丽-黛莱丝的女儿②一到法国，就想被介绍给可疑的伯爵夫人。这次见面让路易十六的祖父③费了不少劲儿。可是，什么？这些高贵的奥地利女人，她们在需要时也知道顺从！她们的额头似乎生下来就是戴王冠用的。玛丽-安托瓦纳特可以奉承杜巴里伯爵夫人，一如玛丽-黛莱丝逢迎德·蓬帕杜夫人：两人都确信这是一种报复。杜巴里伯爵夫人运用、滥用她的权力，而且能用多久就用多久。"法兰西，你的咖啡开……溜了。"的确，多亏让娜·沃伯尼埃，法国的情形就如同路易十五的咖啡。偶然获得的王权从没有这样毒害天生的王权。如此多的破格优待，如此多的钱财从各个窗户里往外扔！波兰被瓜分，最高法院受凌辱，各个等级、各个省份被压榨，当这个进入克劳德宫殿的怪异女人生来就是要终身枕靠利琪斯卡（LISISKA）唯利是图的枕头的时候，这些就只不过是她的平常消遣。然而她是那样迷人，长着一头儿童样鬈曲的灰发，胸脯优美而高挺，一双眼睛长长的，从不完全睁开，使她显出几分稚气！可是她的言语是那样放肆，为了挽留一个因迷上不良嗜好而白了头发的

---

① 古罗马神话中的智慧女神。这里指哲学家们。——译注
② 即法国王后玛丽-安托瓦纳特。——译注
③ 即路易十五。——译注

苏丹，这位《一千零一夜》的贵妇善于如此准确地找到下层社会流行的挑逗性言语！

当路易十五去香榭丽舍觐见路易十四的时候，杜巴里伯爵夫人还不是德·曼特农夫人。这并不是说与伏尔泰通信的女人比与费纳隆①通信的女人对君主政体的破坏要大得多。不过圣西尔到鹿苑距离相当远，能够阻止让娜·沃伯尼埃斗胆做了一个季度的美梦②。路易十六签发了一封盖有他的大印的书信，将妻子的女友放逐到贵妇桥修道院，由此开始他的德政。可是采取这些严厉措施已经晚了一百年，因为凡尔赛不再有博须埃③那样的忠臣，来把懊悔的宠姬送往修道院。因此杜巴里伯爵夫人没在贵妇桥修道院住多久，而且，负责修建吕西安讷的建筑师勒杜在那里面给她安排了一间很像小客厅的单间。

有天下午，王后玛丽-安托瓦纳特在小特里亚农城堡主持弗罗里安④的爱情课程期间，突然想起了贵妇桥修道院里那位女罪人。从前王后曾用自己的微笑宽恕过她的罪过。于是她帮杜巴里伯爵夫人付清债务，让她回到吕西安讷，因为此时杜巴里伯爵夫人已经没有国王专项拨款供她花用了。

唉，如果杜巴里伯爵夫人身上真有一个属于王室的灵魂，她那时就有东西可以安慰自己了：富兰克林、意大利冒险家卡格利奥斯特罗、迈素尔的苏丹蒂波-赛义夫派来的诸使节，威尔士亲王的众情妇，约瑟夫二世皇帝本人，都挤在她家的平台上，与那些爱情之友的哲学家，布弗勒、博马舍和拉哈尔普在一起。不过杜巴里伯爵夫人从未研习过哲学，对她来说，全世界的君主都关在凡尔赛这座城堡里。在这里，几条恶龙看着金苹果，阻止她去采摘。

---

① 1651—1715，法国高级教士、著名作家，与德·曼特农夫人有通信关系。——译注

② 圣西尔是德·曼特农夫人开办的一所女子学校。德·曼特农夫人后来与路易十四秘密结婚。杜巴里伯爵夫人也想与路易十五秘密结婚，却因路易十五逝世而美梦破灭。——译注

③ 1627—1704，法国高级教士、著名作家。——译注

④ 1755—1794，法国贵族作家、擅长寓言和喜剧写作。——译注

当警卫们举行那恐怖的晚餐，鲜血注进玻璃酒杯时，杜巴里伯爵夫人接过了王后的卫士；可接也是白接了：他们把她与伊甸园隔开，从此伊甸园不再对她开放。日暮时分，太阳几乎完全西沉、只将一点余晖残照着已经落叶的树梢，她大概不止一次来过这里，透过围墙，看着那些以她为模特塑造的女神雕像，看着她曾经下令严守秘密的树阴，看到她的家园，她大概像诗人笔下迷途的抹大拿，叫出一声："啊！我的全部幸福都埋在那里！"

如果大革命没有拆散许多联盟，化解许多冤仇，杜巴里伯爵夫人也许会和玛丽-安托瓦纳特走到一起。在警卫们进用那场恐怖的晚餐时，王后感谢了杜巴里伯爵夫人。当杜巴里伯爵夫人以最真诚的笔调，以仍然温柔并且由宠幸保养在善良里面的最感人情怀写信回复王后时，王后再一次感谢了她。

到了不论是杜巴里伯爵夫人还是王后都不可能再将吕西安讷城堡归在自己名下的时刻。路易十五的情妇自然而然地认为自己要加入君主和贵族的事业。她曾经是七大贵族祸害之一。她与德·卡洛纳先生密谋；她去英国帮助那些流亡贵族，她回到吕西安讷，来寻找接替了路易十五，一如路易十五接替了法拉蒙①的那个人。他就是德·柯赛-布里萨克公爵。革命派把那位公爵的头颅交还给她。她再一次越过海峡。最后一个情夫的鲜血似乎把她推向战争。王朝最后一个疯狂女祭司似乎投入一场决斗，对手就是恐怖时期的众多疯狂女祭司。不过那一天，那些女祭司是亚马逊女战士，而这一位在她的冒险徽章下面，仍是当年古尔丹太太那里那个顺从的姑娘。不过我们应该给她做这样一个公正的评价：她一直忠于路易十五，直到效忠于路易十六的君主政体。即使在君主政体不复存在时仍是如此。最后一次回到吕西安讷，再次在那里策划阴谋，杜巴里伯爵夫人被人告发，成为民众复仇的对象。那个告发者就是札慕儿，她曾经的城堡管家。当年那小伙子向她送上巧克力，或者托起她的拖地长裙裙裾时，模样儿是多么帅气。札

---

① 传说杜巴里伯爵夫人在路易十五之前的情夫。——译注

慕儿这个名字是他从伏尔泰的《阿琪尔》里取来的，而他的钱财则是从路易十五的口袋里取来的。这个札慕儿想得到圣多明各①的公民证书，把长期收养他并安排在她宫殿里做事的阿尔米德②投进了圣-佩拉吉监狱。

---

① 法属殖民地海地的城市。——译注
② 意大利诗人塔索《被解放的耶路撒冷》里的女主人公，一个恋上了敌对的十字军勇士的女魔法师。——译注

八

　　1793 年霜月 17 日，杜巴里伯爵夫人在革命法庭出庭受审。当法官问她年龄多大时，她回答说 42 岁，其实她有 49 岁了。这不是在断头台上还调情卖俏？公诉人已经把一些更年轻的女囚送上不归路，并没有被这颗即将掉落的头颅最后作出的沉思状态解除武装，虽说那张苍白的面庞依然能够激人生出情欲。为杜巴里伯爵夫人做辩护的是曾经为玛丽-安托瓦纳特做过辩护的律师。可是索沃·拉加德没有福吉埃·坦维尔那样的口才。到晚上 11 点钟作出了判决；晚上 11 点，过去在特里亚农、在缪埃特，在索瓦齐，这几乎是札慕儿给德·黎世留元帅斟满酒杯的时刻。德·黎世留元帅端起酒杯，从不忘记说一句为"花心三世"的健康干杯。

　　杜巴里伯爵夫人不相信自己会死。因为她没有学会走玛丽-安托瓦纳特已经熟悉的基督之路，也没有学会走罗兰夫人[①]和夏洛特·柯黛[②]所走的卡图和布鲁图斯[③]之路。

　　杜巴里伯爵夫人整夜哭泣，在做祈祷，因为恐惧，已经处于半疯状态。

---

　　① 1754—1793，巴黎名媛，在大革命期间还主持沙龙，招待众多吉伦特党人，被雅各宾派处死。——译注
　　② 1768—1793，巴黎民女，因刺杀革命领袖马拉而闻名。——译注
　　③ 两人都是古罗马人。都以反抗暴政出名。前者十四岁时被带进苏拉的宫殿，看见许多被处决者的头颅，就发誓要为罗马灭除暴君。后者是前者的侄儿，曾参与刺杀恺撒的阴谋。——译注

早晨，她说此时去死为时太早：她想拖延时间，争取命运的转机。她要求揭发一些情况。当局派了一些人来听。她说了一些什么情况呢？她指出了吕西安讷所有的藏物点：她一笔一笔详细交代了她藏匿的财物，巨细无遗，因为每个词语都能为她拖延一秒钟。"说完了吗？"一直在倾听的法官问她。"没有。"她说，"我还忘了，楼梯下面藏了一个银质注射器。"

这时候拉刑车的挽马已经在不耐烦地踏蹄子，看客在敲打监狱的大门。

当押送者将已经半死的杜巴里伯爵夫人扔到刑车上时，她低着头，面色死灰。

这就是她赴死就刑没有随行队列的原因。她觉得自己是孤单一个没有救赎的罪人。

她看见路易十五广场有一大群民众。她捶了自己三次胸脯，小声道："这是我的错误。"

可是，在杜巴里伯爵夫人走上断头台的时候，这种基督徒的懊悔又抛弃了她。搭建断头台的位置，正是从前树立路易十五塑像的地方。她在那里并不向天主祈祷，反而向刽子手哀求："再等一会儿，刽子手先生，再等一会儿！"

那位刽子手先生，就是公民桑松。他把杜巴里夫人放倒在砧板上，推到铡刀下，并没有"再等一会儿"。

这是这位宫妓睡过的最后一张床。如果列日历书向她预言过，刽子手桑松公民是最后一次让她上床的男人。

玛丽-安托瓦纳特王后也对行刑者说了话。她在断头台上行走的时候，擦碰了刽子手鲜血淋淋的脚。她对刽子手说："请您原谅，先生。"——"然而，"保尔·德·圣-维克多说，"当杜巴里夫人在刑车上绞着美丽的裸臂，用她儿童般的嗓音向刽子手桑松喊道：'刽子手先生，别让我痛！'她真是把我们深深地感动了。她的懦弱像是一种有意作出的侮辱，让我们受到触动。她似乎通过使自己遭受蔑视来还自己以公道。一个宫妓是没有资格以王后的步子、高昂着殉道者的头颅登上断头台的。"

玛丽-安托瓦纳特在生命中保留了对天主的敬重;在她死后,天主将这分敬重还给她。

可是我们为什么要将这两个女人放在一起做比较呢?她们中的一个生是王后,死还是王后;另一个死的时候像个刚刚起床怕冷的宫妓。一个是一位母亲,另一个甚至不再是一个妻子。然而她们两个都曾经主宰过凡尔赛的法兰西。

九

杜巴里伯爵夫人有什么特征？有，只相信自己姿色，只看到镜中自己，再无别的视野的风尘女子的特征。她的政治就是取悦苏丹，因为苏丹无聊。成百万上千万金钱从窗户里扔了出去，但是她喜欢穷人。她把法兰西搞破产了，因为她让国王在自己的阿尔米德花园里睡着了。但是她并不反对大臣们有才。虽然她确实把唯一有才的大臣德·索瓦瑟公爵赶出宫廷，放逐外省。

普天之下的事情，哪怕是微不足道的，她差不多都知道。她会绘点小画，会弹几手羽管键琴，写得出几句话，文字也勉强通顺，她有点并不自知的诙谐。但是她最为精通的事情，就是使出具有穿透力的娇魅。她一副恹恹无力的姿态，半闭着炯炯发亮的眼睛，微启着火热的丹唇，欲盖弥彰的"比维纳斯贴墙种植的果树还要挺拔的"乳房。好一副斜躺沙发上的疯狂女祭司那分慵懒！还有勒达①低头避开天鹅亲吻的样子！还有那悦耳的笑声，真正是清脆响亮的节日钟声！还有她那和颜悦色的谈吐，简直有俘获人杀死人的魅力！那鸽子一般的温顺——蛇的环箍——把你拴在知善恶的树下！她抓住最不驯服的，因为圣人的生命中有一个让抹大拿施展妖法的时辰。这话是先知说的。

狄德罗问自己："德·蓬帕杜女侯爵留下了什么？一小撮骨灰，一

---

① 勒达是希腊神话故事的人物，宙斯为她的美色所迷，趁她在池边洗澡时，化装成一只天鹅去与她亲密。——译注

张拉图尔①的粉笔画。"

那么杜巴里伯爵夫人又留下了什么？在展露了那么迷人的优雅之后，在欢度了那么盛大的节日与明天之后，在旧法国夕暮时分焕发那么惊人的美丽之后，她还留下什么？卢浮宫画廊里的一座胸像，从塞利麦娜转到图卡雷，又从图卡雷转到博马舍二世手里的一座城堡②。接下来，在一座公墓的骸骨保存处，还有一具遗骨，著名作家夏托布里昂说那是一具无头尸骨；博须埃则说那是一件无名之物。

女人的命运真是让人感慨！她们为爱而生，也为爱而继续存在。爱为杜巴里伯爵夫人打开了凡尔赛宫的大门，那是国王的宫殿；艺术为杜巴里伯爵夫人打开了卢浮宫的大门，这是杰作的宫殿。她有一天被人从凡尔赛宫赶出来，但是只要艺术有其宫殿，她就会在卢浮宫长住下去。

---

① 1704—1788，法国著名粉笔画家。——译注
② 莫里哀喜剧中的一个人物。图卡雷是勒萨日喜剧中的一个人物。博马舍是法国喜剧作家。这里大概是说这座城堡是虚有的。——译注

十

　　不久之前，圣-菲利普-杜卢尔教堂堂区的教民们忽然崇拜起本堂区的神甫来，因为他人长得帅，又因为他心地善良。趁着他堂区一个女罪人（指杜巴里伯爵夫人）死亡的机会，我比较深入地了解了这位神甫。这位神甫想为那个女罪人做一场丧亡弥撒。这种弥撒他并不经常做，即使一些德行高洁的女人去世，他也并不一定会做。他想为那个女罪人做，是因为心里藏着一份珍贵的纪念。那是对她祖母，路易十五的情妇之一罗曼小姐①的纪念。在整个圣-奥诺雷城厢，人们都说他是德·波旁神甫，甚至不清楚他是德·罗曼小姐的孙子，因为他的音容笑貌具有典型的波旁家族特征。无论作为教会的人还是世俗社会的人，他都是最完美的。他的左手不清楚右手在干什么，但是人们可以大声说，从没有一个教士比他还要正直仁慈。

　　索菲·阿尔诺②写过有关德·罗曼小姐的文章，认为她超过了路易十五的所有女人，正如古希腊神话中海里的仙女卡吕普索超过其他林泉仙女。

　　她是从哪里来的呢？

　　索菲·阿尔诺还说："这个德·罗曼小姐本人，就是一部罗曼人的传奇。"她是被人从一座城堡选上来的，被关在鹿苑，就像一个土耳其

------

① 路易十五短暂的情妇，与他生了一个儿子。后因口风不紧，暴露国王私情，被打发回外省。——译注

② 1740—1802，法国18世纪女演员、歌唱家。——译注

年轻女子被扔进后宫、成为又一个供苏丹玩乐的女人一样。在路易十五看来，她是那样美丽，那样驯服，那样纯情，那样高傲，即使在堕落中也是那样高贵，以至于他明白了，她生来就不是为获取那秘密的肉体享乐的。因此，尽管她更加美丽，却也无法把苏丹的宠姬赶下台①。

但是这条线索很快断了，留下的记忆不多。下面这封写于1761年12月8日的书信，就是记忆之一。

> 亲爱的女友，我看得出，您离开这里时有些想法，但我猜不出到底是什么。在我们孩子的洗礼证明上，我不希望用上我的姓名，但我也希望过几年乐意时能够认出他来。因此我希望他叫"被爱的路易"，或者"被爱的路易丝"，路易国王或者路易·波旁的儿子或女儿，随您的便。只要您这边没有空缺，我这边怎么写都行。我希望找两个穷人来当孩子的教父教母，绝对不能找别的人。亲爱的女友，我温柔地拥吻您。

德·罗曼小姐并不为得到国王的爱情而自豪，但是为自己诞下几乎属于王室的儿子而自豪。

因此她这样标明儿子的身份，公开称呼他"小太子"。保尔·德·圣-维克多先生以一只如此专业而聪慧的手，触及到了一切，他简略地概述了德·罗曼小姐怎样穿着盛装，提着缀有花边的婴儿篮，走到杜伊勒利宫花园，坐在栗树下的情形。"就像一个深得丘庇特喜爱的仙女，在奥林匹亚山的一丛树林里悄悄地给孩子哺乳。过去两步远，就是众神的宫殿。"有一天许多人拥到她身边，太太吓慌了，喊道："女士们先生们，别围得太紧，让国王的孩子畅快地呼吸！"总之，她把孩

---

① 路易十五的宠姬德·蓬帕杜女侯爵为了保住自己的地位，费尽心机，招来一批美丽的民女供路易十五淫乐。德·罗曼小姐就是其中之一。但她嘴巴不紧，贪慕虚荣，路易十五觉得不好保密，遂把她打发走。——译注

子父亲的身份当做炫耀的资本，以至于路易十五十分烦恼，就把孩子从她手上夺过来，把她打发到外省去了。——停止罪孽还不够，还得保持低调。

路易十五说她"是个神奇的女子"。她以为国王会长久爱她，但母爱使她远离而不是走近国王。她亲自喂养孩子，给孩子挂着蓝色绶带，即使他睡在婴儿篮里。德·蓬帕杜女侯爵害怕这个强有力的竞争对手，就在路易十五那里进谗谄言，说这女孩子如何怪异，抱着他的儿子如何张扬，就像别人做了一桩好事那样得意。路易十五遂听任德·蓬帕杜夫人处置德·罗曼小姐，于是有一天就发生了上述事情。可怜的母亲见孩子被夺走，绝望至极，本想一死了之，可是为形势所不容，只好忍着一口气活下来，将来如不能夺回国王的爱情，至少也要夺回国王爱情的果子。

她有十年未见到儿子。路易十六登基上台之后，德·罗曼小姐把路易十五写给她的信，孩子的受洗证明都寄给他过目。路易十六让人把孩子找来看看。当宫里的人在隆珠莫乡下找到那孩子时，他正在野地玩耍，一身乡下孩子打扮，不会认字，也不会算数。不过当人家告诉他的真正身份之后，他很快有了长足进步。他后来成了波旁教士，"长相和路易十五像是一个模子倒出来的，也和路易十五一样冷漠、花心、放荡"。

当然这个故事是题外之言，但也算是路易十五与杜巴里伯爵夫人花絮里的一朵小花吧。

一个看客的记述

——宫廷版《杜巴里伯爵夫人的故事》

宠姬当政的时代结束了。我们有了一位新王后。

这个时代能够提供一些逸闻轶事，今天一早，我就强迫自己正襟危坐，来做一个逐日记录史料的书记员。因为这样做，我能给自己晚年保存一些有趣的回忆。一个古人说："应该积累资料。"于是我就收集积累了。今后在重读这些材料时，我能够从中找到一些快乐。

为了不让一段长长的开场白来让自己打哈欠，我开门见山，就来记下今日的见闻。

新来的王后名叫杜巴里伯爵。不过德·黎世留先生悄悄告诉我，他记得在拉加德夫人家见过这位漂亮姑娘。她那会儿名叫沃伯尼埃小姐。黎世留先生什么地方都去过，说他还在"小伯爵夫人"店里见过她，她在那里名叫安吉小姐。那家店的老板娘是个能干又讨人喜欢的人，我们管她叫"小伯爵夫人"，没教养的人管她叫古尔丹夫人。

昨日杜巴里伯爵夫人首次与国王共吃夜宵。除了陛下，还有德·黎世留公爵，德·拉沃吉庸公爵，德·索韦兰侯爵和国王的首席侍从勒贝尔。杜巴里伯爵夫人就是勒贝尔在让·杜巴里伯爵，一个名声很臭的人的帮助下发现并向国王引荐的。人家说，那伯爵是现任宠姬的大伯，其实是她的情郎。有人说他从此事中大捞了一笔好处。要是杜巴里伯爵夫人真在宫廷立住脚，那他得的好处可就大了。

夜宵的气氛非常快乐。陛下显得一刻比一刻更加兴奋。有人悄悄说起今早发现了一个新的奥洛尔。

勒贝尔这个发誓要让陛下开心的侍从，此刻是满面春风，一脸的得意。看来，国王不久就要放弃鹿苑了。

我们且走着瞧吧。

国王的新情妇活泼漂亮，那贪图快活的神气一下就给你留下了强烈印象。国王也是这个看法，因为昨日早上他宣称，从来没有在爱情上尝过这么强烈的快乐。国王是在勒贝尔面前吐露这番隐情的，可是勒贝尔只是微笑，并不说话，德·艾延公爵忍不住大声说道：看来国王陛下从未找过烟花女子。

杜巴里伯爵夫人在凡尔赛安顿下来。她在这里拥有自己的套房，也拥有自己的仆役。昨日我管她叫土耳其宠姬：的确，她在夜宵前让人侍候自己洗了个土耳其浴，并且光着身子在国王面前入浴，那个模样，就是土耳其皇帝的宠妃在场也要生出强烈的嫉妒。似乎新来的奥洛尔只消用自己粉嫩的指头一推，就能推开新的 TITHON 的门扉。国王目击这位美丽的凡女洗浴，尽管年事已高，还是祈求众神不要让自己像从前的 TITHON 那样，变成知了。

我听说杜巴里伯爵是在杜盖斯纳女侯爵家认识安吉小姐的，杜斯盖纳女侯爵是波旁街一家赌场的老板娘。有人向我肯定，安吉在那里名叫德·沃伯尼埃小姐。在成为让·杜巴里伯爵的情妇之前，她与老鸨一起生活。

杜巴里伯爵夫人占用了国王的所有时间。"国王不再无聊了！"所有廷臣觉得意外，都这样喊道。他们都对创造了这个奇迹的女神顶礼膜拜。她性格欢快、活泼可爱，无拘无束，让大家都开心。

不过有人已经打算抗击这个女妖日甚一日的对国王的影响力。德·索瓦瑟公爵先生的妹妹德·格拉蒙公爵夫人就是这伙不满者的领头人。

有人把一支歌子的抄本拿给我看了，说是歌唱新任宠姬的，很快就会在巴黎的大街小巷传唱开来。上面有警察当局本月十六日的批准字样。讥讽诗来得正是时候；有德·索瓦瑟公爵和德·格拉蒙公爵夫人的支持，我们会听到一些让哲学家发笑的漂亮小传闻。在那之前，我们且先听听这支曲调还过得去的歌子吧：

> 波旁女人
> 来到巴黎，
> 挣路易①；
> 波旁女人
> 在一个侯爵家

---

① 路易十五叫路易，金币也就叫路易。——译注

挣路易。
特色就是
美貌、风趣，
加上肉欲；
不过这小本事
抵得上黄金。

在阔佬家
做侍女，
她赢得幸福；
她用好性格
赚取快活。

总是那么轻易
被一个情郎打动
那老爷看见她
那么容易相从，
就不时赏赐
许多礼物。

他跟她
订合同
给她几笔
好收入；
她在别院里
摆起了谱。

她这下从村姑
变成贵妇，

不过气派
还是粗俗：
从头到脚
穿金戴玉。

仆佣跟随，
她高车大马
穿行于市；
她喜欢巴黎
胜过家乡。

她去宫廷
觐见
王公大臣；
乖乖！比国王
还有范儿！

乖巧的姑娘
不要泄气：
只要有本事，
你迟早有
同样的机会。
……

　　昨日在德·布里庸纳夫人家，有人讲了杜巴里伯爵夫人的一段绯闻，说明她的心灵是如何敏感，更说明她的眼光是如何准确。于是大家都只说她的事。德·格拉蒙夫人当时是德·布里庸纳夫人"最亲爱的朋友"，因此德·布里庸纳夫人那段日子请求警察总监德·萨蒂纳先生派他最得力的手下去乡下搜集材料，了解杜巴里伯爵夫人的来历。

于是通过这条渠道，她告诉我们一连串让人愤怒的传闻。其中有一些我认为有待于证实，因此只肯定她与海军衙门一个名叫杜瓦尔的小职员有过情事。

"杜巴里伯爵夫人似乎以朗松之名，在一个叫拉比侬的先生家做过事。那人是个服装鞋帽商。她后来才到拉加德夫人家。有人还说她在拉比侬先生家时悄悄地去过几次古尔丹夫人的修道院。"

我有个重要发现：德·布里庸纳夫人出于对德·格拉蒙夫人的友情，搅翻天地，寻找有关杜巴里伯爵夫人不堪往事的证明材料。指望将这些材料送到国王手里，让他对新任情妇产生厌恶。为了这个目的，警察总署四处打探消息，搜集材料。他们尤其想找到有朗松小姐、沃伯尼埃小姐或者安吉小姐签字的书信。功夫不负有心人，他们还真是找到一些，今天上午我就在德·布里庸纳夫人家看到了。德·伊斯尔骑士称这位夫人的公馆是"邮局"：

勒贝尔对带着一些可笑念头醒来的国王说：

"陛下，我是个堕落之人；我承认自己不配接受陛下赏赐的皇恩！"

"为什么，可怜的勒贝尔？是特里亚农宫起火了？还是因为漂亮的伯爵夫人，后宫造反了？"

"陛下，我真是个可怜虫，我被人像傻瓜一样给骗了，害得我也骗了陛下。要是陛下不肯饶恕我，不接受我的请求，赦免我的罪过，我就会痛苦而死。"

"什么事，说吧，快说，勒贝尔！今早我脑子特别清醒，心情特别好。快说吧，看到你支着长腿，挺着长身跪在这里，挤着一张苦脸，我真是想笑！要是德·艾延公爵看到你这个模样，会把你比作一只被斩去肢脚的大蜘蛛。快说吧！"

"陛下，我向您引荐杜巴里伯爵夫人时，真以为她是伯爵夫人：其实她不是，她甚至都没嫁人！"

"天啊！"国王惊呼道，"你说什么，勒贝尔？杜巴里伯爵夫人没嫁人？那她怎么称呼？"

"陛下，我不清楚；她已经用过四五个姓氏，但我相信没有一个是她的本姓。"

"见鬼!"路易十五笑着说,"勒贝尔,这事严重了。这可怜的伯爵夫人不能是没出嫁的,也不能没有姓氏。必须给她找个丈夫。"

"陛下,我再向您重复一遍,我已经可耻地受骗上当了,我刚才祈求您饶恕,就是想让您忘记……"

"忘记什么?"路易十五立即问道。

"忘记杜巴里伯爵夫人。"勒贝尔又扑通一声跪下了。

路易十五哈哈一笑,好像什么事都没有发生。"你读过童话故事吗?"

"没有,陛下;不过……"

"这有点遗憾。"国王说,"否则,你就知道在贝洛笔下,有不少君主娶了普通的牧羊女。而我一直想在当政期间,干点引起轰动的事情,就像童话故事里写到的那样。我要是娶下伯爵夫人呢,你说怎样?"

勒贝尔一下昏了过去。

德·格拉蒙夫人的摘记

"沃伯尼埃家的玛丽-让娜·戈玛尔,1744 年出生于沃库勒尔,勉强与奥尔良婊子①拉得上关系。据说,这位沃伯尼埃小姐因此也想通过让国王快活来拯救法国。

"她父亲是个小职员。比拉尔·杜蒙梭因偶然的原因到了沃库勒尔,被人请求替新生儿取个名字。过了八年,玛丽-让娜的父亲死了,母亲带女儿来到巴黎,找到比拉尔·杜蒙梭先生。大富豪便把教女安排进圣-洛尔修道院,又让那位母亲先去一个金融家遗孀家里帮佣,后去他的情妇斐特烈小姐家干活。

"玛丽-让娜进了圣-洛尔修道院以后,收到情人博纳克神甫下面这封来信。博纳克神甫今日是亚冉地区的主教。

"'我的小王后,你现在到了巴黎,刚才有人告诉我,你今晚会从

---

① 法国人对圣女贞德的俗称。——译注

巴黎回来：能够再度看到你，并且不受德·马西约先生的干扰，我是特别欣喜。我派贴身仆人去见你，与你商量把归期推到明日的事情。今晚我会到巴黎。我一到，杜猛就会去接你。想到能不受干扰地与你见面，我就由衷地高兴。除了与你相处的快乐，我还有许多话要对你说。我想，这些事情不会让你伤心的，因为这都是为了让你有个幸福命运。我只要求你不要那么冒失，要谨慎，因为这是我的身份所要求的。为此我会好好给你补偿。再见，我的小玛侬；我紧跟着这封信动身，因为我爱你爱得发狂。博纳克神甫。'

"这是玛侬的回复：

"致神甫先生：

"神甫先生，当您开始爱上我的时候，您对我做过许多承诺。在您看来，我是您的小天使，小心肝，您对我说，我只要想什么，就可以得到什么。然而我却只问您要一件塔夫绸小连衣裙。您总是对我说，您来我这里的时候会给我带来，可是您来了三次都没有想到我：要是早知道我给您的东西的价值，我是绝不会那么轻易就范的。您知道我曾经喜欢您，不喜欢德·马西约先生。现在我认为，要是跟了他，他会比您真诚一些。要是周日我还得不到那件连衣裙，我就把您对我做的事告诉太太。我会哭泣，直到她原谅我，并且斥责您。再见，我是您卑微的女仆。

玛侬·沃伯尼埃

"神甫在信里提到的那个德·马西约先生是个旅长，当时是上校，也是圣-洛尔修道院寄宿女生的情人之一。正如我们所见到的，玛侬当时已经爱上了宝剑与教袍，正如后来她又爱上了金融与法袍。

"为了更好地理解下面这些书信，必须知道玛侬出了圣-洛尔修道院，进了一个拉比侬先生的时装鞋帽商店。不过那些情事还不能让她满足，她又进了古尔丹太太家。那位太太把玛丽-让娜·戈玛尔的贞操卖了好几次。

"小玛侬在信里告诉母亲的那位贵妇，就是'小伯爵夫人'，或者更明确地说，就是那个听说了她的果决神气、对珠宝首饰的喜好，已经准备什么都做的开放心态的古尔丹。

"'亲爱的妈妈，我在您安排的人家里很好。拉比依先生和太太对我很友善。白天这里有很多上流社会的顾客。那些美好东西我是百看不厌。我所感到难过的，就是不能像同伴们那样打扮自己。她们对我说，这是个很好的职业。我也准备好好工作，努力像她们那样挣钱。

"'昨日有个贵妇来店里买东西；我认为我讨她喜欢，因为她似乎对我发生了兴趣。她把她家的地址给了我，叫我能够请假的时候去看她。她肯定是想帮帮我。明天我争取去看她。您把我安排进这里，花了不少钱，不过这笔钱不会白花的。我坚信，我们不会永远贫穷的；哪天我变得富有了，您也就富有了。再见，亲爱的母亲，您的女儿 玛侬·朗松'

"给神甫先生的信：

"神甫先生，昨日不告诉您我的姓名地址，是因为古尔丹太太不许。她也不愿意告诉我您是谁。不过我偶然知道了您的身份，因为您让一封信掉下来，被我捡了放在口袋里。我把信给您寄来，并且利用这个机会向您表示敬意，也请您继续关照我的生意。

"您曾答应支持我，帮助我：我指望您说话算数。不过我要对您说，您的话让我难过；今天我病了，但我相信这不会妨碍我周四在古尔丹太太家再次见到您。我会对女主人说去母亲家。您答应给我一块表，您会把它带来的，不是吗？再见，我的帅神甫，您很可爱，我喜欢您。写得够多了。

玛侬·朗松 写于圣-奥诺雷街时装鞋帽商拉比依先生家

"从上面两封信可以看出，沃库勒尔的新奥尔良女郎并不珍惜自己。不过，不久后发生的一场艳遇放慢了驱使她经常去看望小伯爵夫人的热情。

"有一天，她收到一个事先约好的通知，就去古尔丹太太家。在那里，她被告知，有个大阔佬想找个天真纯朴的姑娘，以慰藉他刚刚失去情妇的痛苦。安吉回答说她的责任就是安慰那些痛苦的人，尤其是痛苦的有钱人。

"她走进被那位阔佬订下的小客厅，发现客人正是自己的教父。原来阔佬的情妇斐特烈让他把安吉的母亲赶走以后，又把他抛弃了。

"是杜蒙梭先生先认出她来的。他发现古尔丹太太答应给他派来的姑娘正是自己的教女。

"他勃然大怒，举起手杖，吼道：'怎么，不幸的姑娘，我在这里竟然见到你！'

"古尔丹太太赶紧拦在可怕的手杖前面。

"'先生，'她大声说，'您看错人了！'

"'你给我走开！'阔佬说，'让我来教训教训这个坏我名声的教女！'

"'您的教女！'古尔丹太太问，'如果真是您的教女，那就更应该原谅她。这个可怜小姑娘是听了我手下一个女人的劝告才来这里的。我向您保证，她是无辜的，没有任何不良意图。是她的单纯害了她！'

"'你走开，可恶的拉皮条女人！不光这件事，还有以前的事，她早该教训了，因为她在圣-洛尔修道院就是这样。'

"杜蒙梭先生一边说这些话，一边抢起手杖想揍教女。

"'可是，教父，'安吉边退边叫，'我待在您本人也来的地方有什么不对吗？'

"'这里？'老富翁怒不可遏，就朝教女扑过来。古尔丹太太立即拦在中间，费了一番大力气，才使安吉躲过了那场棍棒之苦。杜蒙梭骂骂咧咧地走出门去。

"过了几天，朗松小姐给教父写了这封信：

"致比拉尔·杜蒙梭先生：

"先生和亲爱的教父，自从我们在古尔丹太太家相逢，您对我在那时出现是那样生气以来，我一直处在忧伤之中，生怕我们的友情断了。不过我可以向您保证，我再没有去过那个地方。我一直待在拉比依先生家里，他们都对我满意。您愿不愿意允许我在一年开始之际，祝愿您生活幸福，万事如意呢？我还祈求您恢复对我的友情，因为它对我是那么珍贵。我不敢去看您，怕您不让我进门。

"这封信将由我亲爱的母亲给您带来。先生与亲爱的教父，祝愿您新的一年美满幸福，以后年年也美满幸福。祈求善良的天主保佑您。

您驯服的教女玛侬·沃伯尼埃敬上

"不久，到杜盖斯纳依女侯爵家去得最勤的让·杜巴里伯爵把安吉·德·沃伯尼埃小姐拐走了。从下面两封信看得出，他办这件事并没有遇到太多的困难：

"杜巴里伯爵先生的信：

"美丽的小姐，我已经和您单独谈过好几次，希望让您同意搬过来和我同居。可是我没有说出可以促使您作出决定的所有理由，也没有让您明白可以从中得到多大好处。因此我要更加坦诚地跟您做些解释。您首先是我心目中的女主人，也就是我的私邸的主宰。您在家里可以随意支使我的人，因为他们从此也成了您的人。由于我四处交游，所有好地方都有我的足迹，在宫廷和在城里一样，您看到一些侯爵、公爵甚至亲王来我家，更确切地说来您家也就不会大惊小怪，他们会以来向您表示敬意为荣幸。您会以庄重得体的仪态露面，为了达到这个效果，您不会缺少衣衫和所有能够把您装扮成第一流贵妇的饰物。我准备每周在家里举行一次

202

引人注目的聚会。您要在聚会上艳压群芳，要让出席聚会成为一种荣耀，要接受所有走拢的人表示的祝愿与敬慕。等您一进家门，我就教您管理家事必不可少的办法。不过对您这么聪明的人来说，要不了多久就会学会。您有这么多才华在身，人又长得这么秀美，一定会让看到您的人感到快乐。您想一想，接受我的提议吧。我明日去杜盖斯纳女侯爵家听您的回话。在此先向您表示最为真挚的爱慕。

　　　　　　　　　　　您的漂亮朋友　杜巴里伯爵

"致朗松夫人：

　　"亲爱的妈妈，我的看门人昨日告诉您我不在。要是我得到通报说您来了，这事就不会发生了。可是前天晚上的聚会拖得太久，弄得我昨日睡到比平时晚得多的时刻才起床。我直到此刻才对我的新居所感到满意：伯爵似乎对我非常眷爱，百依百顺，我的任何要求他都从不拒绝，我有任何愿望他总是马上满足。我们的聚会真是太辉煌了；我在其中受到的追捧，参加聚会的人数，我所见到的那些人的身份，样样都让我相信，要是伯爵一时荒唐，又和被我顶替的那个女人和好，或者我们的结合被某个别的事件打断，我会很容易找到别的人家，而且在交换中不会吃亏。不过，话说回来，我可不愿操心将来的事情；动脑子让我心烦，我只知道享受当前。再见，亲爱的妈妈，送信人会交给您 6 个路易①。明日来看我吧，十一点钟；别说您是我妈，只说求见安吉小姐就是。我现在的名字是安吉。

　　　　　　　　　　　　　　沃伯尼埃·安吉

---

① 法国古代金币，一路易值 20 法郎（利勿）。——译注

"杜巴里伯爵夫人年轻时过的是最为复杂的生活，那种生活就是警察也并不总是看得明白。因此，我知道在进入杜盖斯纳女侯爵家里之前，她在拉加德夫人家里待过一阵子。在那里，一如她所写的，她被那位妇人的两个儿子爱上了；不过这方面的情况我缺乏详细的材料。"

　　今天上午在圣-洛朗堂区举行德·沃伯尼埃小姐和纪尧姆·杜巴里伯爵的婚礼。国王似乎对这场婚姻安排很满意。据说他如释重负，原来最担心的事情终于放下了。奥特依的公证人勒坡拟定的婚约。有人讲述，为了使用他的同仁们常用的特权，他想拥吻一下新娘。可是新娘坚决反对；但是现在成了真正的大伯的让伯爵劝她让公证人吻一吻，让伯爵同时转向公证人，对他说："先生，请记住这份恩惠，这可是会让一个国王吃醋的恩惠哦。"倒霉的公证人明白这番话的意思之后，悔恨得要死。这一吻会让公证人付出大代价；除非伯爵夫人忘记了他执意"占便宜"的行为。

　　纪尧姆伯爵是个魁梧的小伙子，样子看上去不失精明，但是青少年时期大约滥交了一些狐朋狗友，是在放荡日子里过来的。他是让伯爵的弟弟。

　　起初大家考虑的是让家里最小的弟弟来娶下德·沃伯尼埃小姐；那是个正直而智慧的年轻男子，名叫德·阿吉库尔伯爵。在凡尔赛，已经有人叫他"老实人"。不过让伯爵很快就意识到，这位小弟是不会接受人家打算交给他的这份光荣差使的。而纪尧姆伯爵则不同，没费多少口舌就被说服了。

　　杜巴里伯爵夫人全家都来到凡尔赛。除了人称"猾诈鬼"的让伯爵，被一些人称为"大酒囊"的纪尧姆伯爵，和德·阿吉库尔伯爵，这个家庭还有两个小姑，那两个女人外省气很重，勉勉强强还算漂亮，但性格却很泼辣。虽然人在巴黎，却是加斯科涅人①的性格，或者不久就会变成加斯科涅人。论相貌她们比嫂嫂杜巴里伯爵夫人差远了，但是她们人年轻，说话又风趣，所以还是有些魅力。国王喜欢古怪的绰

---

　　① 加斯科涅为法国西南部省份，居民性喜吹牛，说大话。——译注

204

号，并且曾给女儿维克多瓦公主取名叫"洛克"（烂布筋），给阿黛拉依德公主取名叫"格拉依"（鸟叫），给索菲公主取名叫"希弗"（破衣服），很快就为杜巴里家的两个小姐想好了绰号。大的名叫伊莎贝尔，就叫她"比稀"，不知是出于什么大师级的忽发奇想，小的名叫方松，现在就叫"小松"或者"大松"，视情况而定。小的这个尤其从外省带来了一种本能的圆滑，一种精神的敏锐，一种观察的狡黠。这使她在国王眼里变得很了不起。陛下甚至抱起她，任她在他膝上蹦跳，还喜欢让她用家乡的土话背诵诗。

于是在家里大家就放肆取起绰号来。作为一个聪明勇士的女人，杜巴里伯爵夫人想奉承国王的嗜好，就给他取了个绰号，叫"法兰西"。这是双份的奉承。

再说论伶牙俐齿，伯爵夫人可是无人能比。每天用过晚饭，路易十五都喜欢亲自煮一壶咖啡。可是三天以来，国王把咖啡壶坐到炉子上以后，就像蝴蝶一样，扑棱棱地在杜巴里伯爵夫人身边转悠起来，虽然他并没有翅膀。当杜巴里伯爵夫人在活动穿衣镜前粘贴美人痣的时候，听见咖啡煮开了，沸腾的液体潽出来，落在火上扑哧扑哧直响："喂，法兰西，"伯爵夫人笑着叫道，"快去看看，你的咖啡……逃跑了。"

如果德·拉瓦利埃尔夫人①或者德·蒙特斯庞夫人②这样说话，老国王③是不允许的。时代不同了：现在不是路易大帝的朝代，而是亲爱的路易的朝代。

纪尧姆伯爵结婚日当晚就动身去图卢兹：他带走了一份沉甸甸的嫁妆。国王派了代理人来处理婚礼的收尾事宜。

有人策划了一个又一个阴谋，想阻止杜巴里伯爵夫人进宫与国王王后及诸位大臣见面。不过杜巴里伯爵夫人也有些热烈的拥护者。所

---

① 1644—1710，法国国王路易十四 1660—1667 年间的情妇。——译注
② 1640—1707，法国国王路易十四 1667 年后的情妇。——译注
③ 指法国国王路易十四。——译注

有知道能够从一个漂亮女人的软弱中获得好处的野心家都来捧这个新情妇的场，都竞相来巴结她。德·艾基庸公爵，德·黎世留公爵，德·苏比兹亲王，德·索韦兰侯爵，新任大法官莫普乌，直到自命不凡无才无德的德·蒙巴雷伯爵都来了，所以老谋深算把赌注押在杜巴里伯爵夫人摄政上的人都来向她发誓效忠。德·索瓦瑟公爵派的成员都是从大臣妹妹的朋友中间产生的，都是各个衙门的职员，从人数上说要比杜巴里伯爵夫人那一派少，不过该派代表了一股强大的抵抗力量。王国的重要位置都在该派成员手上，迄今为止他们亲手对外发放了不少好处。

从另一边来说，国王软弱无力，也不想抵抗。他用惯了德·索瓦瑟公爵，把他视为王国不可缺少的人，既是王国的支柱，也是王国的救星。他也怕见王国的几个公主，若是强迫她们接待一个风尘女子，她们会跳起来反对。不过国王的这种软弱反倒给杜巴里伯爵夫人和她的拥护者增添了力量。从来没有一个情妇能够像她这样，对老迈苍苍的君主的情感与精神产生巨大影响。因为她让路易十五重尝了青春滋味，身心焕然一新，仿佛返老还童。有人说，"对于年老麻木的人来说，杜巴里伯爵夫人是一眼犹文斯的喷泉"① 因此"猾诈鬼"这个阴谋活动的首领盼望这位弟媳的升迁。他虽然装出很少进宫的样子，也就是说，很少去杜巴里伯爵夫人在凡尔赛宫的套房，让伯爵却始终是她的私人顾问。最细微的事情也逃不过他的眼睛。在他与弟媳之间每天都有传递信件的服务。伯爵夫人还常常去巴黎探访他。

路易十五忘记了一切，忽略了一切，闭着眼睛，直面一切。"管他呢，我们之后，哪怕是世界末日！"他经常一边亲吻伯爵夫人，一边这样说。而杜巴里伯爵夫人则盈盈笑着，鼓掌叫好："法兰西，你说得对。"

然而，尽管杜巴里伯爵夫人对路易十五的精神已经拥有巨大的影

---

① 犹文斯的喷泉，西方传说中的不老之泉。——译注

响力，宫里许多人还是断定路易十五不敢把她介绍给宫廷。每天都有人为此打赌。"我赌一千路易，"有个人说，"安吉会战胜'烂布筋'和'破衣服'。"——"我接赌，"另一个人回答说，"'鸟叫'会把安吉赶出大门。"

德·黎世留公爵今早对我说："德·索瓦瑟公爵真是个傻瓜，竟然忘记了德·蓬帕杜夫人。他倒台的时刻到来了。他的虚荣心那个大气球，就会被那'格绿松'戳破了。"据说，"格绿松"是杜巴里伯爵夫人在给理发师拉麦当情妇时发明的一种发夹，是专门用来约束一种发型的器具。不过只有风尘女子才使用"格绿松"，做那种发型。

德·布弗勒骑士刚刚让人送来一首非常精彩的歌咏杜巴里伯爵夫人的歌。这首小诗有两重作用，一是让杜巴里伯爵夫人快乐，二是让杜巴里伯爵夫人的敌人也快乐：德·索瓦瑟公爵那帮人和杜巴里伯爵夫人这帮人都有理由拍手叫好：

> 伯爵夫人啊，你的美丽
> 诱惑、娱乐所有男人，
> 公爵夫人脸红没用
> 王妃发怒也没用；
> 人人都知道维纳斯
> 诞生于海的波涛。
>
> 她因此发现众神
> 对她少了一分敬意吗？
> 那著名情郎帕里斯①
> 会给她一份好处，
> 超过天国的王后

---

① 希腊神话中的美少年，人类的保卫者。——译注

和智慧之神密涅瓦？

在君主老爷的后宫，
谁是最受宠的女人？
是最合老爷心意的
最最美丽的女人。
这是她受宠的唯一理由，
也是她真正的功德。

让格拉蒙朝你咆哮吧，
这是自然而然的事情。
她想定规则号令天下，
却只是个平常女人：
要取悦最伟大的国王，
必须美丽，又无傲气。

昨日有人送来一封信，让几位公主殿下的圈子传阅。这封信被认为是杜巴里伯爵夫人写的，时间是在她还住在让伯爵家的时候。

几位公主十分气恼。尤其是阿黛拉依德公主，气得一个劲地咆哮，大概是想让我们忘记，我们眼前有一件证明其贞洁的物证。

这封信给德·艾延公爵一个理由，向路易十五说出那番残酷的话。他是经常那么大胆说话的。我则把这封信看做一件有历史价值的文件。现在我把它全文抄录如下。

"致财政总长拉迪克斯·德·圣-伏瓦：
亲爱的圣-伏瓦，我现在处于最为深切的悲观失望之中；您永远想象不出杜巴里对我的暴行到了什么地步。我现在已经厌于做他粗暴凶恶的发泄工具。即使我在他家感受过某些快乐，它们也被他动辄发作的暴行打消了。我彻底下了决心，要摆脱他的虐待，与他断绝关系。在我有缘在他家见到的男人中，您是我最为看好的一个。我觉得您性格温和，容易沟通。如果您告诉我的那些好事，对我提出的建议确是真诚的，那么眼下就是我来验证它们的一个良好机会。请您考虑：我要的是一个认真的安排；否则我们就不可能进一步发展。您知道，我只是不好意思作出选择。不过我是爱您的，请您好生利用这一点。既然您乐于排他性地拥有一个被人认为是可爱的情妇，而我又不愿意再为我那暴君所奴役，那我们就有可能做到双赢。再见！请尽快考虑并答复。您如果愿意，我整个人都是属于您的。

朗吉　写于

1767 年 12 月 6 日"

今日在出席国王晨起仪式时，有人在谈话中多次提到这封信。国王截住其中几句，他转身面对德·艾延公爵。德·艾延公爵一如既往，成了众人嘲笑的中心。

"您不是在谈接班的事吗？"

"是啊，陛下，我说得让一个法国国王来接某人的班。"

"我听到了，"国王又说，"您是想说我接圣-伏瓦的班吧？"

"正是，陛下，就和您接法拉蒙的班一样。"①

杜巴里伯爵夫人称德·艾延公爵为"疯狗"没错。要是被德·艾延公爵咬上一口，那伤就没法治了。好在杜巴里伯爵夫人一如希腊神话里的阿喀琉斯，只有脚后跟容易受伤，而且那个地方只有国王能够伤到。

杜巴里伯爵夫人继承了已故的德·蓬帕杜夫人的所有衔头和所有特权。今日国王让城堡总管德·诺阿依伯爵搬家，把他那套房间腾给杜巴里伯爵夫人。那就是前面那位宠姬住过的那个套间。迄今为止，

---

① 法拉蒙是传说中法兰克人的王。历代法国国王可以说都是他的继承者。——译注

杜巴里伯爵夫人还住在勒贝尔家，以至于德·黎世留公爵发牢骚说，女普瓦松①不在了，可是还有男普瓦松在。

昨日，在古尔丹夫人之友的一个小聚会上（我有个看热闹的职业，喜欢到处走走），有人给我讲了一段轶事，我觉得有点意思。与会的人都认识安吉小姐，对我肯定说，新的伯爵夫人肯定不会不认识"小伯爵夫人"。

给我们讲故事的是德·李斯尔骑士。

杜巴里夫人经常去小田园街探访让·杜巴里伯爵。让·杜巴里伯爵是她的私人顾问，指点她身处宫廷阴谋如何应对。过去他是杜巴里伯爵夫人称职的肉体导师，如今不正好是她的精神导师？

上个星期二，伯爵夫人独自待在大伯的套房里，焦急地等待他回来，想求他出点好主意，看有什么办法克服阻碍，去宫廷与王室与大臣们见面。她待在客厅里，突然一下客厅门被推开了，一个外国人出现在门口。

看来人的样子像个意大利人，脸色晒得黑黑的，穿着去年的时装。一看见伯爵夫人，他就伸开双臂，朝她扑过去，一边发出惊喜的叫声。伯爵夫人吓坏了，一个劲往后退。

"怎么！我美丽的玛侬，我是你最好的朋友啊，被太阳晒得变了模样，连你都认不出来了吗？"

"先生，我好像从未见过您吧！"

"你从没见过你亲爱的库阿涅？一年前离开你，去柯西嘉还债的可怜的库阿涅？啊，亲爱的玛侬，你的记性可不怎么样！"

"库阿涅先生？啊，是的，我想起来了……可是，先生，我们不应该再见面了：我嫁了人；您不知道这事吗？"

"嫁了人！"德·库阿涅叫起来，"哦，太好了！团结就是力量，我们三人一起过快活日子，三人快活，就是三倍快活！"

年轻疯子一边连声说着太好了，一边走近伯爵夫人，搂抱她的意

---

① 德·蓬帕杜夫人娘家姓普瓦松。——译注

210

图越来越明显。

杜巴里伯爵夫人仍在躲避他的搂抱；她猛地拉了一下门铃，一个仆人马上出来了。

"去把公爵先生的人叫来，告诉他们，公爵先生想离开这里。"

德·库阿涅公爵只好恭恭敬敬地向一脸严肃的玛侬敬了个礼，一边啧啧有声地走出门去。不过当他得知漂亮的玛侬，他去年结识的那个那么快活的情妇，那么邪魔的天使，竟然变成了一个贵妇，右手牵起纪尧姆·杜巴里伯爵，左手牵着法兰西国王，几乎正正经经地过起了日子，他更是惊叹不已，感慨万分。

公爵赶紧尽力修复自己的轻率孟浪。他写了一封信给杜巴里伯爵夫人；没有人读过这封信，不过杜巴里伯爵夫人的回信却被人传了出来；兹将此信照录如下：

> "公爵先生，寄来的道歉信，我已收悉，也愿意原谅您的行为。我为人善良，不会记仇记怨；不过请您记住一条谚语：开山利斧，切勿触碰。
>
> 杜巴里伯爵夫人
> 1769 年 1 月 11 日于巴黎"

她为什么不说切莫碰王后呢？
德·艾基庸公爵刚刚收到杜巴里伯爵夫人下面这封信：

> "公爵先生，我们友情太深厚，以至于我总是迫不及待地抓住各种机会为您效劳。您想买下国王近卫军轻骑兵指挥官的职位，这事我已问过国王，征求他的意见。不过他告诉我，那个职位，德·索瓦瑟公爵已经为德·索瓦瑟子爵要过了。——'既是这样，'我对他说，'这就更是一条赏给我的理由了，因为德·索瓦瑟公爵对我怀有敌意，图谋害我，应该给点惩罚。'陛下微微一

笑，对我说，我的要求，不论什么，他都没法拒绝。因此，您这下满意了，我也一样。请代我向好朋友德·艾基庸公爵夫人表示祝贺。国王近卫军轻骑兵指挥官先生，本人在此向您问好。

杜巴里伯爵夫人"

　　杜巴里伯爵夫人最新的胜利使德·索瓦瑟公爵那一派气得发狂。他们看得清清楚楚，国王的宠姬成了至高无上的女主，用不了多久，他们就会被革去职位，褫夺头衔。于是大家赶忙向杜巴里伯爵夫人尽君臣之礼。最近她去参观画家沙龙；一进门，她就受到了热烈而隆重的接待，德·圣-弗洛坦先生率一班人列队欢迎。起初杜巴里伯爵夫人被专门为她安排的阵势惊住了，不过看到最有名的画家雕刻家都围在左右陪同参观，而且竞相讨好巴结她，想得到她的青睐，她也就坦然了。

　　1769年这个画家沙龙最吸引眼球的，是德鲁埃先生给杜巴里伯爵夫人绘的两幅画像。这位画家曾给德·蓬帕杜夫人画过精彩的画像，但人们普遍认为他两次给杜巴里伯爵夫人画像都没有画好。

　　然而这两幅画像还是给我的一个诗人朋友提供了写诗的理由；只不过他只写出了自己所受的启发，道出了画家描绘其男女模特的幸运念头，却远未道出画家的才华。

迷人的杜巴里，凭你这两幅像，
茫然的看客处处欣赏你。
在他眼里你若变了性，
他就只需改变趣味：
如果他心里把你看做女人，
他就领略了做男人的快乐；
如果你变成了男人，
他就突然想做女人。

大家在此看得出来，杜巴里伯爵夫人的受宠是完全稳靠了。下面是德·蒙莫朗西侯爵夫人的一封信，它表明了王国一些最高贵的家庭是如何或远或近地投靠依附新宠姬的。

　　"亲爱的伯爵夫人，我有一个特别的念头。您认识一个名叫德·布特维尔公爵的先生，他已经开始不再年轻了，但还是干了不少傻事，不过他表示要下决心变得理性。头一个证明，就是他想再婚，他要我给他介绍一个女人。我起初嘲笑他的决定，不过当我发现他是认真的以后，就对他说：'您需要一个理性的、聪明的、能够做您的良师益友的女人。我认识一个女人，倒是符合这些条件，只不过不知道她愿不愿意嫁您。'他当时提了很多问题，我就说出了您的小姑和朋友杜巴里小姐的名字。亲爱的伯爵夫人，如果我干了一件冒失事，那么我想成为您的盟友这个愿望就可以成为原谅我的理由。您还是给您的小姑提一提这件事。如果这事能成，那就善莫大焉；如果不能成，我也仍然是您的朋友。

德·蒙莫朗西侯爵夫人
1769 年 8 月 4 日"

　　我不清楚这件事办没办成；但不论如何，德·蒙莫朗西侯爵夫人为自己赢得了杜巴里伯爵夫人的友情。

　　人们用各种声调歌唱着两个月来杜巴里伯爵夫人的幸福，传唱着她的对手们即将到来的麻烦。有人刚刚给我送来一首歌子，现把歌词抄录如下，用的是《背弃者》的曲子。

　　国王万岁！爱情万岁！
　　让昼夜回响着这声呼喊
　　——我最宝贵的吉言！
　　嫉妒的毒蛇在床边啸叫，

可别想搅乱我的神思，

因为爱神保证让我安宁，

在他的怀抱里我酣然入眠。

　　和歌词一起送来的还有两份报纸，我觉得有点奇怪，因为报纸表示了公众的担忧；我也抄录两段放在下面：

　　"9月28日星期四，国王陛下在塞纳尔森林狩猎之前，去了'国王小屋'；陛下是在午前到达的，午后不到一点就离开了。有人注意到陛下有些不安，忧心忡忡。杜巴里伯爵夫人只到下午两点才与众多宫廷贵妇一起，来与国王会合。其中有德·米尔普瓦元帅夫人、德·蒙莫朗西侯爵夫人、德·瓦朗蒂诺公爵夫人、德·奥皮塔尔伯爵夫人等。与之同来的还有众多贵族。布莱先生领着这些贵妇参观了整座城堡。她们都被这里的环境陈设迷住了。接下来是一场盛大的宴席。餐后国王的情妇率领众贵妇乘上敞篷四轮马车，观看宰杀一只雄鹿的场面。那只猎物是在十字喷泉下面捕到的。国王陛下把蹄子赏给杜巴里伯爵夫人。第二只雄鹿也被逼进了围猎圈，其方式最为有趣，也最为少见。它作出了所有能让看客开心的动作，串演了能给这种场面提供种种变化的情节，好像它是在演练各种技能。除了为数众多的宫廷人员，因为天气晴好，也有很多邻近的居民前来看热闹。

　　"人们期望布莱先生作出什么特别的殷勤表示，因为他是个有才之士，对于搞活这类欢庆活动有的是办法。布莱先生确实也没有辜负众望。大家在城堡里发现了一座维纳斯雕像，是根据库斯图①为普鲁士国王雕塑的那座复制的。只不过机灵的臣子让人换了雕像的面孔。现在这座雕像是根据杜巴里伯爵夫人的头部雕塑的，并且送给国王陛下过目，得到他的赞许。这种做法使得大家猜出了路易十五的喜好。

---

　　① 17、18两个世纪法国库斯图家出了三个著名雕塑家。他们是老兄尼古拉·库斯图（1658—1733），老弟纪尧姆·库斯图（1677—1746）和纪尧姆·库斯图的儿子（1716—1777）。为普鲁士国王雕塑维纳斯像的是儿子库斯图。——译注

"杜巴里伯爵夫人穿着观摩画家沙龙的那套衣服出席这场狩猎活动，不过表现得更为敏捷，更为迷人。

"臣僚们继续张大眼睛观察宫廷里发生的一切，力图弄清当下事件引来的后果。他们吃惊地发现德·索瓦瑟先生并没有替德·索瓦瑟子爵谋到国王近卫军轻骑兵指挥官的职位。另一方面，大家注意到上面对这位大臣不再那么宠信，因为他带着主子的'恩典'去了麦茨。在奔走边疆之前，这位大臣与杜巴里伯爵夫人单独晤谈了三个钟头；这场晤谈引发了无穷无尽的猜测，因为这位大臣是头一次与国王的情妇做这种晤谈。

"对于监禁热内·德·布罗索先生一事。人们也不知道该怎么看。杜巴里伯爵夫人的大伯曾认为他具有担任财政大臣的素质，但是出于保护弟媳的考虑，又想把他提到财务总监的位置。杜巴里伯爵的大伯本人似乎也遭受贬黜，因为他将去温泉疗养，虽说并不是疗养的季节。一些秘密人物希望努力将他排除出赴枫丹白露的人员名单，因为重大的政治行动、重要的革命一般都发生在那里。"

这首歌词和两份报纸都是从德·布弗勒骑士那里弄来的。最新的一份是昨天，10 月 4 日的。

这些报纸上提到的"国王小屋"是由布莱先生建造的。他希望国王在看到小屋之后，会把屋子买下来。其实国王本应该这样做，因为对一个包税人来说，这座小屋过于美好，他是消受不起的。可是国王即使要为情妇置屋，花起钱来也总是十分谨慎。

昨日杜巴里伯爵夫人从房间里下来，偶然遇见一个厨子。那人是管家带过来的，才为她效力两天。伯爵夫人打量他，觉得他有点像德·索瓦瑟公爵。于是在他面前站住，问道：

"您是为我做事的吗？"

"是的，夫人。"

"那好，您去告诉管家，就说我不愿意再看到您。您的面相太不吉利了。"

倒霉的厨子当天就被打发走了。那天早上杜巴里伯爵夫人把事情说给国王听了，还笑着补充一句："陛下，您看，我一分钟也不犹豫，就把我的索瓦瑟打发走了。您什么时候把您那位也打发走呀？"

杜巴里伯爵夫人就这样对一个辛辣插曲施加了报复。那件事，在宫里成为众人谈论的话题之后，又成了城里市民百姓的谈资。对杜巴里伯爵夫人从未有过半点怨言的德·洛拉盖伯爵，忽然起念要去古尔丹太太家找个情妇。他把情妇安置在一家极为豪华的旅馆里，又把她介绍给所有朋友，说她是"杜道诺伯爵夫人"①。这件事马上就传开了。德·黎世留公爵听说了这个正大广为传播的辛辣插曲的最初版本，马上给杜巴里伯爵夫人写了下面这封信。

"寄自德·黎世留公爵：

"敬爱的伯爵夫人，

"您应该马上让德·洛拉盖伯爵停止冒犯您的无礼行为。他不久前在圣奥诺雷街找了个姑娘，给她一套房子，配了家具，让人公开称她为'杜道诺伯爵夫人'。您知道这样一个粗鲁行为是极其无聊的。如果听之任之，让他继续胡闹几日，全巴黎的人就都知道了。这种事，必须在刚一露头的时候就予以制止。德·洛拉盖伯爵是德·索瓦瑟公爵的朋友，这样一说，您就知道这一击是来自何方了。

"敬爱的杜巴里伯爵夫人，我是您的忠诚仆人。

德·黎世留公爵"

对于德·洛拉盖伯爵的极其荒唐的胡闹，杜巴里伯爵夫人起初是一笑了之，但是禁不住朋友们一番分析评说，她最终或许也感到事态严重，有点不安了。于是德·洛拉盖伯爵没有等到路易雷霆震怒的结果，趁着人家将倒霉的"杜道诺伯爵夫人"关进萨尔佩蒂埃监狱的时

---

① 法语道诺 TONNEAU 与巴里 BARRY 都有"桶"的意思。——译注

候，一个人悄悄动身去了伦敦。

我们有一个王储夫人。不过在提到这位王妃的时候，我必须在我的记忆之河里往上回溯一段路。几个月以前，风传王储殿下准备大婚的时候，杜巴里伯爵夫人起初显得惴惴不安，担心一个年轻美丽的王储夫人会对国王的头脑产生重大影响。因为她知道新来的王储夫人一如她母亲玛丽-黛莱丝皇后和奥地利王室的所有公主，有点头脑和主见。那些从恐吓杜巴里伯爵夫人中可以得到好处的人，想尽办法让她感到担心，劝她说，在为王储夫人举行欢迎活动的时候，她应该去南方的巴雷日小镇住几天。德·黎世留和德·艾基庸两位公爵则让她明白，在王储夫人到达法国的当口远离宫廷，无异于主动撤退，把阵地让给王储夫人的朋友。他们说，这就是放弃了对国王意志的影响。而路易十五本来就是个懦弱人，优柔寡断，不久就会听任杜巴里伯爵夫人的敌人牵着鼻子走。德·黎世留公爵专门为此给伯爵夫人写了一封分析透彻的信，并且抄了一件给我。这封信的信文于下：

"敬爱的杜巴里伯爵夫人，您得小心提防，别被德·诺阿依公爵灌进您头脑的那些主意牵着走，千万别在王储夫人到达法国的当口，以不便出席专门为她举行的仪式，以及那个王储夫人有可能给您一些难堪为由，到南方去泡温泉疗养。德·诺阿依公爵先生给您出这些馊主意，表明他不可能是您的朋友：他是德·索瓦瑟公爵派来监视您的。德·索瓦瑟公爵希望趁您不在，消除您对国王的影响。您是国王的保护神，一刻也不要离开他。您虽然年轻美丽，却不知道离场的危险。因为您一离开，他们就会想方设法让国王断了对您的痴情。非凡的伯爵夫人啊，这个结果，就用不着我多说了。您只要知道一点，您如果离开，危险很大。

德·黎世留公爵"

杜巴里伯爵夫人的真正朋友，都和德·黎世留和德·艾基庸两位公爵意见一致，于是我们就让杜巴里伯爵夫人鼓起勇气，变得十分坚定。由于当时传说玛丽-黛莱丝皇后曾经要求，作为新婚礼物，不要将杜巴里伯爵夫人介绍给王储夫人，杜巴里伯爵夫人就决心把事情原原本本向国王解释清楚。有一天正好国王皱着眉头来见伯爵夫人："喂，"路易十五对杜巴里伯爵夫人说，"我们就要有一位王储夫人了。她会想在凡尔赛支配一切，就像她母亲在维也纳那样。对她丈夫来说，她想做什么就可以做什么，可是对我来说，那就不行。走着瞧吧。"

"什么！陛下，您竟然担心王储夫人的影响？"

"她母亲想把法国变成奥地利的一个省。她对她女儿，奥地利的女大公是千叮咛万嘱咐，一定要对我们施加重大影响。可我还不是奥地利人哩。"

"陛下，我只担心一件事，就是人家会不遗余力在您面前毁我，破坏我在您心里的印象。不过，既然您不是奥地利人，那我就可以指望法兰西仍是我的法兰西了。"

国王听了这个语言游戏，微微一笑；杜巴里伯爵夫人继续说："不过我很担心，就怕这个女大公夺走您的全部爱心。"

"我会把她当做女儿来爱她。"国王回答说，"不过要是她玩阴谋，耍诡计，想做女王，那我就只把她当王储夫人对待。我的美丽女友，您不要担心，我非常需要您，就像皇后陛下非常需要考尼茨大臣一样。"

"可是陛下，外面传说我不会被介绍给王储夫人。"

"您说有什么必要这样做？"

"因为皇后把这一条作为她嫁女的条件。"

"这是些荒唐的谣言。"路易十五气愤地叫起来，"人家以为我会听任人家强迫我接受这种条件？我觉得这种蠢话是凡尔赛传出来的。巴黎人喜欢听信蠢话，他们会像接受福音书里的话一样接受这种东西。不过我不许任何人胡说我被外国女人牵制。我敢保证，宫里的女人，您将第一个被介绍给我的孙媳。"

"陛下，这是我莫大的荣幸；我很想见到王储夫人。"

"请放心，您会头一个见到她，不过要排在我后面，因为我想等她一到，就给她下命令。"

这场谈话是在小范围里进行的，对杜巴里伯爵夫人和她的朋友们来说，这是一场真正的胜利。而国王也说话算话。王储夫人到达的头一天，他对杜巴里伯爵夫人说："明天打扮得美丽一点。您和我们一起在缪埃特宫吃晚饭。"

"陛下，我会为您打扮得漂漂亮亮的。"

的确，杜巴里伯爵夫人把自己打扮得那么美丽，或者确切地说，天性赋予杜巴里伯爵夫人如此迷人的相貌，以至于王储夫人自己也情不自禁地对她表示恭维。路易十五牵着杜巴里伯爵夫人的手，亲自把她介绍给王储夫人。在晚餐的席上，路易十五问孙媳觉得杜巴里伯爵夫人如何。"迷人又可爱。"国王和杜巴里伯爵夫人听了此话大为受用。

尤其不容易的是，对杜巴里伯爵夫人作出这番赞扬的王储夫人自己就是个无与伦比的大美人，不过与杜巴里伯爵夫人是不同的类型。女大公年方二八，一头金发亮丽动人，她的皮肤非常白嫩，富有光泽。她的额头光洁平展，嘴巴小巧精致，眼睛炯炯有神，她的身材已经非常完美，但是这位年轻王妃最美丽的地方，是她的风韵气质。在私自下场合，她的一举手一投足包含着一种懒散与随意，这一点，是我们那些骄傲的公爵夫人们所陌生的；不过，当这位王妃在正式场合一露面，那神气比谁都威严庄重。这位美人的缺点，唯有下唇稍嫌突出，但这是奥地利王室的鲜明印记，而且它使人显得非常倨傲和高贵。

杜巴里伯爵夫人与王储夫人关系很好。在我们最后一次去康皮埃涅的时候，路易十五有一天邀请孙媳与他在小城堡共进晚餐。王储夫人请他安排德·索尔纳公爵夫人同席，因为她非常敬爱那位贵妇。国王欣然同意，但是他也带了杜巴里伯爵夫人。王储夫人本没料到这点，一见到杜巴里伯爵夫人进来，就快乐得叫起来："啊，陛下！我只向您祈求一个恩典，没想到您给了我两个！"晚餐的气氛非常欢乐。第二天，杜巴里伯爵夫人在她的套房里举行晚宴，在请柬下方可以读到这样一句话，从中可以看出她对路易十五的支配力："国王陛下将光临晚宴。"

无论如何，杜巴里伯爵夫人最铁杆的朋友都担心她遭受暗算，因为王储夫人周围聚满了杜巴里伯爵夫人的敌人，尤其是那些敌人用心险恶、手段毒辣。其中就有德·格拉蒙伯爵夫人，她与德·格拉蒙公爵夫人，是最热衷于败坏杜巴里伯爵夫人名声的女人。从另一方面说，德·索瓦瑟公爵的话，路易十五的孙媳听得进去。国王已经衰老，朝臣们已经在考虑转向初升的太阳。

然而，杜巴里伯爵夫人却还照样对敌人穷追猛打，以巩固她的朋友们的胜利成果。哪天我要说说德·艾基庸公爵的事情。他的案子在最高法院面前变得越来越糟，而在国王的头脑里却变得越来越好。我只会说德·格拉蒙公爵夫人事情办得不好，竟至于逼迫起性格有些软弱的国王来了。每天都从这个贵妇或者她的手下那里传出一条侮辱杜巴里伯爵夫人的新闻。国王命人召来德·格拉蒙公爵夫人，命令她两年之内远离宫廷，不得回来。公爵夫人想对国王回忆从前她受到的恩宠，她和她的兄长德·索瓦瑟公爵想请国王收回成命，但是没有得逞。

既然德·格拉蒙公爵夫人动身去了外省，杜巴里伯爵夫人觉得自己更加强大，每天都要抽出半个上午时间，在国王面前来玩抛橙子的游戏。她一边抛一边说："跳吧，索瓦瑟！跳吧，普拉斯兰①！"

那次康皮埃涅之行，我们着实把德·莫普乌先生的一场险遇好好笑了一次。在讲述事情经过之前，我们先得交代一句，除了路易十五和两个小姑，杜巴里伯爵夫人最喜欢的是一条名叫多利娜的小母狗，以及一个名叫札慕儿的小黑人。那小黑人是个非常难看的小蛮子，没有受过良好的教育，脾气被惯坏了，十分讨厌，不过他戴着饰有彩色羽毛的帽子、手镯、项链和耳挂的样子神气极了。那条小母狗也是个可憎的家伙，只认识它的女主人，只尊敬国王。任何人要想讨好杜巴里伯爵夫人，首先得让札慕儿高兴，要拿环形小松饼来喂饱多利娜，还得争取松小姐的尊重。而这一切并不总是轻易就能得到的。

---

① 1712—1785，法国18世纪大臣，德·索瓦瑟公爵的表弟与亲信。——译注

有一天，德·莫普乌先生决定向札慕儿先生献一回殷勤。当时德·莫普乌先生正在与最高法院那些人较量，确保杜巴里伯爵夫人的支持比什么都重要，因为没有杜巴里伯爵夫人的支持，他就不可能说服国王痛下决心采取行动。因此，在吃晚餐之前，他就派人给杜巴里伯爵夫人家里送去一个斯特拉斯堡大馅饼。但是不待仆人下刀开切，就从馅饼里钻出一群鳃角金龟，四处乱飞。札慕儿从未见过这种昆虫，以为天使下凡，心头一阵狂喜，笑得合不拢嘴。他开始驱赶那些昆虫，也不管哪些人在场。那些鳃角金龟大概怪大法官把它们弄到这样一个场合，要加以惩罚，就飞到他的假发里躲藏起来。小黑人也全然不顾这样一个尊贵的脑袋应该尊重，扯下德·莫普乌先生的假发，走到一个角落，就像一个守财奴端详他的财宝一样细细打量起来。大家开始哈哈大笑，领头的就是大法官本人。杜巴里伯爵夫人笑着说："法官里头，这可是第一个被脱光的脑袋！"

"没有假发的公平正义①不是好的公平正义。"松小姐说。德·艾延公爵接上一句："因此才有那么多假发来掩藏公平正义。"每个人都就此说了一番话，甚至包括大法官。"我希望，"他说，"人们摘掉的不光是这一顶假发。"德·莫普乌先生时刻不忘他想摘去最高法院的法官们的假发。为此他事事小心，处处留意，包括讨取路易十五的欢心，博得杜巴里伯爵夫人的笑颜。我一个朋友在8月20日这封信里就写到了他那份恭谨：

"你们以为，最高法院法官们的普遍不满，让身在巴黎的大法官十分为难，各省的最高法院都在给他制造麻烦。然而他却看不出有麻烦的样子，他照旧像一个天真单纯的孩子一样开心。宫里的普遍传言是，国王近日对杜巴里伯爵夫人的府邸来了个不宣而至，发现那位贵妇正在与一些年轻臣僚玩捉迷藏的游戏。在那些年轻人中间，就有穿着法官长袍的大法官；陛下看到那个场面，着实十分开心。"

德·艾基庸公爵曾送予杜巴里伯爵夫人一辆豪华的四轮马车，之

---

① 亦有司法官员、司法机构之意。——译注

后有人写出如下诗句在外面传唱：

> 为什么这样人声鼎沸？
> 是仙女还是公主的
> 四轮豪华马车招来
> 出人意料的围观？
> 否……好奇的看客群里
> 飞出一句刻薄的回答：
> 可鄙艾基庸送洗衣女
> 一辆豪华马车兜风。

杜巴里伯爵夫人从未用过那辆奢华的四轮马车。那辆车子耗费了德·艾基庸公爵不下5.2万利勿。其装饰配件比什么都富丽奢华。与那辆车子相比，王储夫人的座驾只能算一辆装饰粗糙的大车。路易十五怕激起民变，也不愿意杜巴里伯爵夫人乘坐那辆马车，因为民众都成群结队地前去参观那辆车子。

德·索瓦瑟公爵感觉到德·艾基庸公爵得势是自己下台的前兆，便想方设法接近杜巴里伯爵夫人。他派手下给杜巴里伯爵夫人送去一些诗句。据说它们出自德·费尔纳主教之手，委婉地向她表达了与德·索瓦瑟大臣友好相处对她有益的意思。不过我根据可靠来源，知道那些诗句其实是出自我的朋友德·布弗勒骑士之手。而且，我还知道，那不是他最好的诗句。

> 快乐女神，美惠三女的温柔母亲，
> 为何将阴暗的猜疑、恼人的失宠
> 混杂在帕福城的狂欢之中？
> 为何要谋划一个英雄的败落？
> 尤利西斯于祖国十分重要
> 是阿伽门农的坚强倚靠；

他的积极政策和巨大才华

保留了骄傲的特洛伊城的价值。

维纳斯呀，用你的美丽统治心灵，

让众神服从你的威望，

在欢笑的狂热中采撷

享乐的玫瑰；

不过请听取我们的愿望，

让动荡的夜晚回归平静。

至于让特洛伊人惧怕的尤利西斯

你在盛怒之下将他放逐，

因为美丽只在他膝下叹息时

才变得十分可怕……

这些诗句并没有带来和解，倒是下面这封信给国王留下了深刻印象。它是由一只陌生的手放在路易十五的案头的。

"陛下，我是您最好的朋友，或许您不知道这一点。我想提醒您，五月计划重新启动了。德·索瓦瑟先生想独揽大权，绝不与人分享。您的来日肯定无多了。他现在打算建立新朝，开始自己的统治。王储夫人会完全听命于他。"

自从读过这封信，国王的神态里就有了一些阴暗的东西。看得出他想把德·索瓦瑟公爵赶下台，但他担心这样一个重大行动会引出无法收拾的局面。

如果这些札记配有人物的身份头衔、索引，思考，评论，并配上图表和勘误表，那就算得上是货真价实的回忆录了，不过我更愿意给这一章取名为"书信篇"。因为我今日只谈了书信，不过是一些有效果的书信。

已经很久了，在一定的日子，一定的时辰，杜巴里伯爵夫人总看

223

到一个严肃的男子来见国王，不由得生出一丝不安。这个男子总是挟着一个神秘的公文包，因为它一点也不像大臣们平常用的公文包。大臣们的公文包通常总是微微打开一条缝，或者干脆敞开，露出里面的文件纸张；那是一些冒失的、饶舌的、大吹大擂的、引人注目的，愚蠢又举足轻重的公文包，就和它们的大多数主人一样。不过让杜巴里伯爵夫人感到不安的公文包却是谨慎、低调、含蓄、不声不响，一如挟着它的这位严肃人物。该男子肯定不是臣僚。每次等这个人物离去之后，路易十五就把自己和那只公文包关在房间里，杜巴里伯爵夫人从未能得知路易十五和那人谈了什么。不过，到了这个月的23号，她终于了解了这个天大的秘密。一如所有事情，是她偶然发现了那些秘密的。那天杜巴里伯爵夫人在家里等待国王与德·莫普乌先生、德·拉维里利埃尔公爵和德·苏比兹亲王等人，因为他们要在她这里进晚餐。国王来杜巴里伯爵夫人这里之前，先去了王储夫人那里。就在这一刻，那个神秘人物来见国王。仆人们就告诉他，国王陛下在杜巴里伯爵夫人家。于是那个人物，就带着那只公文包，朝杜巴里伯爵夫人家走来。杜巴里伯爵夫人那会儿正在为她最最尊贵的客人还没有到达着急，听到仆人通报驿传总管德·伏瓦涅男爵到了。她出来一看，就是那个陌生的公文包男子。看到伯爵夫人是独自在家，驿传总管就想离去，可是杜巴里伯爵夫人不管他愿意不愿意，一把拿过他的公文包，说："先生，国王就要到了。在这里等一会儿吧；等陛下到了，我也乐意看看这包里到底是什么东西，因为我纳闷它很久了。"国王进屋后，德·伏瓦涅男爵报告说："陛下，我把这只公文包带来了。伯爵夫人主动要求把它亲自交给您。"说完，他恭恭敬敬地行了个礼，就退了出去。

等他一出门，伯爵夫人就快活地对国王说："就我们两人。我们来读这些东西开开心吧。"

"不，夫人，对不起，我一个人来读。这里面有国家机密。我不能暴露机密，让国家遭受损害。"

"这么重要的秘密，那些傻瓜竟然交给驿传衙门！"说完，杜巴里伯爵夫人把公文包一扔,那公文包一下就打开了,里面的公函、照会都流了出来,摊了一地。

"这下可糟了。"国王说。

"是我犯的错,该我来补过。"杜巴里伯爵夫人跪下来,收拾那些信件公文。国王也学她的样在地上蹲下来,两人有说有笑,把那些纸张文件堆在一张小桌子上。最后,杜巴里伯爵夫人把那些信件公文都看了一遍,没有漏掉一句话。她发现好几封信是写给外省最高法院一些成员的,里面充满了对国王的辱骂、对德·索瓦瑟公爵的颂扬,和有关国王宠姬的骇人听闻的传言。杜巴里伯爵夫人大声朗读其中她觉得最为无聊的一些片段。

"这帮穿黑袍的家伙,疯狂攻击本人,又疯狂吹捧我的大臣,确实叫人无法忍受。"国王说。

"既然您这么喜欢您那位大臣,那就该您倒霉。"伯爵夫人说。

杜巴里伯爵夫人又念起一封信里的一段话:"不管人们怎样传说,我都不相信德·索瓦瑟公爵会受贬黜;国王太需要他了,没有他的协助,国王都不知道怎么处理国家大事。"

"该死的家伙!"国王说,"德·索瓦瑟竟敢拦在老子前面,害得老子的臣民都看不到老子了。"

把这些信件公文读完,国王早已怒不可遏。不久其余的宾客都来了,国王让那些人看了其中一些材料。那些人表示的义愤,更使路易十五坚定了他的决心,以至于一用过晚餐,德·拉维里利埃尔公爵就在他的口授之下,给德·索瓦瑟和普拉斯兰两位先生起草了盖有国王大印的信。信文如下:

"爱卿,您的效力给我引来的不满,迫使我要将您放逐到尚特卢。您立刻就到那里去吧,不要超过 24 小时。如果不是对德·索瓦瑟夫人特别尊重,我本可以把您送到更远的地方,因为我很关心她的健康。当心您的行为,不要逼我作出另外的决定。借此机会,表弟,我祈求天主把您置于他的佑护之下。"

"爱卿,我不再需要您的效力了。我把您放逐到普拉斯兰。24 小时之内，您动身去那里吧。"

这两封信于第二天上午交到了收信人手上。是德·拉维里利埃尔带去的，他也接过了两个被放逐的大臣的公文包。年迈的普拉斯兰身患痛风症，疾病已经侵入大脑，接信后一句话也没说，但是德·索瓦瑟公爵态度粗鲁地接待了德·拉维里利埃尔先生，因为德·拉维里利埃尔先生以为应该对这位倒霉大臣说几句安慰话，不承想热脸贴了个冷屁股。

杜巴里伯爵夫人请德·贝阿纳夫人吃晚饭。饭后路易十五来了。国王陛下完美地演了一场戏。国王首先恭维德·贝阿纳夫人做了杜巴里伯爵夫人的进宫教母，但是他没有给她作出任何许诺，更没有给她留下什么赏赐的字据。

桑利斯的主教德·罗克洛尔先生是个铁杆德·索瓦瑟公爵或者德·格拉蒙夫人派。在与他做了一番交谈之后，德·贝阿纳夫人雷急火急地赶过来，要解除她与杜巴里伯爵夫人的教母教女关系。英雄气概都躲到哪里去了？这位贵妇担心的是几位公主娘娘的不满。德·黎世留元帅头天对杜巴里伯爵夫人说："夫人，您看明白了吧，到处都在点火反对您：纷争与不和也是一支火把哩。"

日复一日，少不了有人在国王耳边吹风，把几位公主娘娘及其身边的人对杜巴里伯爵夫人的闲话说给他听，于是国王陛下昨日劳动大驾，来看几位公主娘娘。来此之前，路易十五已经受到德·黎世留公爵不动声色的挖苦，又听了总是拿最高法院来恐吓他的大法官的告诫，尤其是杜巴里伯爵夫人一把鼻涕一把眼泪地抱怨，说什么从此只在他走了后才欢笑让他窝火，因此一来就对几位公主娘娘大声宣布，不许非议杜巴里伯爵夫人。公主娘娘们都答应善待安吉。必须指出，德·拉沃居依庸先生为取得她们的承诺做了很多工作。一来是被迫接受国王的正式命令，二来也是被杜巴里伯爵夫人预先争取，因为她是在这个耶稣会教士的鼓动下加入耶稣会的，德·拉沃居依庸先生抓住了在公主娘娘中最软弱，也是王室三姐妹中最难侍候的阿黛拉依德公主做工作。维克图瓦公主与阿黛拉依德关系十分融洽，路易丝公主是个非常纯洁善良的女人，从来不听有关宫廷的传言，总是以父亲的意志为转移。德·拉沃居依庸先生对阿黛拉依德公主说，安吉是个堕落的天使，但是已经悔悟，我们应该帮助她返回天国。这番话感动了阿黛拉依德公主，她为自己已经站在了天堂门口而沾沾自喜。

维克图瓦公主的一个陪媪德·贝尔舍尼夫人受到贝尔坦先生警告，说是国王陛下知道了她给公主出的主意，表示如果她还不闭嘴，就要将她逐出凡尔赛。德·贝尔舍尼夫人吓坏了，跑到外省去躲了一个月。这种自愿的流亡给几个公主娘娘留下了一些印象。因此一些已经喜欢开玩笑的人已经称呼杜巴里伯爵夫人在宫廷的出场露面是"霹雳出场"。不过他们说这话时也压低了声音，因为他们怕遭雷打。

德·贝尔纳夫人的雷急火急过去几天了。一切都在准备之中。这天晚上，一些送信人被派到全国各地，向惴惴不安的法国宣布，明日，也就是 4 月 22 日，星期六，杜巴里伯爵夫人进宫觐见。一些眼光远大的政治家说这是耶稣会的胜利，最高法院派的灭亡，是德·索瓦瑟公爵倒台的信号。我看得没有这么远，但我同意德·艾延公爵的意见，他在谈到这个重大事件的时候说，这是一个帮派的胜利。

昨日举行了进宫觐见仪式。杜巴里伯爵夫人比以往什么时候都美丽。好多嫉妒她的女人看到她举止高贵，仪态万方，都大吃一惊，又感到困惑。在那个高挑的女人身上，谁也不想认出从前那个小安吉的模样。几千道目光带着种种感情、感觉、感触，齐齐地盯着她，可是她丝毫不见慌乱、羞怯。公主娘娘们表现出种种好意，以掩盖她们看到杜巴里伯爵夫人前所未有的成功之后所生出的烦恼。杜巴里伯爵夫人有一件价值超过十万利勿的首饰，是三天前路易十五赠予她的。"瞧，国王在朝他的钻石微笑哩。"有个人指着国王对我说。的确，路易十五的眼睛一刻也不离开杜巴里伯爵夫人，一副充满爱情的样子。

进宫觐见仪式结束之后，在杜巴里伯爵夫人家里举行了一场私人聚会。到来的客人有：大法官莫普乌，德·黎世留公爵，德·苏比兹亲王，德·弗隆萨克公爵，德·拉特里姆依公爵，德·奥尔良主教，德·杜拉公爵和德·艾基庸公爵。伯爵夫人的顾问密友都来了。德·

艾延公爵甚至也去了。杜巴里伯爵夫人狠狠地报复了他。

德·艾延公爵与我们，与随后进来的国王一起向杜巴里伯爵夫人表示祝贺。德·艾延公爵尤其赞扬伯爵夫人仪态优雅，气派华贵。伯爵夫人却对他说："哟！公爵先生，从法拉蒙国王开始，一直到他的继承人路易十五，有那么多规矩礼仪，我学都学不过来哩！"

我手头有一封信，是伯爵夫人写给德·斯丹维尔伯爵的，我还有一张便函的抄件，是国王路易十五写给杜巴里伯爵夫人的。抄件出于杜巴里伯爵夫人之手。兹将这两件东西转录如下：

致德·斯丹维尔伯爵：

伯爵先生，来信收到。我很快乐地给您回信，尤其是我有个喜讯要告诉您，在我的恳求之下，国王陛下同意由您来指定斯特拉斯堡总督的职位继承人。从这点您可以看出，我对您绝没有什么意见。您对我表达的感情，我是深受感动。要是公爵先生和您姐姐公爵夫人都像您这样考虑问题，我们就是世界上最好的朋友了。可惜我只是一厢情愿。

完全属于您的杜巴里伯爵夫人
1769 年 5 月 31 日

国王的便函。

您不要等到明日，今晚就来，我有事情告诉您，保准让您高兴。

日安，请相信我是爱您的。

路易

国王想告诉杜巴里伯爵夫人的事情，就是他要把吕西安讷城堡当做礼物送给她；国王先是将这座城堡赏给德·庞蒂埃弗尔公爵的，可是公爵的儿子德·朗拜尔亲王去世以后，公爵就无意保留它了。

杜巴里伯爵夫人给德·贝阿纳夫人写了一封信，有人给我送来了这封信的抄件。伯爵夫人感谢了她的宫廷教母，并且还她以自由。其实杜巴里伯爵夫人是还自己以自由。因为自从领着她进宫觐见之后，那个爱抱怨的女人就总是缠着杜巴里伯爵夫人。每次见到有新来的朋友巴结杜巴里伯爵夫人，她就感到嫉妒，因此总是宣称她帮的那些忙（即引领杜巴里伯爵夫人进宫觐见）是多么重要，虽说杜巴里伯爵夫人已经让人很好地做了酬谢。杜巴里伯爵夫人很有礼貌地感谢她的帮助。

致德·贝阿纳伯爵夫人：

夫人，我真不知道怎样做才能充分地对您，对您的善良、通融和勤勉表示感谢。您是这么喜爱自由，长久以来为我舍弃了自由，我要是一直霸着不还，我认为那就是滥用了您的自由。再说，那也是对您的友谊做了过高的要求。您多次让我知道，在一个您比我更为合适，然而在某种意义上我们是一起开始的地方，您感到厌烦，您有一些事情要回巴黎去办：既然玛尔利之行结束了，我也就求您行行好，不要再为难自己。您就去卢森堡，去那里忙事吧，把我扔在凡尔赛，让我来应付这里纷繁复杂的事情就是了。

杜巴里伯爵夫人

1769 年 6 月 3 日

当我们聚集在圣-于贝尔，观察金星凌日的天象时，杜巴里伯爵夫人与国王陛下一起来了。国王给她上过几堂天文课。整个宫廷变成了科学院，而科学院那些学者则改头换面成了廷臣。今早有人送了一些诗句给我欣赏。那是科学院一个机灵家伙写的，他从杜巴里伯爵夫人用望远镜来观天一事得到灵感。这虽是学者写的诗，却证明了一个事实，即论起拍马屁这门艺术，学者们并不是一窍不通的人。我把一个天文学家写的这八句诗收进我的有待诘问的藏品集：

> 那具望远镜、那颗金星、
> 那太阳会给我们讲什么？
> 朋友，不要那无用的仪器，
> 我们来寻更可靠的占卜。
> 在这些美丽的花园
> 闪耀着真正的星辰：
> 在他们可敬的目光里，
> 我们看出了自身的命运。

　　我们只是作些旅行而已。可是一些嚼舌头的家伙却断言我们只是移动我们的烦恼；这是恶毒言论。宫廷快乐；我觉得国王和杜巴里伯爵夫人都不烦恼。尤其是杜巴里伯爵夫人，正在为自己战胜了那些对手而暗自陶醉。在我们的所有旅行当中，许多贵妇都脱离德·索瓦瑟的派别，转过来投奔杜巴里伯爵夫人，向她效忠；这一来伯爵夫人也就更觉得快慰。至于我本人，我觉得很开心；这让我把一切事情都看得很光明，我坚信大家都和我一样。只有那位当大臣的德·索瓦瑟公爵和他妹妹并不总是容易高兴。在玛尔利，国王与德·索瓦瑟公爵就杜巴里伯爵夫人的事做过一番交谈。公爵请国王陛下放心，他会尊重陛下的意愿，虽然他的太太和妹妹态度高傲，不屑于与伯爵夫人交往，但那不是他的意思；他一直在做工作，促使她们与杜巴里伯爵夫人和好，不过能否做到，他不抱希望；至于他本人，是伯爵夫人最为铁杆的仰慕者。从那一刻起，德·索瓦瑟公爵就想方设法逢迎杜巴里伯爵夫人，就和此前想方设法避开她一样用心。德·索瓦瑟公爵陪同她三次到访特里埃尔，因为伯爵夫人想从破产的包税人卢塞尔手上，买下那里的一块地产。

　　在索瓦齐，我们观看了由三个剧团的演员演出的一出喜剧。一出非常喜气、甚至过于痞气的喜歌剧，名叫《阿历克斯与阿莱克西》，让我们狠狠地乐了一回。杜巴里伯爵夫人与国王从中获得极大的快乐，这就引出了城里一个叫卡顿的人的闲话，说什么"大家看得很清楚，在观看着那些愚蠢的表演时，国王与他的宠姬欢喜得如同久旱逢甘霖，快乐得如鱼在水。"我不知道鱼儿在水是否有卡顿先生所谓的那样喜乐，但是我承认，那一晚我们大家确实太开心太快乐，请城里的批评者千万不要见怪。

我们只见到前途一片光明，到处是喜庆，充满欢乐，因为我们将迎来王储夫人。年轻王储将要迎娶的是奥地利的女大公。有机会在一门艺术里为孙子启蒙，王储的前辈路易十五预先就感到了快乐。这就是爱的艺术。而路易十五被认为是这门艺术的大师。

这是在众多朝臣眼前发生的一件事情，它表明路易十五是多么风流，多么有情。当国王陛下站着与杜巴里伯爵夫人交谈的时候，他的眼镜盒子突然掉了，杜巴里伯爵夫人赶快蹲下把它捡起来，交给国王。她一只膝还跪在地上。看到这个光景，路易十五赶紧跪到伯爵夫人脚边，对她说："夫人，该一条腿跪下的是我。"

杜巴里伯爵夫人享有德·蓬帕杜夫人有过的所有特权；一如国王，她有权在驿站预订驿马专车服务，在宫廷随国王驻跸的城堡、行宫，她住的是已故女侯爵住过的套房。不过这些住所已经特为伯爵夫人装饰一新，重新置办了家具摆设。国王为她设了一笔每月三万利勿的津贴，不过我认为，这远远不能满足伯爵夫人喜好奢华、一掷千金的性情。不过她是那么漂亮，确实，大家也就无法指责她为自己，为身边人获取世上最精美器物的做法。

有人拼命往杜巴里伯爵夫人脑子里灌输政治阴谋，可是她很不喜欢，常常力图摆脱身边的阴谋集团不顾她的意愿，强迫她接受的那些阴险算计、阴谋策划。在她发明创造的那些消遣活动里，我们依稀可以看到那些无聊姑娘略显疯狂的想象力的蛛丝马迹。她大把大把往窗外撒钱，可是金钱并未因此而失去；总有什么人将它拾取。她创新了一些首饰，她想方设法裁制一些新奇服装，她开创了一份真正的时装鞋帽设计师的工作。她整天整天地从事于这项工作，常常弄得国王等她吃饭，一等就是一个多钟头。不过她心灵的善良从未得到如此全面的表现，她尤其是在一些慈善活动中力图忘却自己的烦恼与宫里的敌人。

杜巴里伯爵夫人在寻找慈善对象的时候，忽然想起了在拉比依先生家做工时的一个伙伴，就让人把她叫来。这个姑娘目前正处于她所要求的境况。而上个星期六，杜巴里伯爵夫人突然又记起了教父杜蒙梭先生，就给他写了一封便函，请他哪天上午到小田园街的杜巴里伯爵夫人府上来。

杜蒙梭先生现在已经垂垂老矣，对宫里的事情不大清楚，接到这个邀请后大吃一惊，战战兢兢地寻思自己是否口风不紧，说过什么对国王情妇不利的话，或者人家叫他去这个从未谋面的杜巴里伯爵夫人家，是否有账要算。当他来到杜巴里伯爵夫人面前时，竟因为恐惧而没有马上认出这个教女来。不过杜巴里伯爵夫人快活地跑上来拥抱老头子，一边问他把教女弄到哪儿去了，说原来在拉比依服装鞋帽作坊时她跟他教女很熟。教父承认不清楚教女的下落；自从见到她开始堕落以来，他就不愿再听人谈起她。伯爵夫人拿这件事给他好好上了一课，说没准他才是那个不幸教女完全堕落的原因。最后，她才对教父说出了自己的身份，并且向他肯定，她只记得从教父那里得到的好处。叙谈完毕，年迈富豪是满心欢喜地走出教女府邸的。他逢人就夸伯爵夫人模样美丽，心地善良，对于他打算做的慈善事业，她完全不加干涉，由他自己决定。

杜巴里伯爵夫人以天使的方式报复了教父从前对她的震怒，又以女人的方式报复了德·拉加德夫人过去对她的轻蔑。她穿着最华丽的衣服，戴着最精美的首饰，坐着最金碧辉煌的四轮马车，去那个阔女人家里探访。当时人们都称那个阔女人为老疯婆，她也乐意煞煞那个老疯婆的傲气，尤其是用保证对她几个儿子尽心、对她本人表示感激的话来羞辱阔老太婆。德·拉加德夫人来回拜杜巴里伯爵夫人。但是没有见到她，就留下一封字条，低三下四地祈求她保护。杜巴里伯爵夫人马上给她回了下面这封信。

夫人，您不辞辛苦，劳动大驾，来我这里却没见到我，真是遗憾。您不必开口求我保护，我自会关照您的，您可以指望这点，也可以指望我对您的尊敬。我是完全乐意为您效劳的。

杜巴里伯爵夫人
1769 年 5 月 30 日于凡尔赛

不管那些嚼舌头的人怎么说，杜巴里伯爵夫人是个真正的慈悲人。下面有一个故事清楚地证明了这一点。

在庇卡底的利昂库，有个漂亮的小农妇被她的神修导师，利昂库的本堂神甫把肚子搞大了。在分娩前不久，那个本堂神甫突然死去了，把那个没有生活来源孤立无助的可怜姑娘留在世上。小农妇生下一个死婴。由于她的情人是堂区的神甫，她觉得非常羞耻，也就不敢公开宣布自己生产的消息，只是草草地把死婴埋葬了事，更没有按照法律的规定向司法机关报告此事。庇卡底的司法机构比别处更加讲究形式。法官从一个嫉妒小农妇的邻居的举报中获悉此事后，作出了一个裁决，将小农妇处以绞刑。裁决得到最高法院的审查确认。

可是黑衣火枪营有个正直的绅士，名叫德·曼德维尔先生，完完全全地了解了这件事情，自告奋勇地想救助那个可怜的未婚母亲。或许他认为自己在这件事情上能够做点什么，或许这只是我的一种揣测，他要帮助她只是出于人道？无论如何，他来到当时宫廷——我指的是杜巴里伯爵夫人的宫廷——驻节的玛尔利，立即给杜巴里伯爵夫人寄发了下面这封措辞巧妙的信：

伯爵夫人，一个相貌美丽的人，心地不可能不很善良。我就是在给一个美丽而善良的女人写信，恳求她赏脸垂听。我并不是要求得到一份恩赏，而是祈求夫人救助一个不幸的女人，她之所以犯罪，只是出于无知。我现在站在您官邸门外，焦急地等待您

233

的回复。希望等来的是佳音。

我荣幸地向伯爵夫人表示深深的敬意。

陛下麾下的黑衣火枪营军士

夫人卑微而忠诚的仆人　德·曼德维尔敬上

伯爵夫人被这张便条吸引了，感到非常受用。因此，她昨日非常满意地拿出便条来给我们过目。她让人把德·曼德维尔先生请进来。这人来到她面前，一看就是个准备干件好事的真正的火枪手。他的优雅风度、敏感心灵、高贵举止，和谦恭有礼的态度，还有那些良好家庭培养出来的做派，一开始就为他招来了杜巴里伯爵夫人的喜爱。他把那个可怜农妇的故事讲得是那样动人，以至于杜巴里伯爵夫人在给我们转述这个故事时，眼里还噙着泪水：

"你们想一想，"她对我们说，"一个潇洒的火枪手跟我讲那个不幸姑娘的故事，那么感人和高尚的细节，小农妇不想让大家知道她的罪过，不想毁坏本堂神甫在大家心目中的形象。这一切既荒唐可笑，又让人心酸。"

杜巴里伯爵夫人让那个英俊的火枪手放心，说她会关注这件事情。然后，她给大法官写了下面这封为让-雅克·卢梭的一个女弟子带来荣誉的信，并且，为了表示对火枪手的重视，她委托他给大法官德·莫普乌先生送信上门。

大法官先生：

我一点也不理解您的法律。它们既不公正又很野蛮。如果要判一个不事声张、产下死婴的女孩绞刑，那它们违背了政策、理性与人性。根据随便条附上的陈情书，这个恳求赦免的女子就属于这种情况。她之所以被判刑，似乎仅仅是不知道规定，以及出于自然的羞耻心而没有遵守规定。我将案情呈上，请您公正地审查；这个不幸女子应该得到宽赦。我求您至少给她减轻刑罚，至于其余的事情，您的同情心会吩咐您做的。

杜巴里伯爵夫人

1769 年 7 月 6 日

德·莫普乌先生当即回了信，仍然是通过火枪手转交：

亲爱的伯爵夫人和表妹，

　　您给了我一个证明我全心全意的忠诚的机会，我都不知道如何表达感激之情。我会抓住所有机会，让您相信，我把为您效力当做莫大的光荣。对于您所关注的案件，我已经下达缓期执行的命令。等所有文件送达我处，我就为被告免刑。作为司法界的最高首长，不宜过于公开地赞同您对法律的质疑，因为他的位子要求他遵守这些法律。不过亲爱的伯爵夫人和表妹，我还是不能不承认，如果法律是由您这样明智善良的天才制订的，那会要高明许多。您今日表现的人性就是个明证。至于您敏锐的同情心，我就用不着多说了。这一切让我坚信，我们的主子选对了人；没有比您还好的人选了。再见，敬爱的伯爵夫人的表妹。请您记住，您的微小意愿，就是给我的命令。

致以崇高的敬礼，您忠诚的仆人

德·莫普乌

1769 年 7 月 6 日

　　德·莫普乌先生称杜巴里伯爵夫人为表妹，真正是巴结逢迎的大师手法。由于杜巴里伯爵几兄弟已经证明他们与英格兰的巴里莫尔有关系，德·莫普乌先生就声称自己与这个大家庭有姻亲关系。于是他就根据这一点称呼杜巴里伯爵夫人为表妹。这是八竿子也打不着的亲戚关系。国王为此很高兴，大法官为这门新亲戚把什么都忘记了。有

235

一天他去拜访杜巴里伯爵夫人，在那里的所有人都站起来向他致意：
"快坐下快坐下，诸位，"大法官说，"在这里我的身份只是一个过来吻
吻表妹美丽纤手的表哥。"

如果杜巴里伯爵夫人不是听任女人的嫉妒心驱使，说了王储夫人
的坏话，一切都会是很好的。"她是红棕色头发！"杜巴里伯爵夫人说，
"还能吹自己迷人？要不是她来自奥地利王室，她这样的人大家连提都
不会提！"① 这番话被人传到了王储夫人耳朵里；一个女人最不能原
谅的，就是这种罪过。在国王的宠姬与王储夫人之间，已经有了一
些龃龉，因为王储夫人支持德·索瓦瑟公爵。王储夫人也保护女演
员克莱隆小姐，大家让这位年事已高的女演员演出《阿塔莉》，她
无可奈何，只好勉为其难，可是这样做却损害了另一个女演员杜梅
斯里尔小姐的利益。于是杜巴里伯爵夫人就让杜梅斯里尔小姐演出
《塞米拉米》。她送给这位小姐一件50路易的袍子，还借给她钻戒，
并为她组织了一帮捧场的观众。这位女演员获得了完美的成功。不
承想这种操作却让王储夫人生气了，于是王储殿下说："如果杜梅
斯里尔小姐确实是迎合了杜巴里伯爵夫人的意图，他就要着人当着
伯爵夫人的面抽那个女演员。"对此杜巴里伯爵夫人回答说，真要
是这样，那倒是王储殿下头一次表现出了男子汉大丈夫的气概，言
下之意，是讽刺这位亲王所谓的无能。王储夫人组织了一场舞会，
杜巴里伯爵夫人因此被排除在受邀客人名单之外。国王一如既往，
也被卷进来，也就是说，被动参与了这场纷争。不过尽管受到暗中
的威胁，杜巴里伯爵夫人的影响却未见稍减。国王只是为她着想，
也几乎只考虑她的事情。几天以前，他突然心血来潮，要为杜巴里
伯爵夫人的一个贴身女仆举行婚礼。这姑娘曾经是让·杜巴里伯爵
的情妇，后来落进贫困之中，是伯爵夫人把她从贫困中拉了出来，
并且嫁给了一个名叫朗吉勒的男人。作为新婚礼物，国王赏给这位
女仆4.5万利勿，还有一些精美的钻戒。另外还赏给新郎一份年薪

---

① 欧洲贵族不喜欢红棕色的头发，认为金发才高贵。——译注

一万利勿的差使。

在分配国王的好处方面，杜巴里伯爵夫人没有忘记家人；尤其是丈夫家的成员从中获得了很大的份额。让伯爵大把大把从国库的保险柜里捞钱。他的票据被财务总监杜特莱当做现金接受。天主才知道这个"老奸巨猾的家伙"是怎样使用他的财产的。杜巴里骑士，国王的又一个兄弟，被人发现在康皮埃涅兵营里过着一个普通军官绝不平常的阔绰日子。

我们第二次去尚地依的时候，正碰上勃斯军团的上校德·拉图尔·杜平先生从康皮埃涅回来，因为在杜巴里伯爵夫人设宴招待所有军官时向她敬了军礼而遭到大臣的训斥。伯爵夫人没有忘记这场训斥，一有机会就会拿出来数落一通。杜巴里的侄子阿道尔夫子爵被任命为德·艾基庸公爵指挥的轻骑兵团的编外掌旗官，顶替的是德·佩克吉涅公爵的职位。总之，从德·索尔纳公爵起，全家人就感谢国王宠姬的好心和高位给他们带来的好处。不过对于落在头上的好处，这个家庭有个成员也确实受之有愧。

国王有忧心事；国王迷信，他已六十有二，不知听信哪个倒霉的预言家说，来年，他63岁那年是个凶年。他们称之为坎年。我要是明白他们的意思，会称之为魔鬼之年。我相信他们也知道这点。可是医生和预言家却是这个国家普遍存在的忧烦的原因。预言家让人们惧怕来年，而医生则令人们惧怕今年。国王一患小恙，医生们便马上对他说，百姓的福祉要求他更加保重身体。"是啊，"国王对他的外科医生拉马尔提尼埃说，"我清楚，必须有所节制。"——"更确切地说，是停止过刺激性的生活。"莽夫回答说。

国王的病状和不安让杜巴里伯爵夫人忧心忡忡。有一天她笑着责怪国王不该经常赞扬德朗巴尔王妃的魅力。国王突然问道："您是嫉妒吧？"——"是的，陛下，因为有人声称您想娶她。"外面确实流传这种说法。杜巴里以为开开玩笑，重复一遍也无妨，谁知路易十五马上回答说："唉！夫人，没准我还能做比这还差劲的事情哩！"这样一说，杜巴里伯爵夫人马上不开玩笑了。

她的敌人得悉了这件事，这里的事情人家都知道，他们就急急忙忙组织人向国王递送谏书，希望国王继续郁闷下去。为了让国王轻松地披览谏书，他们愚蠢地将之写成诗体，其实这正是阻止国王产生防备心理的办法。下面就是一份谏书样品：

> 黛安娜、巴克斯和西特岛①
> 概括了你的一生：
> 现在还来得及驳回
> 毁你英名的不洁，
> 驱走你淫秽的爱情。

这年的春天兆头不好。尽管一些女演员坐在披金挂银的马匹牵引的嵌着象牙的马车上，让人带到陇桑，挥金如土；尽管我们想象有些女人为了远远跟着杜巴里伯爵夫人的富丽奢华而疯狂花钱不惜破产；尽管我们魔鬼附身要让人家以为我们玩耍，春天还是像德·朗亚克夫人那个老来俏说的，总是一片"迷迷蒙蒙"。我们只是到了玛尔利才开始玩耍。国王恢复了每天步行到杜巴里伯爵夫人的小礼拜堂，我想说的是到吕西安讷小屋的习惯。那里布置得比头一年雅致。借用德·里尔神甫在某个社会时兴的说法，"乡间小住"使路易十五恢复了健康。身体一好，做主子的沉稳、泰然、快活也跟着回来了。昨日上午，国王来吕西安讷午饭，饭后在绷着擦光印花布的小客厅里午睡。那里的家具摆设是按照国王的意思悄悄地更换过的。丑陋的小黑人札慕儿在与菲尼克斯，一只巴西小猴子打闹着玩儿，互相龇牙咧嘴，伸手挠脚。杜巴里伯爵夫人则在逗一只火红色的鹦鹉说话。国王睡不着，静静地看着这一幕，时常被札慕儿的滑稽动作逗得莞尔一笑。在他看来，札慕儿那样子比小猴子的鬼脸还要有趣。

"对了，陛下，"杜巴里伯爵夫人忽然开口道，"我有件事要求您

---

① 黛安娜代表青春，巴克斯代表放荡，西特岛代表爱情。——译注

开恩。"

"天哪，国王这个差使是多么无趣啊！"陛下叫道，"连笑一笑的时间都没有。要是你偶然笑了一下，有人就会赶紧利用，不是叫你开恩就是叫你给赏。"

不过，话是这么说，陛下还是笑了，他的眼睛似乎在告诉杜巴里伯爵夫人："说吧……您要什么恩，都会给的。"

"我不是为自己的事求您。"杜巴里伯爵夫人说，"是为一个可怜家伙，大家都拿他逗着玩，但哪天我不在了，大家都会把他往外赶。"

"好，"国王说，"我知道了，您是说您那条西班牙猎狗多利娜，它哪天肯定会被小饼干胀死。您想为它要求什么？一份津贴？"

"不，不是这。"

"那么，您是担心菲尼克斯的将来，那个比多利娜还要坏的南美绒猴？"

"不对，陛下，也不是这。我希望永远有很多小饼干和胡桃让多利娜和菲尼克斯享用。我担心的是札慕儿的前途。他现在成大孩子了，因为他满了十二岁。我想为他找个差事。"

"那好，"国王笑着说，"我任命他为法兰西国王的首席猴子。"

"不，陛下，现在不兴养弄臣了；我希望给他找个正经活儿。"

"您想让他当总督？那我派他到圭亚那去，替下德·黎世留先生。这倒是个惩罚加斯科尼人的机会，谁叫他们说我的坏话呢？"

"札慕儿会教会他们如何恭恭敬敬地对国王做鬼脸。"杜巴里伯爵夫人回答，"不过我希望他不离开我。"

"哦！这好办，"国王说，"我把吕西安讷升格为君主领地，国王行省就行了。而且我任命札慕儿当终身总督，年薪600利勿。就这事？"

"是啊，陛下，就这事。您是最好的国王。"杜巴里伯爵夫人朝札慕儿转过身，对他说："快过来，莫里柯先生，快来谢谢陛下的恩典。"小黑人走过来，在路易十五面前跪下，做了个最美丽的鬼脸，感谢国王的大恩。

今日大法官接到命令，发出猴子札慕儿的任命文书。那无赖比一个正人君子的机运还要好。我憎恶他，也不知道为什么，或许是因为他比我那个那么坏的朋友德·艾延公爵会咬钩（会捞）。

二月这个月份一开始就被一个相当严重的事件打上了信号：德·罗珍夫人遭受鞭笞。杜巴里伯爵夫人在御用金银匠罗埃蒂耶商号订制了一枚钻石鸟喙形钻戒，王储夫人得知此事，就想报复弟媳的陪嫁，决定装天真，跟国王的情妇开个玩笑。

她叫人唤个金银匠过来。来的是罗埃蒂耶的儿子。王储夫人要他拿个钻石鸟喙形钻戒来看看，他能打制的最漂亮最雅致的鸟喙形钻戒。年轻人回答说有个现成的模型，是人所能见的最富丽的鸟喙形钻戒。他跑回家去，取了杜巴里伯爵夫人订制的那一枚。这正是王储夫人所期望的。她试戴了一下，觉得正合自己的喜好，就说要留下来。可怜的罗埃蒂耶如坐针毡，可是他能够对王储夫人说不吗？然而他还是结结巴巴、窘迫不安地道了实情，说这是杜巴里伯爵夫人订制的。"这没关系，"王储夫人说，"我就把伯爵夫人的钻石鸟喙形钻戒留下了。我负责让她同意我这个一时的心血来潮好了。"

王储夫人去见国王，问他关于这枚新首饰的意见。"您戴着很好看。"路易十五回答说。王储夫人就告诉国王，这枚钻戒本是杜巴里伯爵夫人订制的，她很想要过来。"因为，无论如何，"她说，"我戴着很好，伯爵夫人就会觉得她这笔钱花得值。她本人够美丽了，不用一件首饰来衬也可以。"国王一笑，就去见伯爵夫人，拿她在首饰上的不幸逗弄她。杜巴里伯爵夫人看到国王的快乐样子，明白这件事她必须逆来顺受，就说得知她的趣味和王储夫人一样，她真是太高兴了，不可能不乐意看到她的首饰戴在那样美丽的手上。

诗句和讽刺短诗变得少了，但是用心险恶的玩笑却越来越粗俗。所说连警察也阻止不了这类令人愤慨的东西。我从大量的垃圾诗句里挑选了几个最不讨厌的样本，转录如下：

> 您会看到国王中的长老
> 跪在一个伯爵夫人膝下；

240

从前一个小小的银币
就可以买她做情妇。

我们的好陛下觉得疼痛，
在祈祷的他就虔诚地
把她安顿在
萨尔佩蒂总医院……

在这些诗句里有人说起德·艾基庸公爵是杜巴里伯爵夫人的相好。这种说法在宫里早就偃旗息鼓了，可是在城里，在报人中间还在流传。我不能肯定这是谣言，因为我曾差点相信这种说法是真的。

我喜欢《高卢人报》上面刊登的那些讽刺小诗。它至少有个优点，就是显得天真。在老奸巨猾这个名词是褒义词的时代，做到这点委实不易。

一个冒失而善良的高卢人
叹惋他的国家遭遇破产：
枉自寻找事情的起因，
可是始终昧然不明。
有个人惊讶于他的愚笨，
说来，我告你是何原因。
听我说，在这扭曲时代，
一个少女在疯狂极顶
可以掌控帝国的权柄：
朋友，这帝国和她都完蛋了。

杜巴里伯爵夫人尽管像孩子一样无忧无虑，还是觉得好像有一种威胁在空中盘旋。她让人销毁所有印有"一个最受宠信的贵妇将在四月扮演最后角色"之语的《列日历书》，但是无用，她还是照样感到恐惧。经常发生这样的情况，国王和情妇对视一眼，叹息一声，同声说："这该死的月份究竟会发生什么？"

国王病势沉重；几位公主娘娘守在他身边，一刻也不离开。杜巴里伯爵夫人亦是如此。外科医生拉马蒂尼埃尔违背伯爵夫人的意愿，让人将国王送到凡尔赛。这番颠簸劳顿将国王折腾得半死。巴黎大主教来到凡尔赛，为路易十五施行圣事。在这件事情上发生了一场奇特的辩论。德·索瓦瑟公爵的拥护者希望给国王施行圣事，以便能够如巴黎大主教预先宣称的，将杜巴里伯爵夫人驱走。而杜巴里伯爵夫人的朋友们则反对给国王施行圣事。这样一来，在这场如德·拉罗什-艾蒙先生所说，"有关国王信仰的交易与投机活动中"，哲学家成了"施行"派，而耶稣会的盟友，诸如德·艾基庸、莫普乌、伯尔坦、德·弗隆萨克公爵和德·黎世留公爵则成了反对施行派。这是因为关系到杜巴里伯爵夫人的利益。凡尔赛的本堂神甫得悉德·勃蒙大人没有给国王施行圣事就回巴黎去了，就擅自闯进国王的寝宫。侍从们威胁他，说要把他从窗户扔出去，他回答说："如果你们没有把我扔死，我就从门里进来。因为这是我的责任。"

经过多次询问、支支吾吾、闪烁其词的回答，主教开会商讨、谈判，到了必须告诉国王，他患了梅毒和一两种别的同样严重疾病的时候了。礼仪规定：王室所有成员一旦确认患了梅毒，就要接受临终涂圣油礼。于是大指导神甫不得不给国王施行圣事。一大早路易十五就让人告诉杜巴里伯爵夫人，他希望伯爵夫人去鲁埃尔，在德·艾基庸公爵夫人那里住一段时间，"避免发生梅茨那样的事件"。国王已经虚弱得说不出话来了。在给国王服食圣餐面饼之前，大指导神甫以他的名义宣布，"陛下不愿意引起丑闻，希望伯爵夫人从今以后只为支持信义、信仰，以及他的臣民的幸福而活。"

在鲁埃尔，伯爵夫人觉得德·艾基庸公爵夫人的床太硬了，就让人从吕西安讷运来了自己的床。她还没对局势与处境感到失望。直到昨日，还有一大帮朝臣去探望她；但是我认为到明天鲁埃尔就会变得门前冷落车马稀了。

双桥亲王奥古斯特的臣子来看望杜巴里伯爵夫人，提醒她说，尊贵的殿下始终在双桥给她留着一个庇护所。"在那里，友情将努力让伯爵夫人忘记在法国的岁月。"可是杜巴里伯爵夫人没有接受这种友好的表示。我认为这是个错误：因为今日的王储，明日的国王有可能给她一个更为阴森的庇护所。

　　今早在听到国王驾崩的噩耗之前，已经有人在传诵这首四行小诗了：

> 路易走完了一生，
> 用可耻填满了命运。
> 哭吧，婊子们流氓们，
> 你们的老爸落气啦。

　　有人声称这首诗是由索菲·阿尔奴的一句话引发的灵感。那个宫妓曾说："唉！这么看来，我们就要成为失去父母的孤女了吗？"她这句话是指国王的行将去世，和伯爵夫人肯定要遭受的放逐。

　　国王路易十五驾崩后两天，一位特使专程从凡尔赛来到鲁埃尔，交给杜巴里伯爵夫人一封盖有国王印玺、由德·拉弗里利埃尔公爵签署的信函。公爵在信中出于国家利益的理由，命令伯爵夫人去贵妇桥修道院。"美丽的……朝代，竟是由一封将人软禁的信函开始！"接到国王路易十六的命令之后，杜巴里伯爵夫人忍不住大叫起来。

　　杜巴里伯爵夫人当天就去了贵妇桥修道院。这是个颇为艰难困窘的所在，在那里，杜巴里伯爵夫人将有不止一个理由怀念她的吕西安讷小屋。唉！这所在8到10世纪之间由历代法兰克国王们修建的阴森修道院，与现代维纳斯修建的那间神话般的小客厅，那座爱情圣殿，的确有天壤之别！

　　杜巴里伯爵夫人的家人都离开了宫廷。在公众眼里捞取好处最多的让伯爵躲到了瑞士。两个小姑回了图卢兹。杜巴里侯爵的妻子德·

图尔农小姐打算恢复娘家的姓氏。在改名换姓之前，她让仆人们把杜巴里府的号衣脱下来，换上一种灰色的大氅。杜巴里伯爵夫人的冤家对头，或者说得准确些，德·索瓦瑟公爵的朋友（因为可怜的杜巴里伯爵夫人没有害过任何人，也就不可能树敌。）已经散布了成百上千个荒谬的流言。他们说："箍桶匠们要掌权做事了，因为所有桶子（法语BARIL 有桶子的意思）都逃走了。"

大街小巷有人唱起这首名为《五座桥》的可恶谣曲：

> 安吉在布里的监室里哭泣：
> 桥梁标志我一生各个时期；
> 作为马侬与修士的女儿，
> 我出生在卷心菜大桥上；
> 新桥见证了我的豆蔻年华；
> 在交易桥上我寻找快活，
> 无论哪个，贵族平民都可；
> 让人重燃激情的色艺
> 在王桥把权杖交与我；
> 一道上命把我投入贵妇桥，
> 我就怕在那里凄然终老。

一个叫戈瓦大人的小丑说了一句话，被人到处引述。这个小丑因为模仿英国人惟妙惟肖的才能而全城闻名，因此被人叫做戈瓦绅士。他是让伯爵的一个朋友。路易十五驾崩后，让伯爵这个"老奸巨猾"的家伙去找了戈瓦绅士，要他出出主意，看自己应该怎么办。戈瓦绅士擦着额头说："乖乖，亲爱的伯爵，珠宝盒、驿马！"

"什么！您劝我像混蛋一样逃跑？这不可能！"

另一个又擦擦额头，说："您说得对，那就驿马、珠宝盒！"

流氓无赖就是用这样的玩笑来寻开心的。

杜巴里伯爵夫人刚刚离开了贵妇桥修道院。在最近这段日子，这个流放地几乎成了伯爵夫人一个珍贵的地方，可是"有一天，那千篇一律的单调日子终于让她生出厌倦情绪"。其实杜巴里伯爵夫人老早就获得了在贵妇桥修道院组织聚会的权利。她的建筑师甚至给她在那里建造了一座缩小的吕西安讷宫楼。她身边围满了她当红得令时最好的朋友。我们经常去那里探望她。她的小姑留在那里陪她。她的贴身仆人也一如鼎盛时期那样侍候她。修女们对她的饮食十分关心，她的伙食和在凡尔赛时一样好。然而，尽管有这些特殊照顾，修道院的规定还是给这颗疯狂但又那样善良的头颅造成了那样巨大的压力。不过她还是服从了修道院的所有规定。修女们谈起她来，总是怀着深深的敬意。有一天我们陪杜巴里伯爵夫人去做早晨的第一场弥撒。德·布里萨克先生对我说："这跟凡尔赛早晨比起来可就差远了。"杜巴里伯爵夫人掩饰不住折磨她内心的厌倦，最终还是下决心给取代了德·艾基庸公爵的德·莫尔帕先生写了下面这封简单却又不失身份的信：

"伯爵先生，先王去世以后，有人给我送来一封盖有国王大印的信函，为的是防止泄露国家秘密。我生性健忘，即使知道一些国家秘密，也很快就忘掉了。只有三件事我铭记在心，没齿不忘。一件是先王的大恩大德，一件是我对王储夫人所犯的过错，再一件是当今王后娘娘的既往不咎，宽大为怀。我没做什么坏事，我敢开这个口；我为国家出了力气；然而我没有因此索取一分权利一个衔头。我一心想要获得您的青睐；您有足够的智慧，不会把我看成一个可怕人物，您有足够的绅士气质，不会拒绝让一个女人幸福。我希望到吕西安讷居住，希望上几次巴黎，请求您批准我这些小小的要求。伯爵先生，我向您保证，我不是个危险女人，即使是最最公正的严厉措施，也应有个期限。

杜巴里伯爵夫人

1776 年 1 月 7 日于贵妇桥修道院"

莫尔帕伯爵回信说：

　　"杜巴里伯爵夫人，读到大札，我很高兴。是啊，您的流亡生活应该有个期限。您的温顺，您的珍贵品质，还有您在失势时保持的克制，这些，都使您有权得到庄严的赦免；为您争取这种赦免是我的责任。您现在可以住到吕西安讷去了，也可以自由出入巴黎。您对我持有良好看法，请接受我的感谢。伯爵夫人，做您最卑微最驯服的仆人是我的荣幸。德·莫尔帕伯爵。"

　　吕西安讷小城堡并不是修道院般的退隐之地：杜巴里伯爵夫人在这里快活地生活，接待亲朋好友，在这里排演歌剧和格言剧，在这里欢笑、跳舞、谈情说爱！比起宫廷的生活，我更喜欢这里的起居。若不是因为职守，我早就离开了那有些冷漠、假装道德、越来越具有乡间哀歌风味的宫廷。处在流亡之中的杜巴里伯爵夫人可以把自己与失势倒台后的德·索瓦瑟公爵作个对比：她与他一样，既保留了老朋友，又结交了一些新朋友。她在吕西安讷有个真正的小宫廷。可惜我只能很久才去一次那里。我的札记也会记得很疏。不过，除了一些轶闻逸事，我又有什么可记呢？除非记下吕西安讷充盈的安平、快活、无忧和情爱气氛。平安的幸福，潜藏的幸福，无需讲述的真正幸福，伯爵夫人因为这种幸福而快乐。

　　不过这种幸福并不妨碍杜巴里伯爵夫人时不时地想起巴黎的生活。一月，她预先报名将出席科学院接纳杜西先生为院士的仪式。在狂欢节期间，她甚至多次出席了歌剧院的舞会。她在那里找到了嘲弄德·夏特尔公爵①的机会。那位公爵在乌埃桑海战中表现的勇气②在这里遭

---

　　① 1747—1793，法国大贵族，全名路-菲利普-约瑟夫·德·奥尔良，1785 年后继承了德·奥尔良公爵的头衔，1792 年改称平等的奥尔良。1793 年被革命法庭判决死刑。——译注
　　② 1778 年法国海军与英国舰队在法国乌埃桑的外海交战。德·夏特尔公爵为前卫舰队司令。因为指挥失误，导致被围的英舰逃脱。——译注

到众人耻笑。但杜巴里伯爵夫人有意放过了这个机会。当时她在也穿着化装舞会用的多米诺衣（一种带风帽的长外衣）的德·柯赛公爵帮助下，正在把多米诺衣往身上套，她的前面是德·夏特尔公爵，在这位公爵身边的德·让利斯伯爵让公爵注意那个矮小一点的多米诺的优雅高贵。

"这应该是个漂亮姑娘。"德·让利斯夫人①的丈夫说。公爵走过去无礼地观看那人的假面具。

"她把面目遮得严严实实。"他说，"大概是一个过气的美女。"

"是啊，大人，就像您那场著名的战斗。"杜巴里伯爵夫人回击说，挽着她亲爱的多米诺走远了。

杜巴里伯爵夫人的快活性情曾是路易十五的赏心乐事，现在她丝毫没有失去这种性情。虽然我们一度担心，她所经历的苦难，把这份让她的风趣变得引人注目的活泼磨灭了，但是我们现在放心了。伯爵夫人比什么时候都更活跃、更诙谐。早两天，我获得了这方面的一个新例证。有人讲述说，国王看到令人敬畏的伴侣每晚都有活动，不是去看戏，就是去跳舞，很晚才归，就下命令，夜里过了 11 点，任何马车都不准进入大院。下令当天，王后带着小叔德·阿图瓦伯爵照例出门。凌晨一点回来时，发现入口被拦住了，不得不兜个大圈子，从城堡的小门进来，国王第二天早上说，他习惯于晚上 11 点上床睡觉，不想在夜里被院子里马车行驶的声音吵醒。"好哇，"杜巴里伯爵夫人说，"角色换了；我那时是法兰西的国王夜里出门，有几次被人家留在门外；而现在似乎是国王睡着了，别人醒着。"

我虽然给杜巴里伯爵夫人充当传记作者，但是谢天谢地，我没有充当法兰西的传记作者。多么巨大的震撼呀！在先王在世的年代，谁有胆量预言会出现这种改变？我刚刚看到国王陛下被人拖拽着，那些疯狂的群众认不出他了，毫无节制地对他肆意表示轻蔑、嘲笑。我刚刚看见……不过，还是让更有能力的人去描写这丑恶凶残构成当今可

---

① 德·让利斯夫人是德·夏特尔公爵的情妇之一。——译注

悲历史的场面吧!

我曾想逃离这个灾难深重的王国,在这里,一群邪恶的人威胁着要杀死他们的君主,最善良、最慈爱、最软弱的国王! 不过,在这个危险的时刻,一个善良的仆人是不应该抛弃主人的。我充其量只能允许我的精神稍稍回到吕西安讷那温馨而平安的僻静之中,因为我的精神已经厌倦了光天化日下发生的前所未闻的恐怖行为。不知道哪个诗人说过:"只有幸福不数日子。"对于杜巴里伯爵夫人来说,最近这十一年就是充满幸福、爱、忘却和安宁的十一年。杜巴里伯爵夫人在余下的日子只对德·柯赛-布里萨克公爵的爱情,和对年轻又不幸的王后的忠诚有所指望。在那场倒霉的"项链"案件里,杜巴里伯爵夫人不怕出庭为她的恩主年轻王后作出有利的旁证。这个大义凛然的行为难道不是她心地善良、情感高贵的最好证明? 可怜的伯爵夫人! 我一想到案件将使她陷入完全孤立的状态就不寒而栗。死亡已经打击了她最好的朋友:德·艾基庸公爵、莫普乌大法官、德·黎世留公爵、德·苏比兹亲王都去世了;别的人也都四散而去。她的保护人国王与王后或许会很快逃离这个可咒的国家;职责迫使我追随他们,甚至为他们打前站,为他们开启唯一剩下的得救之路:外国君主们的支持。只有德·柯赛-布里萨克公爵留在杜巴里伯爵夫人身边,为她的爱作出一切牺牲。要是他们两人都愿意跟我们走那多好! 可是杜巴里伯爵夫人是那么喜欢吕西安讷的清静! 再说,她看不到未来有什么危险:"路易十五国王驾崩以后,我不是也死了,也被人遗忘了吗?"她有时叹息道。她要真说对了,那就好了! 可是有人还在惦记着她,在嫉妒她的人、心地卑劣的人的记忆里,她还没有死。她无视那些得势的人的怒气,受到这种怒气威胁的美丽王后看出了她的英雄大义,那些人同样不会忘记她的英雄大义。杜巴里伯爵夫人收留和照顾了一些从王宫逃出来的卫队官兵。在凡尔赛城堡门口,群众从四面八方聚拢来,表达他们对国王陛下的爱戴,于是在那里,在王宫,发生了一场屠杀。这些卫队官兵逃过了屠杀。王后派人来向杜巴里伯爵夫人致谢。伯爵夫人立即向玛丽-安托瓦纳特写了下面这封信。从前她是这位王后的对头,如

248

今她出于感激，成了她最为忠诚的女臣民。

　　这些受伤的年轻人没有别的遗憾，只是觉得没有为一个如此值得爱戴的王后陛下英勇就义是终生大憾。这些勇士理应得到善待，我做的还差得远。我一想到没有他们尽忠尽职的保护，王后陛下没准就遭受大难了，就由衷地安慰他们，悉心为他们疗伤。

　　"'夫人，吕西安讷就归您了'，这难道不是王后娘娘赐予我的大恩？我所拥有的一切，都来自于王室。我感谢都来不及，还敢将之遗忘？先王在世时，通过某种预感，在离我远去之前，强使我收下了上千件贵重物品。这些财宝，在贵人当权的时代，我已经荣幸地献给王后娘娘了。现在，我仍要热情地劝王后陛下收下。您要花钱的地方不少，又有那么多善事要做！我向王后娘娘恳求，请允许我把属于恺撒的还给恺撒。"

　　对于这封信，我还有什么话要说？难道它没有表现出杜巴里伯爵夫人在一个新时期的灵魂？可怜的伯爵夫人！可怜的王后！我急迫地想在一个好客的国度见到这两人，因为在我看来，前景十分可怕。

札记手稿到此结束。手稿上附有下面这封信：
　　"亲爱的朋友，您在最近一封信里要求我写些有关杜巴里伯爵夫人的文字。我一直等到今日才满足您的愿望：起初，我不清楚她的事情哪些已经为您所了解；后来，我是想看看那些刽子手演出的惨剧是个什么结局，再来表示我的看法。现在，一切都已结束。唉！我们落进了多么可怕的渊薮，我们中间又有谁能够安然爬出去。我要告诉您的事情是非常可怕的，它让我从心底感到恐惧。我要试着给您描绘的场景，尽管我曾经是目击者、见证人，我心里却还是不愿相信它们的真实存在。而您，我可怜的朋友，您能够把我的札记从头读到尾吗？
　　"您记得，您在 1790 年赴维也纳宫廷任职时（您在那里给我们帮过那么多忙），已经有公开的传言，说杜巴里伯爵夫人与德·布里萨克公爵有私情。他们的这种来往已经是众所周知的事情。所以不走运的路易十六才不愿意叫人把自己出逃的秘密告知德·布里萨克公爵。也是活该他倒霉，逃到瓦伦纳就被拦截了。路易十六说：'公爵知道了，不可能不与杜巴里伯爵夫人议论。'这段私情是导致刚刚发生的灾难的首要原因。次要原因就是那些丑类没有止境的贪婪，他们为了获得遗产可以残忍地杀害自己的母亲。您知道德·柯赛-布里萨克公爵先生是法国的面包总管，国王近卫军百人卫队的统领，巴黎总督，由于拥有这些头衔，自然被新生共和国那帮狂热党徒视作眼中钉肉中刺。嫉妒、仇恨、疯狂，使他周围的人都成了称职的看守。我跟您说，他们时刻监视着吕西安讷，也把杜巴里伯爵夫人纳入了谋杀与抢劫的计划。我相信，您得知我们的朋友死于非命时并未感到意外：在我们这样一个时代，昔日最不干事的无赖都成了最最光荣的家伙，而在您这样为扶起被推翻的王权出生入死的人看来，德·布里萨克公爵的英勇就义并无让人觉得意外之处。不过他一死，您的有关杜巴里伯爵夫人的特殊信息也就该结束了。最多再告诉您一件事，1792 年 8 月 10 日，一群土匪来到吕西安讷，往客厅里扔了一颗血淋淋的人头，同时发出那些吃人生番的残忍叫嚣：'接住！这是你野汉的头！'这究竟是德·布里萨克公爵的高贵头颅，还是他的忠实副官莫萨布雷先生的头颅呢？我心里存疑，一直没有弄清，但是不敢明说。

　　"无论如何，这个恐怖的威胁很快就被付诸实施。1791 年年初，就杜巴里伯爵夫人珠宝失窃一事，《巴黎革命报》发表了一篇攻击她的文章，或更确切地说一篇指控。杜巴里伯爵夫人曾让人在巴黎的所有墙壁上张贴一张启示，上面写着：'两千金币悬赏，征集失窃的钻石与首饰线索。'下面开列了长长一串被盗的首饰名单。这事做得非常冒失。这张启示招来了贪婪的关注。那些革命党人认为以共和国的名义占有这些财富是一件很美的事情。杜巴里伯爵夫人到英国伦敦去了几次，想要回失窃的物品，并跟踪对那帮窃贼的审判。革命党人便派出间谍，打探伯爵夫人的行踪。间谍布拉什报告说，伯爵夫人经常与流亡贵族见面，并且受到皮特首相接见，1 月 25 日，她一身素服，出席了伦敦为当月 21 日被害的法国国王举行的安魂仪式。

"由此革命党人下结论说，所谓钻石首饰失窃完全是伪造，杜巴里伯爵夫人去伦敦，目的就是与逃亡那里的亲王们商议，进行反革命活动。

"亲爱的朋友，有人为那些家伙编造出所谓的'人权'，他们的丑恶灵魂在这里暴露无遗。其实他们只是一些害人的猴子。而杜巴里伯爵夫人还在那些家伙身上做足了好事。那些家伙是，她从前的膳食总管萨勒纳夫，从前的园丁弗雷蒙，还有您本能厌恶的那个小黑人札慕儿，那个没准被国王的情妇过于溺爱的奴才札慕儿。正是那些家伙发誓要让杜巴里伯爵夫人完蛋。在那些忘恩负义的杀人犯名单上，不应漏掉亨里埃特的名字！是啊，我的朋友，那个被巴结伯爵夫人的人是那样追捧、那样奉承的亨里埃特，那个 23 年来一直充当伯爵夫人的蜜友、体己，而不单是贴身女仆的亨里埃特，那个忠心耿耿似乎久禁考验的亨里埃特却顶不住被人告发为同谋的恐惧，或许也顶不住从亲爱的女主人失窃财产里分一杯羹的诱惑。

"不过我不会听任我的义愤所控制，我要努力简明扼要地对您讲述导致我们亲爱的伯爵夫人完蛋的暴行。

"她最后一次在英伦逗留期间，革命党人把她的吕西安讷寓所贴上了封条。她必须向凡尔赛地方的行政当局逞递报告，方才获准进屋：这就是他们所称的自由制度。这件事发生在今年二月。当时吕西安讷有个叫格莱夫的人，签名时打的招牌可是不小：卢韦西埃纳老实的无套裤汉的官方辩护人，富兰克林和马拉的朋友，打头阵的造反派与无政府主义者，20 年来两个半球专制政治的捣乱人。这个格莱夫是那些哲学家的学生；您大概已经猜出来了，他也自称文人。在六月份，这个打头阵的无政府主义者被吕西安讷城堡所收藏财富的传说诱惑，生出抢劫一票的希望，这个马拉与富兰克林的所谓朋友带领昔日杜巴里伯爵夫人的仆人，让他控制的俱乐部给'行政官员公民们'写了一封请愿书。他们在请愿书里采用了一个叫布拉什的人，就是在英国跟踪监视杜巴里伯爵夫人的间谍的陈述。他们在其中揭发了一串属于塞纳-

瓦兹省，支持厄尔与罗亚尔省保王党叛乱的男女贵族的名字。他们要求行政官公民们发表6月2日的法律。如您所知，那个法律，就是可怕的'怀疑法'。于是行政官员们马上用这部法律来满足'吕西安讷的良好公民们'的意愿。依据这部法律的条文，吕西安讷的公社成员便赶紧草拟了一份可疑人员名单，打头的一个就是杜巴里伯爵夫人。杜巴里伯爵夫人得知所发生的事情之后，赶紧派贴身仆人莫兰和拉蓬迪一起去见行政官员。这两个忠实的仆人有效地为女主人作了辩护，当格莱夫领着镇长和乡镇当局的官员来抓捕杜巴里伯爵夫人的时候，县里的领导成员布瓦洛公民及时赶到，制止了他们的胡闹，让杜巴里伯爵夫人留在家里。6月2日的法律后来又经过严格的修订，不过这种无关紧要的小事并不足以压抑无套裤汉格莱夫的热情。他又起草了一份请愿书，叫他的俱乐部成员都在上面签名。7月3日，他带上卢韦西埃纳的镇长和镇上官员来到国民公会的议事厅。在那里，他宣读了新的揭发信，吁请'明智的国民公会'注意一个妇女，说这位妇女善于利用'其财富与从一个荒淫暴君的宫廷学习的骚情'来逃避人权的申报。他说，'该妇女把她的城堡营造成了一个反对巴黎自由的阴谋中心。最早开始策划这些阴谋的就是德·布里萨克公爵。该妇女以其奢华生活来羞辱不幸民众的痛苦，而这些民众的配偶、孩儿、父母兄弟都在为自由平等奉献热血。'该妇女就是'杜巴里夫人。为了彻底清除迷惑善良而单纯的乡民的假相，铲除那虚假的高贵，真正实施平等原则，务必将其逮捕。'

"图里奥不愧是这群弑君暴徒的主席，他回答这份请愿书说，国民公会对卢韦西埃纳公社这种爱国新表现表示欢迎。他补充说，'对于一个长期使法国遭受苦难而出名的女人，你们刚刚揭发的那些事实都是非常严重的，国民公会绝不会包庇。那些事情一旦得到证实，那么请你们相信，她的头颅肯定会落在断头台上。'

"格莱夫及他的党徒马上回来抓捕杜巴里伯爵夫人，把她关进凡尔赛拘留所。派驻当地的检察官古容想反对这种做法，因为它违反了吕西安讷居民的意愿，可是无用；当地居民给公安委员会提交了一份反驳请愿书的报告，要求释放杜巴里伯爵夫人，也无结果。公安委员会把杜巴里伯爵夫人交给省里，由省里来决定是否释放，却也没有结果。因为格莱夫和他的朋友早就渴望劫一票大的，绝不会放过这样一条大鱼。格莱夫马上发表了一个攻击性的小册子：《捏造的平等》。他在文章里指控省里的领导成员拉瓦勒里，说他出于个人的动机，想拨开‘一些刺向从前分发宫廷好处的那个女人半被神化的头颅的招数’。我眼前就放着这份可恶的小册子，它可以说是杜巴里伯爵夫人官司的全记录。下面引述的一些可悲材料就是从中摘取的。我为了满足强烈的好奇心，冒了生命危险，因为我很清楚接下来会发生什么事情。

"在格莱夫的请愿书里，杜巴里伯爵夫人吃惊地发现了一些有关她家庭的材料，这只可能是她家仆人提供的。对于札慕儿经常来往的人，她早就啧有烦言；因此她怀疑是那个小黑人告的密，就把他赶出家门。唉！其实她家的仆人早已全部背叛了。因为那些愿意继续忠诚于她的人不是被告发就是被逮捕。她的看门人古侬，还有佩特利、莫兰、外科医生德弗莱，‘马拉的朋友’吹嘘自己‘以共和派的坚决手段’对这些人执行了法律。

"对您我还有什么可以说的呢？在让他的俱乐部告发了以拉瓦勒里为头的三个省政府成员以后，在向公安委员会呈递了一份新的请愿书以后，在把杜巴里伯爵夫人走红时期勃容付给她的 600 万利勿现金账单弄到手以后，无套裤汉格莱夫终于从凡尔赛当局取得逮捕杜巴里伯爵夫人的命令，并且于 9 月 22 日付诸执行。为了更加放肆地嘲弄受害人，格莱夫在玛尔利附近找到了德·埃斯库尔骑士的双轮轻便马车，他单独与杜巴里伯爵夫人登上这辆马车，吩咐法警们乘坐来时的马车跟在后面。这个桀骜不驯的无政府主义者，这个强硬的无套裤汉，这个不受收买的富兰克林与马拉的朋友，没准是想向杜巴里伯爵夫人索贿哩。可是杜巴里伯爵夫人并没有试图或者拒绝了与这个恶魔达成任何交易，因为她最后被送进圣-佩拉吉监狱。在那里，她不得不借支 250 利勿以购买必要的生活用品。唉！我的朋友，我们处的是什么年代？还有比这更加不幸的事情吗！？一个国王被人以合法形式谋杀；一个年轻美丽、风姿绰约、嘉言懿德的王后，先是被关在一间黑牢，后来又被刽子手砍头；一个国王，还是一个孩子，禁受了最为可怕的酷刑；昔日法国最高贵、最年轻美丽的人，成了一群嗜血的君氓的猎物；一个女人，一个至高无上国王的至高无上情妇，却被仆人们的仇恨和贪婪追究，被押上断头台，而其全部罪行，就是曾经得到一个国王的过分喜爱，就是曾经过于喜爱一个最英俊最有骑士风度的绅士！

"然而卢韦西埃纳的居民又递交了一份请愿书，为杜巴里伯爵夫人说好话。这可怜的伯爵夫人！她是那么善良，那么慷慨，那么乐善好施，以至于全镇居民宁愿冒着被宣布为'可疑分子'的危险，也要拯救她的性命！可是这种义举没有别的用处，只是让那帮觊觎伯爵夫人财富的人更加仇恨。杜巴里伯爵夫人的案卷交到一个名叫埃隆的公安委员会成员手上。这个埃隆是杜巴里伯爵夫人的银行家范德尼韦的对头。这个无耻家伙利用这个案子，以伯爵夫人同谋的罪名，派人逮捕了那几个荷兰人。正直而诚实的银行家就因为为'法国的萨达帕纳尔王宠爱的阿斯帕琪'服务，如可恶的福吉埃-坦维尔称呼杜巴里伯爵夫人的那样，就被断送了性命。

"杜巴里伯爵夫人被押解到巴黎裁判所附属监狱，以接受审判。由于一种特殊的比较，她住的是不幸的玛丽-安托瓦纳特住过的囚室。共和派人士并不区分王后与情妇的差别：只要从前是高贵的人士，他们就视之为敌人。

"杜巴里伯爵夫人于本月6号，连同老范德尼韦及其两个儿子在革命刑事法庭出庭受审。四名被告预先就被定为上断头台。所以福吉埃-坦维尔起草的起诉书我就不说了。我也不说格莱夫、布拉什、萨尔纳夫，甚至札慕儿、亨里埃特、泰诺、玛丽·拉莫那帮仆人、那些忘恩负义、以死亡来报答女主人恩德的魔鬼那些卑鄙、荒唐、愚蠢和仇恨的指控。

"次日，12月7日，法庭在经过一个钟头又一刻钟的辩论之后，宣读了判决。兹将街上叫卖的判决结果转录如下：

"根据陪审团正式宣布的意见，法庭认定：被告长期以来与国家的敌人及其代理人相互串通、策划阴谋，以鼓励他们开展敌对行动，以指点并帮助他们采取反对法国的方法，尤其是在国外，以各种早有准备的借口，通过各次旅行，来与国家的敌人及其代理人具体实施其阴谋计划，并向其提供金钱支持；

"家住吕西安讷的前宫妓让娜·沃伯尼埃，杜巴里之妻，已被证实为一个以推翻共和国为目的的阴谋与通敌活动的始作俑者或者同谋之一；

"让-巴甫蒂斯特·范德尼韦，荷兰银行家，现住巴黎，艾德姆-让-巴甫蒂斯特·范德尼韦，巴黎银行家，安托瓦纳-奥古斯丁·范德尼韦，巴黎银行家，都被证实为这些阴谋与通敌活动的同谋。

"听取了公诉人对于实施法律的意见。

"'现根据刑法典第二部分第一编第一节第一款，判决上述让娜·沃伯尼埃，杜巴里之妻，上述让-巴甫蒂斯特·范德尼韦、艾德姆-让-巴甫蒂斯特·范德尼韦和安托瓦纳-奥古斯丁·范德尼韦死刑。

"'并根据 1793 年 5 月 10 日法律第二编第二款，将上述让娜·沃伯尼埃，杜巴里之妻，让-巴甫蒂斯特·范德尼韦、艾德姆-让-巴甫蒂斯特·范德尼韦和安托瓦纳-奥古斯丁·范德尼韦的所有财产没收，上缴共和国。

"'根据公诉人的意见，本判决将于 24 小时之内在革命广场执行，并且在共和国城乡所有地方张贴布告。'

"杜巴里伯爵夫人读完判决，昏死过去。迄今为止可怜的杜巴里伯爵夫人以为革命只是想要她的财产：为什么要认为共和国希望把她处死呢？死亡这个想法让她疯狂。直到最后一刻她都没有想过她的生命会属于共和国。因此，直到次日早上，就要引颈受戮的时候，她还有一分怀疑，还怀着一分希望，还以为人家只是图她的财产。她申报了自己拥有的所有财产，埋藏起来的珍宝。她虽然并不情愿，还是把几个忠实的仆人带进了灾难：园丁莫兰、德利央女人和蒙特努依。在庭审时她就不由自主地把德·艾斯库尔骑士带了出来。骑士承认在范德尼韦那里领到 20 万利勿，交给了德·罗安·夏勃先生。这个女人必定感到万分羞耻，万分悔恨、万分痛苦，因为她的全部罪责只是软弱。怕死使她揭发他人，尽管这也无法救出自己。迫近的死刑使她变得那么哀怨、那么可怜，以至于民众看到她都很伤感，从前她在民众眼里是那样快活、那样无忧、那样疯狂，今日却是如此凄伤。

"前天是12月8日，星期日，或者如刽子手用新历来计算行刑日时所称，共和二年霜月18日，四时整，三辆大车载着18名死刑犯驶出巴黎裁判所附属监狱。第二辆大车上有个被出场的旺岱保王党人，一个军官和一个国民公会议员，他们是遭人嫉妒才被判的死刑。范德尼韦家父子和杜巴里伯爵夫人也在这辆车上。旺岱保王党人在做祷告，而范德尼韦家三个人则对着看热闹的民众微笑，军官要求一把手枪，议员则安慰大家，只有杜巴里伯爵夫人一无所见，一无所闻，一无所想，一无所求。健马拉车疾行，因为议员被摈弃和伯爵夫人被羞辱激起了公愤，而您知道，公诉人福吉埃-坦维尔不希望他这些杀人暴行引发议论。我跟在大车后面。当马车从塞尔让栅栏附近经过时，我看见在一座阳台上站着一家时装鞋帽店的女工，在指着伯爵夫人叽叽喳喳。这家店铺，就是拉比依的接班人所开的店铺，杜巴里伯爵夫人从前就在这家店铺里干活。那些在国民公会里一边织毛衣一边与会的女代表的朋友路过时，粗鲁地咒骂这些向不幸的伯爵夫人致敬的女工。人群嘶哑的叫喊唤醒了杜巴里伯爵夫人，她抬起头来，看见了那些向她垂首致敬但受到路人威胁的年轻女工。她也看到了店铺招牌：拉比依的继任人贝尔丹。她发出一声大叫，眼睛充满泪水。但此后，直到最后一刻，她没有再抽泣，也没有再叫喊。民众，看惯了杀人斩首的民众似乎被她这声叫喊感动了。站在我周围的几个人小声议论：'他们要杀的，不是反叛国家的罪犯，而是个女人！'唉！到了四点半钟，杜巴里伯爵夫人从血淋淋的台阶走上断头台。我听见她大声说：'来吧！来吧！'我转过眼睛……有人声称她还说了些话：'行行好，刽子手先生，再等一会儿！'好像刽子手可以等似的！不过我没有听见。1793年12月10日于巴黎"

即使这封信是伪造的，那也肯定是由一个掌握了很多信息的历史学家，诸如坎特莱先生和龚古尔兄弟伪造的。坎特莱先生对杜巴里伯爵夫人很有研究，在他的大作《新闻在手》里，他确凿无疑地使用了本书稿的材料。我们可以举出不止一页文字：

"卢浮宫里有一幅莫罗的水彩画，表现了吕西安讷小屋里举行的一场盛宴：有些人想看看那间富丽奢华、流光溢彩，坐满高官显爵和盛装贵妇的餐厅，我就让他们去看那幅水彩画。一群健仆，有的穿着草黄色的号衣，有的穿着深红色缀饰物的天鹅绒外衣，领子与袖口是蓝色的，白色的护腿套上有白色的翻边，头上戴着三角帽，腰上挂着佩剑，在放进门观摩盛宴场景的看热闹人群里走过来走过去。这群仆人在忙着为宾客布菜，那群仆人则送上由名厨签名的名馔佳肴。平常为乐队占据的看台——因为国王的情妇拥有自己的乐队，一如拥有自己的指导神甫——此时坐满了手肘支着护栏看热闹的女人。杜巴里伯爵夫人府上的所有主仆，包括那个小黑人札慕儿，都可以在莫罗的这幅水彩画上见到。那个小黑人戴着羽饰帽，戴着金项链、耳环——两颗硕大无比的珍珠——穿着粉红的丝绸衣裤，显得光彩照人！我甚至不清楚大家是否在某个角落看见杜巴里伯爵夫人用一个圣路易十字架从一个达巴迪人手上买下的那只著名的火红色鹦鹉，这是她唯一从海外弄到的东西。

"如果说鸟笼金碧辉煌，奢华得很，那么这只鸟儿也显得有资格享受这种待遇。但是供应给杜巴里伯爵夫人的其他物品则没有什么奇特之处。尽管有人说，杜巴里伯爵夫人更关心国家大事，而不是个人的梳妆打扮，但是她其实更注重衣裙与发型，而不是耶稣会与最高法院。她最重要的事情，就是把自己打扮得漂漂亮亮的，让国王高兴，就是从吕西安讷的20眼窗户，大把往外扔王国的金钱。"

这一页文字难道不像那位宫廷贵妇写的文字？哪怕你的色彩再绚丽，如果只有一扇门需要涂绘，那就不要去画壁画。

世上有历史学家，却没有历史；请打开《布依耶词典》。在无时间翻书的人看来，它是一本权威的工具书，因为它用15行文字就给你讲述了杜巴里伯爵夫人的历史。不过在这15行文字里，存在着15个错误：

一、词典没有给出杜巴里伯爵夫人的出生日期。

二、杜巴里伯爵夫人的父亲并不是税所职员，而是国库公共收入征收员，"负责有关国王的账目"。

三、词典不但没有给出杜巴里伯爵夫人的出生日期，把她的出生年份也搞错了，她是1746年，而不是1744年出生的。

四、她是在1768年，而不是1769年被介绍给路易十五。

五、她丈夫不是叫让·杜巴里，而是叫纪尧姆·杜巴里。

六、词典说"国王驾崩后，她退出了宫廷"。应该说"她被放逐出宫廷"。

七、"她过着默默无闻的生活，直到大革命"，其实谁也没有闹出杜巴里伯爵夫人那么多声音。她在吕西安讷还有个宫廷。

八、词典说"她放出风声，说有人偷窥了她的钻石"，其实不是放出风声，而是真的被盗了。向革命法庭告发杜巴里伯爵夫人的人之一，一个名叫格莱尔的家伙被作为偷盗钻石者被逮捕判刑。

九、"她带钻石去英国，资助流亡贵族。"既然钻石被盗，带到英国也就无从说起。

十、"老国王被她的美丽震住了"。杜巴里伯爵夫人充其量只是漂亮而已。国王只可能被她的活泼、被她的挑逗神情、被她毫无遮拦的嘴巴震住。

……

不过我也不想逐条逐条来检查历史了。对于杜巴里伯爵夫人的生卒年月、婚配情况，贾尔做了考证工作（以下数百字从略，因与上文重复）。

杜巴里伯爵夫人一生有两部传奇：一部是她虚荣心的传奇，一部是她心灵情感的传奇；她在凡尔赛身居高位的时候演出的是第一部传奇，她在吕西安讷爱上德·布里萨克公爵的时候演出的是第二部传奇。

我读过《新闻在手》。在那本书里，杜巴里伯爵夫人得到从正面和侧面、从头上到脚下的全方位描写。有人发现，那本传记的作者亲眼见到杜巴里伯爵夫人在画家和雕塑家，尤其是路易十五面前摆姿势做模特。

那本传记的作者既不是某个佩特罗纳①，也不是某个普鲁塔克②，更不是某个圣西门③。这是被西班牙烟草和那帮溜须拍马的哲学家弄得乌烟瘴气的宫廷里的一个人，他述说他所见到的事情，更远一点的事情，他见不到了。不过，无论如何，他的作品中不止一页文字是真实记载，属于这个特殊朝代的历史；在从路易十四到大革命这座巨大的世纪大厦里，这个朝代就像一个中国的摆头瓷娃娃。

---

① 27—66，古罗马作家。——译注
② 46—125，原籍希腊的古罗马历史学家。——译注
③ 1675—1755，法国著名贵族，所著《回忆录》十分出名。——译注

图书在版编目（CIP）数据

路易十五的情人杜巴里伯爵夫人/（法）卡佩菲格著；
管筱明译. —北京：中国国际广播出版社，2014.1
（法国宫廷魅影系列）
ISBN 978-7-5078-3261-7

Ⅰ.①路…　Ⅱ.①卡…②管…　Ⅲ.①传记文学－法国－现代
Ⅳ.①H319.4：I

中国版本图书馆CIP数据核字（2013）第175339号

路易十五的情人杜巴里伯爵夫人

著　　者	［法］卡佩菲格
译　　者	管筱明
责任编辑	李　卉
版式设计	国广设计室
责任校对	徐秀英
出版发行	中国国际广播出版社（83139469　83139489[传真]）
社　　址	北京复兴门外大街2号（国家广电总局内）
	邮编：100866
网　　址	www.chirp.com.cn
经　　销	新华书店
印　　刷	环球印刷（北京）有限公司
开　　本	710×1000　1/16
字　　数	250千字
印　　张	17.5
版　　次	2014年1月 北京第一版
印　　次	2014年1月 第一次印刷
书　　号	ISBN 978-7-5078-3261-7 / K·234
定　　价	35.00元

CRJ
中国国际广播出版社　欢迎关注本社新浪官方微博
官方网站 www.chirp.cn